Henri Gougaud est né à Carcassonne en 1936. Homme de radio, parolier de nombreuses chansons pour Jean Ferrat, Juliette Gréco et Serge Reggiani, chanteur, poète et romancier, il partage son temps d'écrivain entre l'écriture de romans et de livres de contes.

Henri Gougaud

LA BIBLE DU HIBOU

Légendes, peurs bleues,
fables et fantaisies
du temps où les hivers étaient rudes

Éditions du Seuil

TEXTE INTÉGRAL

ISBN 978-2-7578-2712-3
(ISBN 2-02-019983-1, 1re édition
ISBN 2-02-025288, 1re édition poche)

Préface

Les écrivains oraux qui contaient, autrefois, des histoires avaient pour feuille blanche les visages, regards, bouches bées et silences de ceux qui les écoutaient. Sentaient-ils une lassitude dans l'auditoire, percevaient-ils une moue, un soupir, ils raturaient aussitôt, corrigeaient, cherchaient à mieux dire pour ranimer la lampe dans les yeux. Un rire ou une exclamation les confortait dans la justesse de leur tournure. Un silence pantois les incitait à raffiner, à pousser plus haut l'émotion, l'exaltation ou la crainte. Ainsi s'écrivaient les récits, non point par l'obstination ou le talent d'un auteur solitaire, mais par la circulation de vie de la bouche à l'oreille, de désir entre les êtres, parfois même d'exigence d'amour, d'élévation, de connaissance. Ainsi se sont élaborées au cours du temps, entre des millions d'histoires qui coururent et courent encore le monde, celles qui peuplent ce livre. Elles furent l'œuvre d'une parole fécondante et d'une oreille-matrice, façon de dire qu'elles sont enfants de l'amour.

L'écrivain attelé à sa table de travail a sans cesse besoin d'imaginer, tandis qu'il écrit, qu'il s'adresse à quelqu'un. Dans la totale solitude, son activité n'aurait pas de sens. Il lui faut cette oreille plus ou moins fantasmatique dans laquelle déposer sa semence de mots. Sans quoi, pourrait-il éprouver le moindre désir ? Mais de l'oral à l'écrit, si l'on gagne en pureté, en rigueur, en précision, on perd beaucoup, me semble-t-il, en liberté, en jubilation, en possibilité de miracle. L'écrivain travaille sans cesse sous l'œil d'un garde du corps, d'un censeur. « Attention, lui dit-il, tu t'égares. Tu vas trop loin. Marche droit. Ta phrase grince. » Le conteur, lui, est sans cesse entraîné par le désir de ses auditeurs. Il va aussi loin que l'on veut. Il abreuve, il nourrit, stimulé par la soif et la faim de ceux qui l'écoutent, jusqu'à dire parfois des choses qu'il ignorait savoir, ou s'étonner de ses propres inventions. « Est-ce vraiment moi qui ai dit cela ? » En vérité, non. Cela a germé exactement « entre nous », au centre du cercle.

On peut estimer que ces histoires n'ont guère d'importance, si l'on croit qu'elles ne sont que des jeux sans conséquence de l'imaginaire. Pourtant, les racines de la littérature plongent assurément dans ce puissant terreau de paroles cultivé, des millénaires durant, par des illettrés. Le roman fut si longtemps occupé de psychologie que l'on a tendance, aujourd'hui encore, à considérer le récit purement jubilatoire comme dénué de biens consommables par l'esprit, et en tout cas de profondeur. Cette froideur de regard cessera forcément un jour. Alors peut-être goûtera-t-on la richesse de la littérature des pauvres, ses enseignements labyrinthiques sous l'apparente simplicité, ses mille savoirs et saveurs. Peut-être surtout découvrira-t-on sa force, qui n'a de but que d'aiguillonner la vie, de la pousser en avant comme un cheval, et de dilater le monde jusqu'aux extrêmes inconnus, plutôt que de le réduire aux frontières de ce que l'on peut exactement savoir. L'art dilate, la science réduit, ainsi respire la conscience humaine. La jubilation conteuse est peut-être la manière la plus libre et la plus innocente de servir l'art, et de participer à la respiration du monde.

Car l'inspiration des conteurs et l'audace dont ils ont fait preuve, au cours des âges, me paraissent proprement insurpassables. En matière d'êtres prodigieux, de manigances nocturnes, de fantômes éternueurs, de magies et d'époustouflements, le cinéma fantastique et la science-fiction n'ont jamais fait que puiser dans leur marmite. Et pour ce qui est du sens de ces œuvres, de leur utilité intime, de ce qu'elles nous apprennent de nous-mêmes et de l'incessant voyage de la vie, je sais d'expérience qu'elles nous sont aussi nécessaires que les arbres le sont à la Terre. On peut certes vivre et respirer au désert, ou en ville, mais à condition que demeurent quelque part des forêts, même si l'on en ignore l'existence. Il en va de même de ces flots de paroles. Ils nous irriguent, même si nous n'en savons rien.

Peut-être est-ce seulement pour cela, aider la vie comme la pluie l'aide, et les jardiniers, que ces histoires sans importance ont traversé cahin-caha les siècles, tandis que tant d'œuvres réputées immortelles se perdaient corps et biens dans les sables du passé. Sinon, pourquoi ?

PARIS
ÎLE-DE-FRANCE

L'horloger de la rue des Grands-Degrés

En l'an 1465, un artisan venu d'Orient nommé Oswald Biber ouvrit boutique rue des Grands-Degrés, entre Seine et Maubert, où n'étaient en ces temps que masures bancroches, venelles mal famées, mendiants et pauvre peuple. Parmi ces gens de rien des tribus de gitans campaient au bord du fleuve. Ils faisaient commerce de crasseuses magies dans des chariots multicolores, au lieu-dit le Pont-aux-Bûches où la Bièvre tombait en Seine. Ces Bohémiens lisaient l'avenir dans les mains des gens, les yeux des enfants, le sable remué d'un bâton hésitant. On ne les aimait pas. Ils étaient gens d'enfer.

Seul Oswald Biber entretenait avec eux des relations de bon voisinage. C'est pourquoi sans doute les dévotes du quartier se signaient sur son passage et l'accusaient à mi-voix de détenir de malfaisants secrets. D'autant qu'il exerçait un métier peu commun en ce siècle, et vaguement inquiétant. Il était horloger. Il fabriquait des machines à compter les heures. Il jouait (trichait peut-être) avec le temps.

Les quelques nobles qui fréquentaient assidûment son échoppe voyaient tous les matins leurs rides s'effacer, leur teint se raviver, leur corps reprendre force. Les vieillards s'en revenaient à l'âge mûr, les quinquagénaires à la jeunesse et les chauves au beau temps des chevelures drues. Les années, pour eux seuls, s'écoulaient à l'envers. Par quel diable de miracle ? On murmura qu'Oswald Biber avait construit des horloges à rebrousser les jours. Il suffisait d'inscrire au cœur de la machine le nom de qui voulait revenir en arrière. A chaque battement l'homme rajeunissait. Biber en vérité errait hors des chemins ordinaires du monde, aux confins indécis de l'art et de la science. Il finit par s'y perdre.

Un jour, ses clients familiers vinrent cogner ensemble à sa porte vitrée. L'angoisse les rongeait. Ils étaient tous fringants, vigoureux, jeunes, beaux. Ils voulaient le rester. Ils supplièrent Biber de faire en sorte que les aiguilles de leurs pendules reprennent le chemin ordinaire du temps.

– Impossible, leur répondit le savant horloger. Je n'ai pas ce pouvoir.

Les autres protestèrent. Ils poussèrent Biber au fond de sa boutique, à force de prières.

– Rajeunir plus avant nous est insupportable, dirent-ils. D'autant qu'à ce train-là nous ne savons que trop le jour de notre mort. Il sera celui de notre naissance.

Maître Oswald s'obstina.

– Je ne peux rien pour vous. Ne soyez pas ingrats. Sans moi vous seriez vieux, décrépits ou défunts, à l'heure où je vous parle.

Les tricheurs temporels ne l'écoutèrent pas.

– Bonhomme, dirent-ils, tout à coup menaçants, nous vous connaissons tous depuis bientôt vingt ans. Osez donc nous apprendre pourquoi le temps ne semble pas avoir prise sur vous.

Biber leur répondit :

– Messieurs, je fus instruit par un sage Vénitien qui ne m'a pas révélé tous ses secrets mais m'a offert, au terme de son enseignement, une pendule dont les aiguilles tournent un jour vers la droite, un jour vers la gauche. Je vieillis d'un jour, je rajeunis d'un jour. Je suis éternel.

Ces paroles dites, il chassa les importuns.

Quelques semaines plus tard, dans l'atelier de la rue des Grands-Degrés, on retrouva pêle-mêle entassés parmi des pendules fracassées et des machineries éparses une dizaine de cadavres. On reconnut les clients de Biber revenus en force chercher l'horloge unique, l'Éternelle. Ils ne l'avaient pas trouvée. Un intenable effroi les avait alors aveuglés. Ils s'étaient battus. Les mécanismes qui gouvernaient leur destin n'avaient pas résisté à leurs débordements. A l'instant où s'étaient arrêtées leurs montres ils étaient tombés foudroyés, pareils à des pantins sans maître.

On les jeta dans un charnier où, dit la chronique, « la terre était si pourrissante que leurs corps s'y consumèrent en neuf jours ». Quant à Oswald Biber, il ne reparut point. Sa maison demeura quelque temps fermée, puis un autre horloger, venu on ne sait d'où, s'établit dans ses murs. Quelques vieux habitants du quartier prétendent qu'en notre siècle, vers la fin de la dernière guerre, l'héritier supposé d'une longue lignée d'artisans y réparait encore des montres. Il s'appelait Cyril. C'était un homme sans âge, discret, tranquille, inaltérable. Un soir, comme à son habitude, il ferma son échoppe. Il n'y revint jamais. Dieu seul sait où il est, par ces temps qui galopent.

Moutonnet apprenti du diable

Sous le Palais de Justice de Paris était autrefois l'une des innombrables portes de l'enfer. Peut-être, d'ailleurs, y est-elle encore. C'était en tout cas devant elle, selon de respectables rumeurs, qu'assassins et voleurs passés par le bourreau attendaient les démons chargés de les conduire à leur nouveau logis. Satan la franchissait parfois en sens inverse, quand l'envie lui venait de humer l'air du monde. Ce jour-là, justement, il était de sortie. Il s'était mis en tête d'aller recruter un domestique sur le marché d'Aligre où les chômeurs du temps venaient tous les matins proposer leurs services aux marchands de légumes.

Voilà donc le Cornu, habillé en bourgeois, déambulant parmi les étalages, là volant une pomme, là faisant trébucher un vieux dans le ruisseau, là soufflant sur le feu d'une basse querelle. Comme il jouait ainsi à semer ses misères, il aperçut un jeune homme qui baguenaudait, le nez au vent. Il avait l'air naïf comme un santon de crèche. Le diable lui fit signe.

– Je cherche un bon valet, dit-il. Es-tu mon homme ?

– Pourquoi pas ? lui répondit l'autre. Topez là, monseigneur.
– Quel est ton nom ?
– Moutonnet.

Ils s'en allèrent ensemble, bras dessus bras dessous jusqu'au Palais de Justice dont les hauts murs en ce temps plongeaient en Seine. Là, le diable empoigna soudain son compagnon par le col de sa veste et le tira dans l'eau. Avant même que l'innocent ait eu le temps de se sentir mouillé il vit s'ouvrir devant lui une porte de fer et se trouva assis, aussi sec qu'ébahi, sur une chaise basse, dans un coin de cuisine aux fourneaux flamboyants. Une vieille femme le regardait tristement, les mains croisées sur son tablier. Satan était près d'elle.
– Dame Mathusalem, lui dit-il, l'air content, je viens de recruter un nouveau marmiton. Son nom est Moutonnet. Veillez donc à l'instruire. Bon chagrin !
C'était là son salut coutumier. Dès qu'il s'en fut allé, dame Mathusalem courut fermer la porte, revint, les bras au ciel, gémit :
– Mon pauvre enfant, sais-tu qui est ton nouveau maître ? Le diable. Il m'a prise à son service, comme toi, il y a de cela quelques siècles. Je suis, hélas, si bonne cuisinière qu'il ne me délivrera jamais. Si tu veux revoir le soleil des vivants, écoute mon conseil : prends bien soin de ne rien apprendre. Sois incompétent, c'est ta seule chance !
Elle sourit enfin, le prit par les épaules.
– Allons, dit-elle encore, ne te désole pas. Je vais te révéler un important secret que j'ai surpris un jour dans cette détestable demeure.

Et sortant de sa poche une tabatière d'argent :

– Je te la donne. Quand tu seras revenu sur Terre, fais-toi marchand de petite ferraille et répands sur ton étalage quelques pincées du tabac magique que contient cette boîte. Tous les objets poudrés prendront aux yeux des gens l'apparence de l'or.

– Grand merci, vieille femme, répondit Moutonnet.

Passèrent trois semaines. Chaque midi sonné le diable ouvrit la porte, passa son nez pointu par l'entrebâillement et demanda des nouvelles de son valet. Dame Mathusalem lui dit obstinément :

– Il ne vaut rien qui vaille. Il n'est même pas capable de gratter une carotte.

Au dernier jour du mois Satan perdit patience. Il saisit en grognant Moutonnet par la nuque, le traîna jusqu'au seuil de l'enfer et le jeta dehors.

Aussitôt le gaillard se découvrit assis comme au sortir d'un songe dans un chariot de choux, en plein marché d'Aligre. Il s'en fut tout dispos parmi les ménagères et les cris des marchands, ramassa çà et là quelques menues babioles, les étala sur une couverture, les saupoudra de tabac magique, et attendit. Vint à passer par là un ministre du roi. Il fit halte, ébloui, devant le pauvre étal.

– Ces merveilles, dit-il, sont dignes de figurer dans la chambre haute de Notre Majesté régnante. Jeune homme, suivez-moi. La gloire vous attend.

Moutonnet fut conduit dans les salons du Louvre. On l'invita à dénouer son baluchon sur une table de marbre, ce qu'il fit, le dos rond et la mine craintive. Le roi vint dans la salle, majestueux comme un chapon confit. Avec lui s'avança la princesse sa fille. Elle était aussi belle que le soleil levant le jour de l'Ascension. A l'instant il l'aima.

– Quelle splendeur ! s'écria le Couronné, voyant les clous rouillés répandus devant lui. J'achète ci et ça, et ceci, et cela. Bref, je veux tout, l'ami.

Moutonnet répondit en tremblant des genoux :

– Sire, je suis honnête, et dois vous avouer que ces menus objets ne sont que des rebuts de décharge publique.

Il lui conta son aventure et lui confia le secret de sa tabatière. Le roi l'écouta passionnément.

– Ô poudre mirifique ! dit-il, la main au cœur (et sa voix résonna sous les plafonds voûtés). Quoi, elle donnerait à la moindre ferraille l'apparence de l'or ? Voilà ce qu'il me faut pour restaurer l'État. Moutonnet mon ami, je veux ta tabatière.

– Elle est à vous, seigneur, si vous donnez son prix.

– Quel est-il ? dit le roi.

– Votre fille en mariage.

Le marché fut conclu. La princesse embrassa Moutonnet sur la bouche. Ils vécurent au chaud comme des œufs couvés.

Le fantôme du puits d'Ariane

Le 15 février 1831 le peuple de Paris, pris de fièvre émeutière, descendit dans les rues, envahit quelques cours trop nobles à son goût et entre autres palais pilla l'archevêché. Au cours de cette sombre fête de vénérables armoires furent renversées par les fenêtres. Des milliers de feuillets s'éparpillèrent au vent jusqu'à la Seine proche, qui les emporta. La plupart disparurent, et parmi eux des parchemins précieux. Quelques-uns, échoués au hasard des berges, furent recueillis. On découvrit ainsi, consignée sur trois pages séparées d'un cahier d'archives secrètes, l'étonnante histoire que voici.

Un beau jour de juillet au carrefour d'Ariane, qui était en ce temps-là à l'angle des actuelles rues Pierre-Lescot et de la Grande-Truanderie, une jeune fille nommée Agnès Hellebic se jeta dans un puits par désespoir d'amour. En vérité c'était à tort qu'elle s'était crue abandonnée de l'homme qu'elle aimait. Il est parfois de ces malentendus assassins sur lesquels Dieu même ne peut que pleurer.

Quand l'amoureux apprit la nouvelle, il accourut en grande hâte et chercha partout sa bien-aimée. Les gens du voisinage lui dirent que des archers étaient venus et qu'ils avaient porté son corps, sans la moindre cérémonie funèbre, au charnier des Innocents. Elle avait quitté le monde en état de péché, elle ne méritait donc ni messe ni respect. Le malheureux fiancé, errant parmi les visages consternés, implora longtemps la pitié du Ciel. La nuit venue il divaguait encore, inconsolable, appelant son Agnès au carrefour désert.

Alors il l'aperçut qui venait dans la brume. Son pas semblait à peine effleurer le pavé. Elle était telle qu'il l'avait laissée la veille, avec sur ses épaules le même châle bleu. Un sourire infiniment mélancolique traversa son regard tandis qu'elle lui ouvrait les bras. Il la serra contre lui. Aussitôt l'envahit une torpeur épaisse. Quand il se réveilla, il se vit affalé contre la margelle du puits. Le jour se levait au bout de la ruelle. Il se sentit content, apaisé, sans souci.

Dès lors il ne vécut que pour ces nuits étranges. Car tous les soirs elle revint. Tous les soirs son fiancé l'attendit au carrefour, tous les soirs elle lui apparut au bord des ténèbres, et tous les soirs, à peine leurs mains jointes, le monde autour d'eux s'effaça. Au matin l'homme reprenait vie, l'âme à peine embrumée par une ivresse allègre. Ainsi passèrent huit semaines, jusqu'au triste crépuscule où personne ne vint. Le lendemain soir il attendit encore. Quatorze nuits il espéra, courant aux moindres bruits de l'ombre, puis il finit par se convaincre que le fantôme d'Agnès s'était défait comme une image de songe, et désormais il ne vint plus au carrefour d'Ariane que de temps en temps, sans espoir.

Or, un soir d'orage, comme il allait s'endormir sous les tuiles du toit où il avait son lit, une voix soudaine et péremptoire dans le tréfonds de son esprit lui ordonna d'aller sans retard au rendez-vous nocturne. Moins qu'à demi vêtu il sortit sous la pluie. Il allait retrouver enfin sa bien-aimée, son cœur à chaque pas ne disait que son nom. Il ne vit personne, pourtant, sur le pavé ruisselant. Comme il faisait le tour du puits, il trébucha contre une corbeille d'osier. Il se pencha. Sous un tas de chiffons gigotait un enfant, un nouveau-né pâlot au regard bleu semblable au souvenir d'Agnès.

L'histoire, par malheur, ne finit pas ici. Car qui était, de fait, cet avorton malsain né de père vivant et de mère défunte ? Selon l'obscur savoir des prêtres exorcistes, un rebut de l'enfer, un démon, un incube. On le jeta au puits, sans penser un instant qu'il aurait la vie dure. Il eut des rejetons. Il proliféra tant que Jacques de Gondi, évêque de Paris, dut un jour se résoudre à clamer l'anathème au bord de la margelle. Il s'avérait urgent de renvoyer l'incube et sa progéniture à leurs limbes premières. Ils étaient désormais trop nombreux et puissants. Leurs armées faisaient peur. Ils s'étaient incarnés dans des bêtes immondes : des rats, les fameux rats du ventre de Paris dont la sournoise audace n'a d'égale, ici-bas, que la folie des hommes.

Trois gouttes de lait

Il paraît qu'autrefois, au quartier Saint-Michel, vécut une cordonnière à la figure si parfaite que sa beauté plongeait tous les hommes à la ronde dans de peu convenables rêveries. Or, elle était mariée, et réputée vertueuse. « Qu'à cela ne tienne, se dit un beau matin un Napolitain du voisinage. L'amour se nourrit d'obstacles, et je n'en crains aucun. » Allègre comme un âne défait de toute entrave, il se mit donc en tête de conquérir la dame. Mais comment ? « Regardez-moi cette Michèle-M'amour, avec ses rubans de toutes les couleurs, pensa-t-il. Me fera-t-elle un jour l'œil doux, moi qui n'ai jamais séduit que des maritornes aveugles ? Par ailleurs, si je me hasarde à la forcer, cette madone est bien capable, vive comme elle est, de me retourner un emplâtre à m'en faire voir les trente-six lumières de la Chandeleur. » Il réfléchit fiévreusement sur ce ton-là jusqu'à ce que lui vienne, à bout de ruminations impuissantes, l'idée d'user de magie.

Il s'en alla donc consulter un vieux faiseur de philtres qui vivait dans un grenier d'apothicaire en compagnie d'un corbeau centenaire. Cet antique savant lui dit ceci, en confidence :

– Si tu veux rendre une femme amoureuse, sache que tu dois d'abord obtenir d'elle trois gouttes de lait de son sein. Après quoi tu les boiras en récitant telle invocation que je vais t'apprendre. Alors, foi de docteur, la demoiselle te courra aux trousses et ne te quittera plus, où que tu la conduises.

Le Napolitain, ravigoté par ces sulfureuses paroles, envoya donc un enfant messager chez la belle cordonnière avec mission d'offrir à cette inaccessible étoile dix écus en échange d'un flacon de son lait. Ce marché saugrenu scandalisa la dame. Planter son téton dans un goulot de fiole, voilà qui puait trop la manigance de sorcier. Elle voulut jeter le marmot à la porte. Son mari la retint.

– Point de lait, point d'écus, lui dit-il. Dix pièces d'or, ma belle, cela vaut réflexion.

Il se prit le menton, regarda fixement les poutres du plafond, et son œil s'alluma. Il attira sa femme au fond de sa boutique.

– Fais semblant de te retirer dans ta chambre, lui dit-il, et va traire quelque peu notre chèvre. Tu donneras son lait à la place du tien. Ainsi tu seras à l'abri de tout envoûtement, et nous aurons amplement gagné notre journée.

Ce fut fait en un tournemain. Le garçon s'en revint avec son demi-litre de lait de bique chez le Napolitain qui n'y vit que du blanc. Il avala trois gouttes en invoquant les efficaces démons qu'on lui avait recommandés et attendit, l'espoir tourneboulant dans sa caboche en fête.

Une heure était à peine passée que la chèvre de la cordonnière, bel et bien ensorcelée, se mit à tempêter dans le réduit de planches qui lui servait d'enclos. D'abord, l'âme étonnée, elle bêla le plus étourdissant Magnificat qui fût jamais sorti d'un museau capricorne. Après quoi d'un coup de front elle enfonça la barrière et s'en fut trottinant parmi le peuple de la ruelle. Une foule de joyeux braillards lui fit bientôt escorte. Elle conduisit droit son monde jusqu'à la maison de celui qu'elle aimait déjà aveuglément.

Le Napolitain, sur le pas de sa porte, la vit venir avec effroi. Il voulut fuir. Mais comment échapper à l'impétuosité d'une amante aussi folle que résolue ? Elle lui bondit dessus, le renversa sur le pavé, lui lécha la barbe, lui baisa la bouche, et les yeux, et le nez, et bref lui fit bien voir qu'elle entendait régner, désormais, sur sa vie.

Le chroniqueur Pierre de L'Estoile qui rapporta l'aventure conclut ainsi, dans son langage de parchemin : « Le terme de cette farce fut la mort de la pauvre chèvre, la fuite du Napolitain qu'on voulait faire brusler, et dix écus qui demeurèrent pour gage au pauvre cordonnier, qui en avait bien affaire. » Ainsi finit l'histoire de ce Tristan de Naples et son Iseult d'enclos. Que Dieu les garde à l'abri de son manteau avec tous ceux, grands et petits, qui souffrirent un jour de dur désir d'amour.

L'affaire de la rue des Marmousets

Un dimanche de l'an 1360, au carrefour de quatre ruelles dont les lointains se perdaient dans la brume du soir, un cavalier mit pied à terre devant l'hôtellerie Notre-Dame et s'avança vers le seuil en tirant sur ses gants. Le maître des lieux lui vint devant à grand renfort de ronds de jambe et de courbettes excessives.

– Monsieur des Essarts ! J'espérais, j'espérais, et vous ne veniez pas. Vous voici, grâce à Dieu !

Il n'en dit pas plus long, soupira, les mains croisées sous le menton, extasié comme si lui venait un Roi mage, et courut houspiller sa meute de valets. Monsieur des Essarts fit un geste impatient. Il était fatigué. Il ne désirait rien qu'un repas, une chambre, et les reposantes serviettes d'un maître barbier. Il avait, ce lendemain matin, un rendez-vous d'importance où il ne voulait point paraître broussailleux.

– Mais avant tout du solide, sacrebleu, dit-il à voix puissante. J'ai faim !

Il cogna du poing sur la table. Un large sourire illumina la face de son hôte. A son côté parut un marmiton rougeaud portant à bout de bras, comme un saint sacrement, un plat où embaumait un pâté croustillant aux herbes et viandes fines. Monsieur des Essarts, l'œil luisant, se laissa servir, s'empiffra, se pourlécha et remplit derechef son assiette d'étain en grognant comme un goinfre de réveillon.

– Cette merveille est l'œuvre d'un rôtisseur de la rue des Marmousets, lui dit l'aubergiste. Sa boutique touche à celle du barbier. En allant vous faire raser le menton, passez donc lui rendre visite. Il s'appelle Étienne Robert.

Monsieur des Essarts se leva pesamment de table. Le bonhomme lui trottina derrière.

– Soyez prudent, lui dit-il. On assassine beaucoup, ces temps-ci, dans le quartier.

L'autre haussa les épaules et s'éloigna.

La rue des Marmousets lui parut sinistre. Elle était sale, tortueuse, et l'on n'y devinait que de rares fantômes dans le brouillard du crépuscule. Sur les pavés mal joints quelques chiens faméliques flairaient l'eau sombre qui dévalait au milieu de la chaussée. Une bougie brûlait derrière le carreau d'une boutique basse ornée d'un ciseau peint ouvert comme une gueule. Des Essarts poussa la porte. Le barbier l'accueillit avec empressement, lui désigna un fauteuil en grimaçant un sourire jaune et se mit à aiguiser son rasoir dans la lueur de la chandelle. Au fond de la salle un carré de lumière dessinait les contours d'une trappe. « Quelqu'un est à la cave », pensa le gentilhomme. Cela lui parut incongru. Un éclair de lame trancha la pénombre à deux doigts de ses yeux. Il sentit tout à coup le souffle de la mort lui traverser la nuque. D'un bond il se dressa en moulinant des bras. Le barbier, miaulant des blasphèmes, l'agrippa comme un chat d'enfer. Des Essarts le fit culbuter dans un panier de fioles, buta de l'épaule contre la porte, l'enfonça et dévala la ruelle en hurlant à s'en déchirer le gosier. Des volets de lucarnes claquèrent çà et là. Il entendit enfin un lourd galop de bottes. C'était la patrouille du guet.

Dans la boutique envahie on ouvrit la trappe. Au fond des marches brillait un vague feu de lanterne. On descendit, l'arme au poing. On découvrit le rôtisseur Étienne Robert, vêtu d'un tablier de boucher, occupé à dépecer en grande hâte le corps du barbier son complice qu'il avait assommé par mégarde, dans le noir. Le fin mot de l'affaire, le voici : les caves des deux boutiques communiquaient. Le barbier fournissait la chair des mal rasés, le maître rôtisseur en faisait des pâtés.

Ce fait divers eut d'imprévisibles conséquences. Il fut établi que les chefs-d'œuvre d'Étienne Robert nourrissaient tous les jours le couvent du quartier. Du coup, quelques dizaines de moines honteusement grassouillets furent jugés coupables du crime involontaire d'anthropophagie, et condamnés à courir à Rome implorer le pardon du pape. Leur voyage fut bref. En vérité ils ne dépassèrent pas l'actuel carrefour des Gobelins, où le vin trop généreux de l'auberge du Pont-aux-Tripes, au bord de la Bièvre, brisa leur pieux élan. Leur pécule épuisé, ils s'établirent mendiants au village de Saint-Médard. Un jour, dans ce faubourg borgne qu'il traversait sans guère d'escorte, Jean de Meulan, évêque de Paris, tomba dans une embuscade de coupe-jarrets. Il appela à l'aide. Douze moines mendiants accourus au galop lui sauvèrent la vie. Monseigneur de Meulan, pour payer ce fait d'armes, donna licence à ces enfroqués libertaires de vendre sur ces terres tout objet, provision périssable ou précieuse dont personne n'aurait à chercher l'origine. C'est ainsi que naquit le marché Mouffetard.

On murmure qu'à la même occasion les curés de Saint-Médard reçurent, seuls au monde, l'autorisation papale d'absoudre le péché de cannibalisme, crime somme toute véniel au regard des étripages sans fines herbes dont regorge le temps des hommes.

Bicêtre

Ce fut, au temps des rois et des révolutions, un lieu désespéré. Ses voûtes ruisselaient d'humidités glaciales. Ses couloirs infinis résonnaient jour et nuit de plaintes d'agonie. Dans ses cachots obscurs croupissaient des damnés, des fous, des rien-qui-vaille. On appelait ce bâtiment lugubre la Bastille de la canaille, façon de dire que les fameuses tours du quatorze juillet étaient auprès de lui une résidence somme toute envisageable. On y enfermait pêle-mêle les mendigots lépreux, les idiots encombrants, les contagieux, les amnésiques, les insolvables, les jetés-de-partout, les sans-futur qui n'avaient plus ni sou, ni maison, ni famille. On y fouettait tous les matins les hommes affligés de maladies de sexe, pour les punir d'avoir honteusement joui. On y menait les truands qui venaient d'être roués en place publique. On les traînait, bras et jambes brisés, le long des galeries enfumées par les torches. Dix-sept portes claquaient, derrière eux, dans le noir. On les jetait enfin dans des réduits profonds, au bonheur des vermines. Qui fut la fine fleur de ce bas-fond abondamment maudit ? Le docteur Guillotin. Ici, le 12 avril 1792, cet impénitent bricoleur fit pour la première fois, sur le cadavre d'un aliéné, l'essai de sa machine à raccourcir les gens, qu'il venait d'inventer.

En vérité, si le diable fit sa maison de cet horrifique château, ce fut sans doute pour se venger d'un tour qu'on lui joua, aux temps historiques où les poules avaient des dents. L'endroit n'était alors qu'une grange bancale plantée sur une lande vague, entre la porte d'Enfer et le fief des Tombes. Il était déjà mal famé, sauvage, vénéneux, troué de carrières béantes. Personne n'osait s'aventurer, le soir venu, dans les parages de cette bâtisse. Elle était aux démons, à ce qu'on prétendait. Allez savoir pourquoi, en plein xiiie siècle, vint l'idée à Jean de Pontoise, évêque de Winchester, anglais du bout des lèvres et parisien de cœur, d'acheter cette inhabitable carcasse. De l'acheter à qui ? Au patron de l'enfer. On n'en connaissait pas d'autre maître ici-bas. On envoya donc sur les lieux six moines chargés de reliques exorcistes et investis d'une peu commune mission : négocier l'acquisition de la grange maudite avec ses fantômes locataires, ou si besoin était avec Satan lui-même.

Ils s'en furent fringants sur un flot de cantiques et revinrent bientôt sous un vent de débâcle. Ils coururent jusqu'au portail de Notre-Dame. Là, les mains sur la tonsure, ils se mirent à braire devant le peuple assemblé que des flammes surnaturelles leur avaient léché le visage, et que d'immenses figures aux yeux grands comme des lunes les avaient poursuivis en brandissant des lances flamboyantes. Or, tandis qu'on les admirait d'avoir affronté l'innommable, et que des femmes leur faisaient des tisanes réconfortantes, seul parmi les badauds un jeune barbier osa franchement ricaner. Il poussa ses voisins du coude, prétendit à voix basse que ces punaises de couvent n'étaient que d'incapables peureux, s'enhardit, affirma que lui, tout freluquet qu'il était, n'aurait pas été berné de la sorte, fanfaronna enfin tant et si bien qu'on le conduisit en joyeux cortège devant l'évêque de Winchester.

– Eh bien, lui dit le Vénérable, tente donc l'aventure. Va. Si tu réussis, je t'offre cent écus. Si tu reviens bredouille, tu mourras en prison. Ces conditions te conviennent-elles ?

– Elles me vont comme la terre au pied, répondit le barbier. Demain matin, monseigneur, vous serez propriétaire de la grange du diable.

Le gaillard ne passait pas pour le premier saint des litanies. Il s'en fut pourtant tout auréolé d'innocence, n'emportant dans son sac qu'une fiole d'eau bénite et un cierge neuf. Il parvint à la nuit tombée devant la satanée bâtisse. Elle était déserte. Il alluma sa chandelle, s'assit sur une borne au coin de la porte vermoulue, et attendit.

Comme la lune apparaissait à la cime d'un arbre noir, il vit venir par le sentier de la lande un homme de haute taille, sec comme un inquisiteur, vêtu de rouge vif des semelles au chapeau. L'escogriffe fit halte devant lui, planta ses poings aux hanches et dit :

– Que me veux-tu ?

– Ma foi, répondit le barbier sans s'émouvoir le moindre, je suis venu vous acheter cette maison pour monseigneur de Winchester.

L'Empourpré se pinça le nez, partit, l'œil allumé, d'un rire silencieux.

– Qu'as-tu donc à m'offrir, beau jeune homme, en échange ?

– Voulez-vous de mon âme ? dit l'autre, tout de go. Elle est bonne, elle est simple, elle n'a guère servi. Contre l'acte de propriété de cette grange, je suis prêt à vous l'abandonner, dès que le cierge que voici aura brûlé jusqu'à son pied.

– C'est honnête, gronda le diable. Marché conclu. J'aime les âmes.

D'un geste délié de maître illusionniste il prit un parchemin dans son vaste manteau, le déroula sous le nez du jeune homme. L'autre leva son cierge, lut attentivement, ânonnant chaque mot, jusqu'à la signature, hocha la tête enfin. L'acte était de la main de Satan en personne, il était rédigé sans faute de français et faisait clairement de Jean de Winchester le propriétaire de l'endroit.

Le dégourdi, tandis qu'il déchiffrait avec force grimaces les diaboliques écritures, avait en catimini tiré hors de son sac son flacon d'eau bénite. Il releva le front et se composa un sourire de simple d'esprit, histoire d'endormir la méfiance du redoutable monsieur. Ce barbier était en vérité un luron de haute volée. A l'instant même où l'autre, le prenant pour un jobastre, ricanait aimablement, il lança tout soudain sa pogne, prit au diable pantois le contrat convoité, le fourra prestement au fond de sa besace, éteignit son cierge d'un souffle, le plongea dans sa fiole et recula de dix pas. Satan poussa un hurlement abominable, grinça des dents, tenta d'arracher la bouteille, se fit asperger d'eau bénite autant qu'une douzaine de nouveau-nés sur les fonts baptismaux, s'égosilla plus fort encore. Il n'y put rien.

Il était volé, grugé, vaincu. Il s'enfuit enfin sous la lune, plaintif comme un cabot rossé.

Le jeune barbier avait gagné cent écus d'or et Jean de Winchester une grange, qu'il fit aussitôt démolir. Il ordonna que l'on construise à sa place une maison de bon aloi. Dès lors le lieu prit le nom de Winchester, et comme les Parisiens, en ce temps-là, mâchouillaient l'anglais aussi mal que des troupiers occitans, ils prononcèrent Vinchestre, qui peu à peu devint Bicêtre, le château de sinistre mémoire dont je ne vous dirai rien de plus, sauf qu'il fut jeté bas à la fin du siècle dernier. Le diable s'est enfui, la terre a reverdi. Aujourd'hui à sa place est le parc Montsouris.

La vieille dame du Châtelet

L'aube venait, place du Châtelet. C'était l'heure vide et lasse où Paris se réveille. Un taxi errait seul sur l'asphalte désert. Le long des trottoirs personne, ou presque. Il vit, au coin du quai, une main se lever, une ombre s'avancer au bord de la chaussée. Il vint à sa hauteur. C'était une vieille femme. Son corps semblait perdu dans une robe d'un autre âge. Un extravagant chapeau de velours noir trônait sur son chignon. Son visage menu était poudré de blanc sous l'antique voilette. Le chauffeur quitta son siège pour aider l'aïeule à prendre place sur la banquette arrière. Elle s'installa. Dès qu'il eut démarré, elle lui toucha l'épaule et lui tendit un papier, une feuille pliée mille fois dépliée, une ruine, un lambeau. L'homme, d'un œil, déchiffra ces quelques mots tracés d'une écriture désuète et presque illisible, tant l'encre était pâlie : « Conduisez-moi en haut de la rue de la Roquette. Merci. »

« Muette, se dit-il. Elle est muette et seule. Où sont donc ses enfants ? » Il se sentit soudain malheureux. Il aurait eu plaisir à circuler dans ce désert nocturne s'il n'avait pas été aussi las. Une odeur de moisi envahit la voiture. « L'haleine de la nuit », pensa-t-il vaguement. Le jour était proche. Il croyait tout savoir de cette heure encore sombre où les fenêtres s'allument. Il n'avait jamais remarqué ce parfum âcre et lourd de terre remuée. Il toussota, frileux, remua les épaules.

En haut de la rue de la Roquette il se rangea le long du trottoir et descendit pour aider sa passagère à sortir. Il ouvrit la portière. Il n'y avait personne sur la banquette.

– Bon sang, dit-il, le cœur soudain tonnant.

La moleskine noire était encore creusée par une indiscutable présence. Quelque chose brillait, là, sur le siège. L'homme se pencha. C'était une pièce de monnaie. Il s'éloigna, l'examina dans la lueur d'un réverbère. Il la frotta entre ses doigts. C'était un louis d'or, aussi luisant et neuf qu'une lune à son plein. Il traversa la rue en hâte, chercha sa passagère. Il devait lui rendre sa monnaie, la course ne valait pas ce prix.

Les façades, alentour, sortirent de la nuit. L'homme, tournant partout la tête, découvrit tout à coup qu'il était devant l'entrée principale du cimetière du Père-Lachaise. Un relent de terre remuée montait du vieux jardin des morts. Au loin, sur le gravier, crissait le pas léger d'une vieille dame fantôme qui rentrait à la maison.

Le huitième

Ils étaient une sacrée bande de buveurs et de pétardiers. Ils ripaillaient souvent ensemble, ensemble allaient au bal danser tous les samedis et dimanches, fêtaient un mois le jour de l'an, s'invitaient à toutes les noces. Ainsi, ce jour de mardi gras, vêtus d'oripeaux de bouffons et masqués de trognes grotesques, ils avaient volé des baisers parmi la foule et les fanfares, braillé des rengaines paillardes à la figure des bigotes, orné de branches d'arbres le crâne des cocus, bref, ils s'étaient bien amusés.

Après la retraite aux flambeaux ils s'en allèrent tous, se bousculant l'un l'autre, chez Tue-Mouches le maraîcher, le plus fier luron de la troupe. Ils s'assirent autour de la table, essoufflés, s'esclaffant encore des farces qu'ils avaient jouées au cours de cette journée faste. Aucun n'avait quitté sa face de carton. Ils étaient huit. Huit gobelets furent donc posés sur la nappe. On servit l'eau-de-vie de prune, on trinqua, le poing haut levé. Chacun, pour boire, ôta son masque. Un verre resta seul posé devant une chaise déserte. Ils s'étonnèrent. Ils se comptèrent. Ils étaient sept, pas un de plus. Certains froncèrent les sourcils, d'autres sottement ricanèrent.

L'un d'eux regarda sous la table, il n'y vit que bottes et plancher. Tue-Mouches dit :

– Remasquons-nous.

Les sept visages disparurent derrière les figures peintes. Ils se comptèrent à nouveau. Ils étaient huit masques attablés. Soudain muets comme à l'église ils débarrassèrent leurs faces et se recomptèrent encore. Ils n'étaient que sept compagnons. Ils se regardèrent, pantois.

– Il est là, murmura Tue-Mouches. Le huitième, morbleu, c'est lui !

– Qui, lui ? couina une voix pâle.

– Celui qui vient sans qu'on l'appelle, celui qui va partout masqué, dit l'un, l'œil fixe et le front moite.

– Celui qui fait le croc-en-jambe quand tu tombes dans tes bourbiers, dit un autre en baissant le nez.

– Le diable, murmura Tue-Mouches.

Ils jetèrent les masques au feu. L'eau-de-vie resta sur la table. Ils n'avaient plus le cœur à boire. Aucun mot de plus ne fut dit. Ils regardèrent la flambée jusqu'à ce que tout soit en cendres, et chacun retourna chez lui.

BOURGOGNE

Les fidèles

A Dijon autrefois, vécurent les époux les plus aimants du monde. Il s'appelait Hilaire, elle s'appelait Quiéta. Quarante années durant, chacun fut le bonheur et le souci de l'autre, et chacun tous les soirs pria Dieu en secret de les faire mourir ensemble, un même jour. Mais Dieu ne voulut pas. Il prit d'abord Hilaire. Un an après sa mort, quand Quiéta fut portée à son tour au tombeau, ses enfants la couchèrent auprès de son époux. Alors on vit Hilaire, dont le corps était sain malgré son long trépas, sortir un bras du drap, le passer tendrement au cou de son épouse, et l'attirer à lui. Et l'on vit sa Quiéta sourire infiniment.

Les festins de Beuffenie

Beuffenie de Galafre était fée en Bourgogne. C'était une mégère aux mamelles joufflues, une maléficieuse, une énorme bâfreuse. Elle n'aimait rien autant que danser, festoyer et remplir sa bedaine.

La nuit où, chaque mois, la lune est à son plein, elle priait à dîner tout ce que le pays comptait de magiciens, de géants et de fées. Leur rendez-vous était dans un chaos de rocs proche de Nuits-Saint-Georges. S'y retrouvaient Renaud, l'enchanteur taciturne (son château était du voisinage), quelques monstres locaux, des sorciers, des sorcières et le diable en personne, qui pour cette occasion se faisait cuisinier. C'était lui qui tenait les fourneaux de la fête.

Une heure avant minuit la troupe rassemblée partait pour le Pâquier, une île sur le fleuve où était un bosquet de chênes millénaires. Beuffenie de Galafre avec monsieur Satan, Renaud et les dragons prenaient place dans un char tiré par douze chevaux noirs aux naseaux enflammés, aux ailes puissamment déployées sous la lune. Derrière eux six juments aux plumes d'aigles emportaient douze fées dans deux carrosses bleus. Les magiciens suivaient, chacun sur son oiseau, son balai, sa licorne ou son renard volant. Puis venait la piétaille aux ailes transparentes, laquais, porteurs de vins, de liqueurs, de volaille, de porcelets, d'agneaux, de galettes, de fruits, de pâtisseries, de fromages. Tous traversaient la nuit en cortège bruissant, et se posaient sur l'île.

La table était dressée sous les arbres où brillaient des milliers de lucioles. Dans les feuillages étaient des joueurs de violon, de flûte, de bombarde, un orchestre de cris, des chorales de nains. Beuffenie leur faisait un signe de baguette, et d'un coup la musique emportait les danseurs en rondes extravagantes, en pas de danses folles, en rires, en tourbillons. Enfin retentissait sur la terre tremblante un hurlement effrayant et démoniaque à faire s'enfoncer les montagnes sous terre. Tous s'en réjouissaient. Ce n'était que Satan, le marmiton du jour, qui invitait dans son jargon les convives à passer à table.

Ces fêtes n'ont plus cours depuis que Beuffenie a quitté notre terre, un soir d'indigestion. Reste, près de Saulieu, au ravin de Galafre, un de ses domiciles. On peut y visiter sa cuisine, son lit, son cuvier, ses sabots, tous taillés dans le roc, parmi les éboulis. Mais il vaut mieux ne point s'y risquer à minuit, sous peine de se voir invité par un diable vêtu comme un chef cuisinier à goûter un dîner de couleuvres et de rats. Les festins aujourd'hui ne sont plus ce qu'ils furent. Si vous y allez un soir, emportez donc du sel, dans une boîte. Trois pincées, paraît-il, éloignent les démons. Et si ce n'est pas vrai, au moins serviront-elles à rendre le ragoût un peu plus fréquentable.

La Vouivre

Ses yeux sont d'un démon rieur et fascinant, son corps est un serpent et ses bras déployés portent des ailes d'aigle. Pourtant c'est une femme. Au milieu de son front brille une pierre rouge. On l'appelle la Vouivre. Elle niche, en Côte-d'Or, dans la grotte nommée la Roche-du-Jardon. Elle erre aussi parfois dans les châteaux en ruine, plane au-dessus des tours, des murailles éboulées, veille parmi les ronces, à l'heure de midi, sur les trésors cachés. C'est là son seul souci : empêcher l'or enfoui de monter au soleil.

C'est ce qu'elle fit et fait encore au vieux château de la Casaque. Là vécut autrefois un seigneur malfaisant. L'été, chassant à courre avec sa meute, il poussait son cheval, sans souci des moissons, dans les champs de blé mûr. L'hiver il faisait pendre aux portes des villages les vieux et les enfants qui osaient ramasser du bois mort sur ses terres. Au printemps il violait les bergères nouvelles. A l'automne il levait des impôts d'affameur sur les places publiques avec ses trois cents gardes et ses douze greffiers. Bref, chacun fut content de le voir un matin partir à la croisade et tous, quand il mourut sous un sabre mauresque, rendirent grâce au Ciel et s'en furent danser. Son château s'écroula, les remparts se fendirent, l'herbe envahit les cours et les salles pavées. On murmura bientôt qu'un trésor prodigieux gisait sous les décombres, laissé là par ce fou qui s'en était allé chercher l'éternité dans les sables d'Orient. Alors la Vouivre vint s'établir dans les ruines.

Or il advint qu'un jour la pauvre Anna Simon (elle avait en ces temps sa mère à La Lochère) n'eut plus ni lait ni fruit pour nourrir son enfant. L'hiver avait été d'une méchanceté à faire pleurer Dieu. Anna pensa : « Ma foi, je veux bien trépasser, mais mon garçon, Seigneur, mon loupiot, mon Jésus, qui donc lui donnera sa becquée quotidienne ? » Elle s'en fut consulter l'ermite qui vivait dans la forêt voisine. C'était un homme saint aussi vieux que le chêne où il avait sa hutte. Le pieux Mathusalem assis devant sa porte à l'ombre du grand arbre écarta les longs poils de sa moustache blanche et lui dit :

– Ne crains pas. Confesse tes péchés demain matin dès l'aube. Tant de corps que de cœur il faut que tu sois propre. Va au château de la Casaque, un trésor t'y sera donné. Ne te laisse pas éblouir. Dans le tas d'or que tu verras, prends ce qu'il te faut, rien de plus. Va, ma fille, et que Dieu te garde.

Anna embrassa le vieil homme et s'en revint à sa maison.

Le lendemain après confesse elle grimpa au château ruiné avec son enfant dans ses bras qui dormait en tétant son doigt. Elle s'assit dans la cour déserte. Comme elle berçait son nourrisson, guettant les murs et les ronciers, elle entendit un craquement qui lui fit voûter les épaules. Elle vit le haut donjon se fendre comme une étoffe déchirée. Elle courut, trébucha, se pencha sur la brèche. Dans l'ombre du dedans un coffre était ouvert. Il était empli d'or. Elle lui bondit dessus. Dans une poche en hâte elle fourra dix poignées. La fente dans le mur rétrécit d'une main. L'autre poche bientôt fut gonflée comme une outre. La muraille mouvante écorna le soleil. La ceinture d'Anna, ses manches et son bonnet craquèrent de partout. L'ombre envahit la salle. Semant de-ci de-là des brins de sa moisson, elle sortit de profil entre les pans de mur qui se fermaient sur elle. Elle tomba à genoux et tout à coup hurla. Son enfant n'était plus à l'abri du buisson où elle l'avait laissé. Elle l'appela, erra jusqu'à la nuit parmi les éboulis, s'écorcha pieds et poings, ne trouva nulle part le petit endormi.

Alors sous les étoiles elle trotta chez l'ermite. Il somnolait, assis devant un feu mourant, son bout de chapelet perdu parmi les cendres. Il ouvrit un œil vague et grogna dans sa barbe :

– Tous pareils. Des rapaces. On leur donne la main, ils vous mangent le bras. Deux poignées suffisaient à te payer trois fermes. Que voulais-tu de plus ? Là, là, ne pleure pas. La Vouivre a pris ton fils. Dans un an, jour pour jour, tu t'en retourneras au pied de ce donjon et tu disposeras, par tas de cent, dans l'herbe, toutes les pièces d'or que tu as emportées. La brèche s'ouvrira, et l'enfant sortira.

Trois cent soixante-cinq jours d'inquiétude passés, le petit apparut entre les pans de mur. Il marcha fièrement vers sa mère ébahie. Sa figure était rose et ses joues bien remplies. La Vouivre énigmatique avait pris soin de lui, preuve que les dragons peuvent faire parfois d'excellentes nourrices, pour peu qu'un doigt d'enfant sache toucher leur cœur.

CENTRE

Le curé et les âmes en peine

C'était un bon curé, fort en gueule, noueux, simple, rude et brave homme. Un grand béret planté sur son front, le bâton bien en pogne et l'enjambée gaillarde il avait l'habitude, une fois la semaine, d'aller passer le soir au village voisin chez un vieux compagnon de séminaire dont la servante était un fameux cordon-bleu.

Or, une nuit sans lune, comme il s'en revenait du fraternel dîner, au large du chemin sous le feuillage obscur il vit une lueur. « Un charbonnier sans doute a mal éteint ses braises, se dit-il. L'imprudent ! Il faut que j'aille voir la chose de plus près. » Il s'aventura donc dans le sous-bois, parmi les buissons qui griffaient sa soutane. Il fit halte bientôt au bord d'une clairière. Au milieu d'elle était un cercle de feu blanc. Il fronça les sourcils, demanda à Jésus, la Vierge et son Joseph quel était ce mystère, n'en eut point de réponse et résolut d'aller lui-même la chercher. Il s'avança, le pas ferme, traversa les flammes immobiles, se retrouva au centre et là s'étonna grandement. Il n'avait senti ni brûlure, ni le moindre souffle d'air chaud. Il marmonna, parlant pour lui :

– Par tous les saints du paradis, c'est du feu froid qui flambe ici !

A peine ces paroles dites, il entendit entre ses pieds une voix vive et grésillante comme l'huile dans le poêlon :

– Si tu veux du feu chaud, dit-elle, j'en ai pour toi plus qu'il n'en faut.

Ce curé était de foi ferme, et de plus avait fait la guerre contre les Teutons, autrefois. La peur n'était pas sa maîtresse.

– Camarade d'en bas, gronda-t-il durement, ne te fatigue pas, je n'ai besoin de rien.

Le feu froid s'éteignit, et dans le noir la voix sans corps se fit soudain tonitruante :

– Va donc, hé, vieux corbeau ! Déchet de sacristie ! Confesseur de cloportes !

La rage empoigna le bonhomme. Quand son bon Dieu l'admonestait, il savait se faire humble. Mais que la nuit l'insulte, il ne pouvait l'admettre.

– Moi, corbeau ? Moi, déchet ? En garde, Belzébuth !

Il retroussa ses manches et se mit à cogner à grands envols de canne, rossant l'air alentour, devant, derrière, au-dessus de sa tête, à droite, à gauche, en bas, au ras de la rosée. A chaque coup porté, il entendit : « Aïe ! Ouille ! Houlà ! Pitié ! » Mais il ne vit personne. Il battit tout son saoul jusqu'à ce que s'enfuient cris et gémissements. Alors, suant, soufflant et jurant comme un brave, son bâton à l'épaule, il reprit son chemin.

Trois semaines plus tard, la veille de Toussaint, sur le coup de minuit on frappa à sa porte. Il se leva, grognon, alluma sa chandelle, descendit en chemise, ouvrit, ne vit personne. Il pensa : « J'ai rêvé. » Or, comme il refermait, il entendit dehors une voix familière.

– Bonne nuit, monsieur le curé. Que la main de Dieu vous protège !

Il sourit, répondit :

– C'est vous, père Cadet ? Bonne nuit, bonne nuit !

Il reprit l'escalier de sa chambre, s'arrêta au milieu, sa bougie sous le nez. « Ah ça, je perds le nord. Le père Cadet est mort l'an dernier, se dit-il. C'est pourtant bien sa voix que j'ai entendue là. » Trois nouveaux coups frappés le firent se tourner.

– Bonne nuit, monsieur le curé. Que la main de Dieu vous protège ! dit, dehors, une vieille femme.

Le bonhomme pensa : « C'est la mère Guillette. Il me semblait pourtant l'avoir portée en terre il y a bientôt six mois. On se moque de moi. » Il s'en revint ouvrir. Il sortit sur le seuil. Sous la lune pâlotte il vit dans la ruelle assemblés devant lui des gens, tous du village et tous morts dans l'année. Il y avait là Chaudy, trépassé dans son champ la faucille à la main à la fin des moissons, et Jeanne, morte en couches avec son nourrisson, et la mère Guillette, étouffée par la peur un soir qu'elle avait vu, dans le bois, l'Homme Rouge, et Lucien, mort d'ivresse un soir de carnaval.

– Hé, que faites-vous là ? dit à tous le curé. N'êtes-vous point au paradis, mes bonnes âmes ?

– Nous y allons, répondit la Jeanne. Nous étions bien en peine depuis nos funérailles. Un démon nous tenait prisonniers dans le bois. Mais vous l'avez rossé de si belle manière que nous voilà tous délivrés.

– Vous frappez durement, dit Chaudy, la mine admirative.

Tous sourirent, heureux sous la lune paisible.

– Bon chemin, mes enfants, répondit le curé.

Il les bénit d'un geste et s'en alla dormir en fredonnant une chanson de vieille enfance.

La véritable histoire du dragon à sept têtes

Il y a je ne sais combien d'ans le seigneur du pays d'Ennordres, quittant cette vallée de larmes, laissa son fief à ses deux fils. L'aîné rafla tout l'héritage, le cadet s'en alla tout seul, le sac plat, sans un sou en poche. Ce n'était pas un bon garçon. Il était jaloux, malfaisant, paresseux, teigneux comme un rat. Il vagabonda par le monde, jusqu'au jour où il s'en revint, fatigué, la rage à la bouche, à Ennordres où régnait son frère. Il entra droit dans le château, exigea, la mine hautaine, qu'on ouvre devant lui les portes, se présenta dans le salon où son aîné, devant le feu, lisait les nouvelles du jour. Sans même lui dire bonjour il se planta devant sa face et gronda :

– J'ai à te parler.

– J'écoute, lui répondit l'autre.

– J'avais autant que toi le droit d'être à la place où tu lis ton journal, dit le mauvais cadet. Tu m'as dépossédé. J'ai usé mes souliers, j'ai trimé, j'ai souffert. Tout cela par ta faute. Je te déteste tant que j'ai cent fois rêvé que je t'écrabouillais comme un pou sous le doigt. Encore à cet instant j'ai envie de le faire. Mais je m'en abstiendrai, car tu peux me servir. Je veux que tu me donnes une maison tranquille au fond de la forêt, un serviteur, et de quoi vivre à l'aise. Outre ces petits riens j'exige qu'on me livre une fille par an, dont je pourrai user selon mon bon plaisir. Tu dis oui, frère aîné, ou je te troue la peau.

Il tira son poignard du fourreau et lui piqua la glotte. L'autre, l'air effaré, avala sa salive et balbutia :

– D'accord. Une fille par an.

Le cadet ricana, rengaina son couteau, rédigea un contrat, fit tamponner dessus le cachet du royaume et s'en fut en sifflant une chanson d'amour.

Le roi, demeuré seul, se prit à réfléchir (c'était en vérité un peureux au front moite). « Comment donc, se dit-il en grattant sa bedaine, faire admettre à mon peuple une telle exigence ? » Il alluma sa pipe, édifia des plans, tourmenta ses méninges. A la fin de la nuit, il lui vint une idée. Dès l'aube il convoqua ses quatorze ministres et leur tint ce discours :

– Depuis hier, bonnes gens, un dragon à sept têtes occupe ma forêt. C'est une bête énorme, invincible et féroce. Ce monstre m'a fait dire, en termes clairs et francs, qu'il mangerait la ville à moins qu'on ne lui donne, en gage d'amitié, une fille par an. Nous n'avons pas le choix. Nous devons nous soumettre. Faites donc publier la dure vérité. Que chacun se prépare aux mauvais jours qui viennent. Au revoir et merci.

La nouvelle bientôt se répandit partout. Les pères, les vieillards, les mères gémissantes et les enfants en larmes coururent s'assembler le soir même à l'église. L'évêque les bénit et leur dit :

– Mes agneaux, Dieu qui nous veut du bien nous

envoie ce fléau. Je ne sais pas pourquoi. Ses voies, vous le savez, nous sont impénétrables. Il faut donc obéir sans chercher à comprendre. Priez, confessez-vous, faites tout comme il faut, et le mal passera, puisque ici-bas tout passe.

On ne pouvait lutter, et donc on se soumit au bon vouloir du monstre. Tous les ans au printemps (le premier jour d'avril) une fille s'en fut à la Croix-aux-Marteaux après qu'elle eut tiré, au loto de la mort, le mauvais numéro.

Vint l'année fatidique où la petite amie de Georges l'armurier fut désignée par Dieu pour aller au dragon. Ce Georges avait du cœur. Il dit à sa fiancée qui lui pleurait dessus :

– Amie, fais-moi confiance. Je t'accompagnerai. Parole d'amoureux, j'étriperai le monstre.

C'était un beau gaillard, un peu vantard, mais brave. Il s'en fut avec elle au triste rendez-vous. Elle s'assit en tremblant à l'ombre de la croix de pierre, il s'en fut se cacher sous les fleurs d'un buisson. Ils écoutèrent un peu, en guettant l'alentour, le vent dans les feuillages, puis virent s'approcher, trottant sur le chemin, un vagabond terreux au chapeau enfoncé jusqu'aux yeux. L'homme vint à la fille et saisit son poignet. Georges bondit sur lui, il le prit à la gorge, le coucha sur le dos, s'assit sur sa poitrine et lui dit :

– Qui es-tu ?

– Presque rien, un valet, pitié, par tous les diables ! brailla le malotru.

– Ton maître, qui est-il ?

– C'est le frère cadet du roi de ce pays. Hé, le voilà

qui vient. Si vous voulez briser les côtes de quelqu'un, asseyez-vous plutôt, s'il vous plaît, sur les siennes !

Georges se retourna, vit le cadet du roi appuyé contre un arbre, l'air vaguement rieur. Il se curait les dents d'une tige d'avoine.

– Tout doux, mon bon, dit-il au jeune homme furieux qui lui venait dessus. Vous avez devant vous le dragon à sept têtes. Certes, je suis mauvais, mais je comprends la vie. Vous m'avez découvert, je n'ai qu'un vieux couteau et vous avez un sabre. Négocions, l'ami. J'ai volé, en dix ans, mille écus d'or au roi. Ne me dénoncez pas, vous en aurez cinq cents.

– D'accord, répondit Georges. A une condition. Que tu renonces aux filles.

Le marché fut conclu.

Georges avec sa fiancée s'en revint à Ennordres. Il annonça partout qu'il avait trucidé le dragon à sept têtes et que le monstre mort s'était dissous dans l'air. On fêta le héros. L'évêque proposa qu'on fît de lui un saint, mais il ne voulut pas. Avec cinq cents écus et une bonne amie, il jugea sagement qu'il avait bien le temps de coiffer l'auréole.

La lavandière

En Berry, autrefois, les nuits de pleine lune, quand les arbres endormis faisaient des cauchemars, on entendait au bord des rivières les remuements de linge et les coups de battoir des lavandières blanches à leur travail maudit. Ces spectres, disait-on, battant leurs draps mouillés, aspergeaient les nuées et les gonflaient de gouttes qui retombaient en bruine sur la terre alentour. Ces femmes qui, la nuit, faisaient pleurer le ciel avaient de leur vivant tué leur nouveau-né. Mortes, errantes à jamais, elles en gardaient à l'âme un malheur sans espoir, un pouvoir d'épouvante, une méchanceté si fascinante et lourde que rares furent ceux qui les trouvèrent un jour sur leur route nocturne et n'en périrent pas.

Rare fut donc cet homme qui revenait un soir, par le ravin d'Urmont, au village où était sa maison de famille. Comme il passait au bord d'une source où poussaient des saules pleureurs, il vit entre deux arbres une vieille à genoux qui lessivait son linge et le trempait dans l'eau, l'en sortait ruisselant, le tordait à grand-peine. Il n'en fut pas troublé. Cette femme avait l'air d'une pauvre servante attardée à l'ouvrage. Il s'approcha, lui dit :

– Vous travaillez bien tard.

Elle ne répondit pas. Il pensa : « Elle est sourde. » Il se pencha sur elle au-dessus de l'eau sombre. La source était limpide. On y voyait dedans la lune comme au ciel. La vieille lentement leva vers lui la tête et le regarda. L'homme se redressa, chercha derrière lui un saule où s'appuyer. Le visage de cette mégère était d'une inhumanité impassible et glaciale. Ses yeux indifférents étaient ceux d'une morte. L'homme contourna l'arbre. Il se retint de fuir, malgré son épouvante. Il reprit son chemin, sans le moindre coup d'œil par-dessus son épaule.

Alors il entendit des pas qui le suivaient. Il vit paraître une ombre à deux doigts de la sienne. Il enfonça le cou dans ses épaules, allongea l'enjambée, se mit à courir presque. Les pas derrière lui se firent plus hargneux. Un halètement rauque envahit ses oreilles. L'ombre était toujours là, à côté de son ombre. Il décida de faire face. Il se tourna d'un coup, le bâton levé. Sur le chemin, personne. Au loin, près de la source, dans la lumière pâle, en silence parfait, la vieille échevelée dansait grotesquement, et troussait son jupon, et lui faisait des signes alléchants de catin. L'homme la regarda, tout à coup captivé. Il fit un pas vers elle.

Un chant de rossignol ruissela d'un feuillage. Le spectre se défit. La campagne revint à son calme ordinaire. Un chant avait sauvé la vie du voyageur. Un chant suffit parfois à ranimer le monde.

La Flambette et le berger

Benoît était berger. Il avait sa cabane au bord d'un marécage. Il vivait là tout seul dans son désert d'étangs, de vent, d'herbe infinie où ne passait jamais le moindre voyageur. Ses seules compagnies étaient ses quatre chiens, ses moutons, les oiseaux, les feux follets sur l'eau. Parfois il leur parlait, pour le plaisir de dire, leur posait des questions, inventait des réponses. C'était un être simple et content de la vie.

Or, voilà qu'une nuit une lueur d'éclair et trois coups fracassants contre son mur de bois le firent se dresser brusquement sur son lit, comme piqué au cul par l'aiguillon du diable. Il se frotta les yeux, gratta férocement son crâne ébouriffé et vit là, devant lui sur la terre battue, une sorte de femme haute comme un épi, vieille, ratatinée, aux yeux perçants et noirs enfoncés dans ses rides. Il en perdit le souffle. Elle n'était habillée que de ses cheveux blancs qui la cachaient entière, sauf le bout de ses pieds, sa face et son menton où flottait joliment une barbe folâtre.

– Garçon, viens avec moi, c'est l'heure, lui dit-elle.

– Moi ? gémit le berger. Où voulez-vous que j'aille et quelle heure est-il donc ?

– Celle de m'épouser, parbleu, lui dit la vieille. M'as-tu donc oubliée ? Voyez-moi ce nigaud la bouche ouverte aux mouches ! Je suis (souviens-toi donc !) la mère des Flambettes. Je danse tous les soirs vêtue en flamme bleue sur les eaux de l'étang pour toi seul, malotru ! Trêve de balivernes. Allons, habille-toi, mets ton pantalon noir, ta veste, ta cravate et courons à la noce, on n'a que trop tardé !

Benoît grogna, bâilla, fit un signe de croix, et ramenant sur lui sa couverture sale :

– Va au diable, dit-il.

La vieille s'énerva, cogna du pied le sol, grinça, les poings brandis, puis fit tourbillonner sa longue chevelure et se changeant soudain en flamme bleue s'en fut par une fente entre les volets clos. Le berger soupira. Il chercha le sommeil à droite, puis à gauche, à plat ventre, de dos, entendit aboyer furieusement ses chiens, à nouveau se dressa, mille jurons en bouche, empoigna son bâton. Il sortit sous la lune.

Ce qu'il vit le laissa si rogneux et pantois qu'il lâcha dans l'air noir sa bretelle élastique. Ses moutons bondissaient par-dessus la clôture et fuyaient de partout vers les mille horizons, affolés et bêlants, aussi vifs que des biches. Il courut çà et là, ne sachant qui poursuivre, braillant, s'égosillant. A l'aube il trébucha contre une touffe d'herbe, tomba sur les genoux, ne put se relever, contempla sans espoir cent formes floues s'ébattre alentour dans la brume et vit ce qu'elles étaient : point ses bêtes, des femmes, de petits êtres agiles aux longs cheveux d'argent qui dansaient et filaient du ciel à ras de terre et des champs aux vapeurs des étangs immobiles.

Il appela ses chiens. Quatre énormes corbeaux s'en vinrent droit sur lui, effleurèrent ses joues, son crâne, ses épaules, et s'envolèrent en croassant. Il revint à l'enclos. Ses moutons s'éveillaient au soleil du matin. Il les compta trois fois. Il manquait une bête. Au soir, un bûcheron lui porta sur son âne une brebis noyée. Il l'avait retrouvée dans la mare aux Flambettes.

Benoît, la nuit venue, se coucha sans dîner. Il se sentait fiévreux. A peine dormait-il, même lueur d'éclair, même coups furibonds contre le mur de bois. Une chèvre apparut soudain au bord du lit. Ses cornes étaient en or. Elle fonça, le front bas, contre la porte, l'enfonça et sortit parmi les chiens hurlants. L'homme la poursuivit, ses moutons s'effrayèrent, la lune se leva sur un nouveau sabbat. Bêtes fantomatiques et danses de Flambettes encore le menèrent aux brumes du matin. Au soleil revenu il compta son troupeau. Un agneau lui manquait. Sept nuits ce fut ainsi. Il perdit trois moutons, une chevrette noire et son meilleur bélier. La dernière noyée fut une brebis pleine.

Un ermite boiteux au soir la ramena au travers de son dos. Benoît n'en pouvait plus. Il avait bien perdu la moitié de son poids et grelottait sans cesse. Le saint homme des bois l'écouta raconter ses étranges malheurs et lui dit :

– Mon garçon, le seul remède sûr, pour te débarrasser de la mère Flambette, est de raser sa barbe. Mais un pareil travail ne va pas sans danger. Si tu oublies un poil, un seul, Dieu te protège ! Car elle le passera prestement à ton cou et te pendra tout cru à la poutre du toit. Je dois m'en retourner, mes prières m'attendent.

Il s'en fut en pestant contre ses rhumatismes.

A la lune levée, la Flambette apparut à la tête du lit.

– Viens, ma belle, viens donc, marions-nous ensemble et caressons-nous bien, lui murmura Benoît, les lèvres en cul de poule.

La femmelette nue se glissa près de lui. A minuit, elle dormait. Le berger se leva, prit ses ciseaux à tondre, revint s'agenouiller au bord de la litière, empoigna par le cou la Flambette ronflante et d'un claquement sec lui fit le menton ras. Après quoi il tomba lourdement sur son lit et dans un grand soupir s'endormit à l'instant.

Le soleil du matin lui baisa les paupières. Il s'assit, s'ébroua. Il s'étonna de voir qu'il serrait dans la main son bâton de berger, et qu'il avait tondu la laine qui l'ornait. Il s'en fut à l'enclos. Les sept bêtes noyées bêlaient avec les autres. Alors paisiblement il alluma son feu. C'était un être simple, un peu fou certains jours, mais qui ne l'est jamais ? Il fit chauffer son lait et rôtir ses tartines en fredonnant tout doux dans le matin frisquet.

L'auberge de la Guette

L'auberge de la Guette était en ce temps-là au bord du Barangeon, à la sortie d'un pont de bois. Le lieu était sans cesse environné de vapeurs de rivière, d'âcres fumées mouillées, de froidures puantes. La matrone aubergiste, une sorte d'ogresse échevelée, crasseuse, à la bouche tordue, avait deux fils teigneux comme des chats du diable. A Bourges on murmurait qu'un meurtre sur leur âme ne pesait pas plus lourd qu'une plume de coq.

De fait, le voyageur qui mettait pied à terre au seuil de leur repaire ignorait que la mort l'attendait dedans. Il suffisait pour qu'il trépasse que son bagage attire l'œil. La mère épouvantable et ses deux assassins lui offraient une place auprès du vieux chaudron qui ruminait ses choux sur les bûches de l'âtre, puis lui servaient du vin en grognant sous son nez un mot de bienvenue, et tandis qu'il buvait plantaient un coutelas entre ses omoplates. Après quoi ils traînaient le cadavre dehors, le jetaient dans un puits et s'enfermaient au chaud pour allumer leur pipe et compter leur butin. Tant de trous, de marais, de brouillards et de spectres traversaient en ces temps les chemins du pays qu'on ne recherchait pas les défunts malchanceux. L'enquête ne durait que le temps d'une messe et d'un De profundis, on jugeait les perdus introuvables en ce monde et les trois forbans de la Guette attendaient sans souci, en se curant les dents, leur prochain coup de lame.

Or, ils avaient à leur service une maigrichonne timide au point qu'on la croyait idiote. Quand l'ogresse, même de loin, lui criait de trier des fèves ou d'aller laver ses chemises, la pauvre fille en gémissant levait le bras devant ses yeux, comme si lui tombaient des gifles. Elle tremblait toujours, ne parlait jamais, mangeait sous la table avec la volaille et n'avait de lit que le coin du feu. Il en fut ainsi jusqu'au jour d'avril où s'en vint un homme aussi beau qu'un ange. Quand il descendit de son cheval gris au seuil de l'auberge, elle se redressa pour le contempler, tenant à deux mains son seau sur ses cuisses, l'œil émerveillé. L'homme lui sourit. Ce fut comme si Dieu avait touché son front. Elle en rougit d'aise, et presque aussitôt, prise d'épouvante, elle pensa : « Seigneur, s'il entre il est mort ! » Son cœur s'affola. « Comment le sauver ? », se dit-elle encore. L'ogresse ronflait sur son tabouret, au fond de la salle. Ses fils étaient là, appuyés au mur, de chaque côté de la porte basse, à examiner le nouveau venu de la tête aux pieds, le chapeau sur l'œil, la mine mauvaise. Ils virent soudain la servante s'approcher de l'homme et prendre sa main.

– Fuyez ! lui dit-elle dans un souffle vif.

Les voyous s'émurent. Ils vinrent sur elle, le poing au couteau qui battait leur flanc. Un sale rictus leur plissait le nez. L'homme vit la mort, bondit à cheval, hissa la chétive en un tournemain, s'en fut au galop sur le pont grondant, franchit la rivière avec à son cou les bras de la fille qui le serraient fort, le visage enfoui dans son manteau bleu.

L'ogresse sortit, vit les deux garçons qui se débattaient, les mains en avant, comme si derrière un poing les tenait, invisible et ferme. Elle les secoua en vociférant, mais rien n'y put faire. Ils marchaient d'un pas et tombaient assis. Ils se relevaient et couraient sur place. Dieu s'amusait d'eux peut-être, ou le diable. La vieille s'en fut ouvrir son chenil. Deux énormes chiens bondirent dehors. A l'entrée du pont ils se hérissèrent et le museau bas ne bougèrent plus.

A la nuit tombée les gendarmes vinrent, trouvèrent les fils englués dans l'air, l'ogresse collée bras et jambes ouverts contre sa fenêtre et les deux molosses au fond de leur niche enfouis sous la paille. Tous furent jugés, les gens et les bêtes, en un jour, à Bourges. On livra les chiens aux cailloux du peuple, on pendit les hommes et dans un tonneau on cloua la mère. Autour de la ville on la fit rouler trois jours et trois nuits, puis on la brûla en place publique.

Et les gens s'en vinrent à l'auberge rouge déjeuner sur l'herbe en flairant la mort. Mais nul ne revit ni le cavalier ni la maigrichonne enfuis Dieu sait où sur leur cheval gris.

La Demoiselle

Il était une fois un noble campagnard nommé Jean de La Selle. Il habitait une carcasse de vieux château austère et froid, aux greniers hantés par les chouettes, aux vastes salles poussiéreuses où seuls les courants d'air balayaient dans les coins les toiles d'araignées. Il vivait solitaire avec son grand Luneau, un long bonhomme maigre aux gestes mesurés, à l'humeur toujours droite, le dernier des dix-huit domestiques qui avaient autrefois servi la maisonnée. Tous s'en étaient allés, la famille était morte, le maître et son valet étaient seuls demeurés l'un à l'autre fidèles, comme deux survivants dans le désert du temps.

Or, il advint qu'un soir Jean et son grand Luneau revenaient de la foire où ils avaient vendu une paire de bœufs. Contents de leur journée, le prix de leurs bestiaux (un sac de pièces d'or) bringuebalant au flanc de la jument du maître, ils chevauchèrent au pas, jusqu'à la nuit tombée, firent halte un moment au bord de la forêt, dînèrent posément de pain et de fromage, et remontèrent en croupe. Jean, se laissant aller au petit trot tranquille, se prit à somnoler. Luneau allait devant. Il s'endormit aussi. Les chevaux connaissaient les détours de la route. A l'entrée du château ils hâtèrent le pas. Les hommes en frissonnant se réveillèrent ensemble. Ils mirent pied à terre devant le perron, se dirent bonne nuit, et tandis que le grand Luneau allait à l'écurie avec les deux montures Jean rentra, le pas lourd et son sac à l'épaule.

Il l'ouvrit sur la table, leva haut sa lanterne et resta stupéfait. Ses beaux écus avaient tous disparu. A leur place n'étaient que des cailloux et des graviers mêlés de terre humide. Il s'en fut à la fenêtre. Il appela Luneau. L'autre vint à grand bruit, les sabots cascadant dans la galerie sombre. Il risqua son nez pointu au bord du sac béant et dit ces simples mots :

– Mille millions de diables !

– En traversant le bois, grogna Jean de La Selle, je me suis tout à coup senti la tête lourde.

– Moi aussi, dit Luneau. Je me suis endormi. C'est la première fois que le sommeil me prend sur le dos d'un cheval.

– Quelque brigand malin, lui répondit son maître, a dû nous détrousser pendant que nous rêvions, vieux croûtons que nous sommes ! Bah, nous n'en mourrons pas.

Il haussa les épaules et s'en alla fermer le volet vermoulu.

– Si vous voulez mon sentiment, dit Luneau, ça, c'est un coup des Demoiselles.

Il parlait des dames de brume qui hantaient les landes désertes et l'orée des bois, en ces temps. Jean de La Selle ricana. L'autre prit le sac de cailloux et s'en fut le jeter dehors avec force signes de croix.

Dix ans passèrent. Et Jean, un soir, revenant par la même route de la foire de Berthenoux, se prit à penser aux beaux jours, à son Luneau, mort à Noël. Il venait, cette fois encore, de vendre deux bœufs au marché. Un autre sac était pendu à l'encolure de sa bête, il tintait tout doux dans la nuit. Quelques poignées d'or étaient là, de quoi vivre quatre saisons. Il se sentit mélancolique, s'étonna d'avoir sommeillé, dix ans avant, sur son cheval, lui qui ne dormait plus beaucoup.

Des brumes, autour de lui, dérivaient sur la lande. Un coup de vent soudain amena droit sur lui une nuée livide. Il se frotta les yeux, vit devant son cheval se dresser une femme immense, transparente, en longue robe blanche. Son visage était gris, elle semblait pleurer. Jean la salua, poliment. Elle se glissa derrière lui, il la sentit monter en croupe. Sa jument partit au galop, il ne vit plus ni ciel ni lande, ne vit plus rien que les nuages, en haut, en bas, à droite, à gauche. Il pensa qu'il allait mourir. Alors il dit :

– Par l'âme de mes père et mère, que vous ai-je fait, belle dame ? Je ne veux de mal à personne. Épargnez ma vie, s'il vous plaît !

A l'instant même, plus de spectre. La lune revint sur les arbres, les étoiles, le chemin droit. Jean s'ébroua, poussa sa bête d'un coup de talon dans le flanc. Il rentra chez lui vers minuit.

Il ouvrit le sac sur la table. Deux bestiaux vendus, six cents livres. Elles étaient là, en tas luisant. Y étaient aussi six cents autres, celles volées au temps béni où Luneau était près de lui.

Urbain Gagnet

Autrefois, à La Souterraine, vécut un sacristain nommé Urbain Gagnet. C'était un maigrelet à l'esprit malicieux, un bricoleur de rêves, un fou, selon certains, mais raisonneur en diable. A l'entrée du village était un carrefour appelé, en ces temps, Croix-des-Quatre-Chemins. Là étaient les ruines d'une antique cité, et la rumeur disait qu'un trésor s'y cachait. Un rocher obstruait l'entrée du souterrain où il était enfoui. Comme il était d'usage à l'époque où les oies tricotaient des bonnets, cette porte de roc s'ouvrait une fois l'an, pendant les douze coups de minuit, à Noël. Urbain, secrètement, convoitait le pactole. Mais ce prudent savait qu'en douze tintements, pour peu que l'on trébuche en grimpant l'escalier, on n'a guère le temps de tromper l'imprévu. « Il faut donc allonger ce minuit fatidique », pensa-t-il, un matin. Il réfléchit trois heures et soudain s'alluma, sous sa casquette bleue, la lampe du génie.

La veille de Noël, après avoir lavé son église à grande eau, il appela son fils dans l'ombre d'un pilier et lui dit :

– Demain soir, tu tireras pour moi la corde du clocher. A l'heure de la messe il te faudra sonner les douze coups majeurs. Tu les feras durer. Compte vingt entre chaque. Il faut que ce minuit soit le plus long de l'an.

– D'accord, dit le garçon, à une condition : j'exige la moitié de ce sacré butin que tu ramèneras, futé comme tu l'es.

– Tu l'auras, sacripant, lui répondit Gagnet.

Il s'en fut donc, le lendemain, à la Croix-des-Quatre-Chemins. Il s'assit sur un caillou rond, posa devant lui sa lanterne, ausculta sa montre, attendit, tout grelottant, les mains aux poches. Pas un oiseau sous les étoiles. Il compta dix fois jusqu'à dix. Le premier tintement de cloche traversa l'air noir. Un craquement lui répondit au milieu des ruines romaines. Urbain vit un rocher bondir hors de son creux et s'en aller, droit comme un ours, tranquillement à la rivière. Il saisit sa lanterne et se précipita, se pencha sur le trou, découvrit un escalier raide, descendit, le dos courbe, entra dans une salle au plafond de racines. Au milieu d'elle était, comme versé d'un tombereau, un tas pointu de pièces d'or. Il en remplit son sac, ses poches, sa chemise. Loin dehors, dans le ciel, il entendit sonner le septième des douze. Il gravit l'escalier, tirant derrière lui son fardeau d'homme riche. Une marche soudain lui manqua sous le pied. Il glissa, s'agrippa, dévala sur le ventre. Il entendit sonner le neuvième des douze, se remit à grimper en s'aidant d'une main, son sac sur une épaule. Le douzième des douze, il ne l'entendit pas. Le rocher lui claqua la porte sur la tête. Urbain était pris comme un rat.

Il cria, il pleura, se mordit la moustache, appela diable et Dieu, s'enroua, s'épuisa, s'assit sur son tas d'or enfin, et réfléchit. Il lui fallait tenir une année dans ce trou. Des racines pendaient au-dessus de son front. Il pouvait s'en nourrir. Il le fit. Trois cent soixante-cinq jours il survécut ainsi. Quand revint la Noël il se pelotonna en haut de l'escalier, son sac sur les genoux. Un brusque courant d'air emporta ses cheveux. Il revit le ciel noir, la lune, les étoiles, sortit en titubant, ivre de vent glacé, et traînant son trésor sur la route il trotta rue du Coq, où était sa maison. Il cogna à la porte. Son fils vint sur le seuil. Il ne reconnut pas son père. Il resta ébahi devant ce fou bossu à la face verdâtre, maigre, gesticulant, qui lui braillait au nez. Urbain le bouscula, entra dans la cuisine, prit son sac par le fond, le vida sur la table. L'or qui l'avait tenu vivant dans l'oubliette tomba sous la lampe en fragments d'ossements, bouts de crâne, dents grises et poussière puante. Le garçon empoigna le sacristain au col et le jeta dehors en criant au malpropre.

Le pauvre Urbain, hagard, s'en fut au cimetière, poussa la grille, trébucha, tomba bras et jambes ouverts contre le mur de l'église et mourut là, offert au ciel. Le premier qui vint au matin le vit couvert de champignons comme un tronc moisi dans les herbes. On l'enterra où il était. Alors au-dessus de son trou, sur la muraille de l'église, parut une tête de pierre que personne n'avait sculptée, celle du bonhomme Gagnet, horrible, avide, grimaçante. Le temps, peu à peu, l'effaça. L'homme dans son trou se fit terre. Ne reste de lui, aujourd'hui, rien d'autre qu'une histoire dite.

POITOU-CHARENTES

Mélusine

Il était un roi d'Écosse. Élinas était son nom. Sur la lande un jour de brume il rencontra une fée. Ses yeux étaient de feu doux. Le roi se chauffa dedans, puis demanda :

– Qui es-tu ?

– On m'appelle Pressina.

Elle était vive et fragile comme un soleil dans la pluie. Le roi Élinas l'aima, lui prit la main, l'épousa.

Au soir des noces elle lui dit :

– Je mettrai trois filles au monde. Promets de ne point les voir jusqu'à leur septième mois. Si tu soulèves avant l'heure le voile de leur berceau, le malheur sur notre dos fera des croix douloureuses.

Le roi donna sa parole. Trois sœurs jumelles naquirent. L'une fut nommée Mélior, la deuxième Palatine, la troisième Mélusine. Quand fut le quatrième jour, bras ouverts et cœur battant Élinas vint dans la chambre visiter ses trois enfants. Pressina les baignait nues dans trois bassines d'argent. Quand elle vit entrer le roi :

– Adieu mon époux, dit-elle.

Le vent ouvrit la fenêtre, Pressina prit les trois sœurs

dans une serviette rouge, avec elles s'envola, disparut dans les nuages qui roulaient sur l'océan, se posa parmi les vagues sur un rocher noir et bleu. Là elle éleva ses filles. Pas un jour ne vint au monde qu'elle n'injurie Élinas, ce roi sans foi ni parole.

Mélusine la cadette était la plus exaltée. Un matin, gorgée de haine contre son père, elle s'envola sur la mer jusqu'à la terre d'Écosse, envoûta secrètement le vieux roi dans son château, lia ses pieds et ses poings de cordelettes d'effroi, l'enferma dans une tour au portail infranchissable, revint à l'île perdue sur un chariot de nuages.

– Ma mère, je t'ai vengée.

Pressina lui répondit :

– Honte sur toi, folle fille ! J'aimais ton père Élinas, malgré le mal qu'il m'a fait. Je t'exècre et te maudis. Du visage à la ceinture femme tu seras toujours. Mais de la taille aux orteils une fois tous les sept jours tu seras serpent femelle. Si te vient l'amour d'un homme tu exigeras de lui qu'aux heures de tes mystères il n'entre pas dans ta chambre. Et s'il manque à sa parole tu connaîtras comme moi l'exil et la solitude loin des chaleurs de la vie.

Mélusine s'en alla en Poitou, à Coulombiers où était une forêt. Parmi les arbres et les sources, les cerfs, les loups, les oiseaux elle survécut humblement. Un matin qu'elle se baignait dans la fontaine de Cé, un cavalier vint à elle sous les feuillages luisants. Raymondin de Lusignan était le nom de cet homme. Il la vit, son cœur bondit, mit le feu à sa figure. Elle sourit, baissa les yeux. Vint le jour des épousailles.

– Homme, une fois la semaine je me cacherai de vous.
– Femme, je n'entrerai pas dans votre chambre secrète.

Le bonheur vécut chez eux dix années sans trébucher. Pour son époux Mélusine fit construire par ses gens (gnomes, lutins et bons diables) le château de Lusignan et la tour Saint-Nicolas sur le port de La Rochelle, et mille maisons à Saintes, et d'autres à Châtelaillon. Elle accoucha sans encombre de dix enfants vigoureux. Chacun d'eux était marqué de quelque étrange manière. Une griffe de lion ornait la joue du plus jeune, l'aîné avait un œil rouge et l'autre vert comme l'eau, le troisième avait un loup tatoué sur une épaule, un autre l'oreille droite semblable à celle d'un chien. Un jour de pluie longue et drue Raymondin pensa : « Ma femme, qui es-tu en vérité pour avoir donné le jour à ces garçons sans pareils ? Que fais-tu donc en secret, ce jour que tu vis sans moi ? »

Il s'en fut jusqu'à sa chambre. Il entrebâilla la porte, risqua la moitié d'un œil, vit dans sa bassine ronde Mélusine à sa toilette, le front ceint d'un fil d'argent, la gorge orgueilleuse et tendre, les épaules ruisselantes, vit aussi sa taille prise, sa longue queue de serpent lovée dans l'eau transparente. Un cri bref lui vint aux lèvres. Mélusine frissonna. Raymondin ne vit plus rien, n'entendit que cette plainte :
– Mon époux, oh mon époux !

Nul ne la revit jamais dans les salles du château ni les forêts alentour. Elle resta pourtant fidèle à son époux et ses fils, présente sans cesse en eux comme la voix de leur âme. Longtemps elle revint gémir sur les toits de Lusignan, aux rudes jours de leur vie. Mais tout va, rien ne demeure, ni pleurs ni rires de fée. Le lit des rêves est défait. Où est partie Mélusine ?

La chasse Gallery

Gallery, seigneur de Niort, vêtu de cuir sur son cheval, ses quatre dagues à la ceinture, son arc au travers du poitrail, s'en fut un dimanche à la chasse. C'était un homme au corps puissant, à l'âme joyeuse et féroce. Comme il allait par les sentiers, un cerf lui partit droit devant parmi les rayons de soleil qui trouaient l'ombre des grands arbres. Il éperonna sa monture et poursuivit sa proie, déchirant buissons et feuillages, effrayant mille oiseaux, mille bêtes fuyantes.

Le cerf s'en fut chercher refuge dans la grotte d'un vieil ermite. Gallery, les cheveux fumants, franchit le seuil ombreux, ses deux couteaux aux poings. L'homme saint se dressa entre son corps énorme et l'animal tremblant, au fond de la caverne.

– Aie pitié, lui dit-il.

L'intraitable chasseur, sans même regarder sa face, écarta le vieillard d'un revers de poignet, fit quatre pas furieux, planta ses deux poignards dans la gorge haletante, prit le cerf par le cou pour le traîner dehors. Un grondement soudain retentit dans le ciel. Le soleil se couvrit de vapeurs lourdes, grises. Un éclair crépitant traversa les nuées. Gallery leva sa tête hirsute. L'ermite prit sa manche où ruisselait le sang.

– Dieu te parle, là-haut. Écoute ce qu'Il dit. Puisque ton seul désir est de chasser toujours, tu chasseras sans fin. Puisque ton cœur n'est que nuit sans étoiles et roulements d'orage, tu courras sans répit ténèbres et bourrasques. Va, seigneur Gallery, va, ta meute t'appelle !

Le chasseur, son couteau, son arc et son cheval furent à l'instant même emportés dans les nues.

Depuis ce jour maudit, quand la tempête gronde et quand siffle le vent, quand les éclairs crépitent entre deux fracas noirs, voyez, c'est Gallery avec ses chiens hurlants et ses valets fantômes, c'est Gallery qui passe et chasse sans repos la proie inaccessible, celle que n'atteint pas la pointe des couteaux, celle qui fuit toujours devant, infiniment.

La ceinture verte

Il s'en venait de loin par le chemin désert. A ce qu'il prétendait, il était colporteur. Il tenait par la bride un petit âne gris chargé d'un double sac de babioles clinquantes. On l'entendit chanter dans le vent vif du crépuscule. Le ciel, à l'horizon, tournait du rouge au mauve. Dans la cour de la ferme il cria :

– Hé, le monde ! C'est le marchand de gloire et de beauté qui passe !

La fermière sortit au seuil de sa maison. L'homme la salua, son chapeau haut levé. Il était maigre, sale et bossu d'une épaule, son œil était glacial, son sourire édenté. Il ouvrit sa besace en chantant à voix nasillarde :

– Bonsoir, bonsoir, la belle dame, j'ai de l'onguent contre les pleurs, tissus doux, chansons, jolis drames, robes, chapeaux et fausses fleurs, c'est la tournée du roi de cœur !

Il fit virevolter une ceinture verte au-dessus de sa tête. La fermière retint un élan de sa main. L'homme décidément avait mauvaise allure. Elle lui dit :

– Grand merci, je n'ai besoin de rien.

Elle ferma la porte et poussa le verrou. Un souffle de bourrasque aussitôt se leva, l'air s'obscurcit d'un coup, le tonnerre gronda, fit trembler ciel et terre, des éclairs crépitants trouèrent les fenêtres et la maison grinça comme un bateau fourbu. La colère, dehors, dura toute la nuit.

Le lendemain matin il faisait doux et calme. La fermière s'en fut donner du grain aux poules. Or, comme elle sortait, elle resta bouche bée à regarder la porte. A la poignée pendait une ceinture verte, celle que le marchand avait voulu lui vendre. Elle la prit, la tourna, la retourna. Elle était de cuir fin, sa boucle semblait d'or. La voix de son homme, derrière elle, la fit sursauter comme une enfant prise en faute.

– Cette ceinture-là est un porte-malheur. Laisse-la, bonne femme, et cours à ton travail. Les bêtes crient famine.

Elle obéit, et oublia.

Au soir, dans son grand lit, tandis que son mari ronflait à côté d'elle, les yeux ouverts dans le noir elle pensa : « Peut-être pourrais-je l'essayer, quel péché y aurait-il ? Je ne la vole pas, je la passe à ma taille, je me regarde un peu dans le miroir d'en bas, je la remets en place et je reviens dormir. » Elle se leva, descendit l'escalier sur la pointe des pieds, ouvrit sans bruit la porte. La lune brillait tant qu'on aurait dit le jour. La ceinture était là, pendue à la poignée. Elle la caressa, hésitante, perplexe, brusquement la saisit, la boucla sur son ventre.

Elle se sentit soudain broyée de pied en cap. Elle entendit craquer son crâne, ses vertèbres, ouvrit grande la bouche, voulut crier, ne put. Elle tomba à genoux, vit des griffes au bout de ses doigts et ses mains hérissées de poils raides et fauves. Un hurlement, enfin, lui jaillit de la gorge, point humain, mais de loup. Une rage innommable envahit son esprit. Elle s'en fut au galop droit à la bergerie, égorgea un agneau, pataugea dans son sang, se reput de sa viande, se retrouva bientôt dans le froid de la nuit, pensa, en un éclair: « Louve, louve je suis, et mille diables j'aime ! »

Jusqu'à l'aube elle courut les champs et les hameaux, sans cesser de hurler, effrayant les oiseaux, réveillant les enfants dans les chambres bien closes. Ainsi elle s'épuisa. Quand le soleil parut à l'horizon de l'est elle retourna chez elle, s'effondra dans la cour, s'endormit un instant. Elle se réveilla femme.

Elle se mit debout, se souvint, se signa, tremblante, épouvantée, déboucla la ceinture, la jeta dans le puits en gémissant d'horreur, courut à son ouvrage. Hélas, la nuit revint. Mille désirs furieux l'arrachèrent à nouveau de sous sa couette blanche, la poussèrent dehors. La ceinture était là, accrochée à la porte. Elle la serra d'un coup au-dessus de ses reins, joyeusement féroce, et courut au bon sang des bergeries voisines. Sept ans ce fut ainsi, chaque soir que Dieu fit.

La ceinture, une nuit, s'en retourna au diable, sans qu'on sache pourquoi. La fermière reprit le cours de sa vie simple et se plut à nouveau à dormir dans son lit, à côté de son homme. Humble femme elle était, humble elle demeura, mais cultiva toujours dans un recoin de cœur un jardinet secret obscurément peuplé de joies inavouables.

Orphée de Saintonge

Ce fut une fameuse noce que celle de Jean de Tesson. La table était dressée dans la cour du château. On y fit bombance de fruits, de vins, d'agneaux et de galettes, on y chanta, on s'y baisa les joues, la bouche, les cheveux. Il faisait un soleil glorieux. La mariée levant sa coupe, rire et regard émerveillés, promit à son époux tout neuf de l'aimer jusqu'au fond des ans aussi fort qu'à cet instant même où le cœur lui dansait dedans. Puis elle courut jusqu'au torrent, en bas du pré, parmi les arbres, lança sa coiffe aux rossignols, ses souliers vernis à la brise, sa robe aux buissons d'aubépine, plongea dans l'eau. Un courant soudain l'emporta. Elle tendit ses mains aux branches, tourbillonna, dériva vers un gouffre à la gueule encombrée de toiles d'araignées, de broussailles, de rocs. On vit passer sa chevelure dans le dernier trait de soleil avant l'ombre du puits sans fond, puis tout fut alentour à nouveau frais et calme, eau vive, chants d'oiseaux, bruissements du feuillage. La mariée s'était noyée.

Jean de Tesson hurla longtemps, courant sur l'herbe de la rive et revenant, l'air égaré, cogner du front contre les arbres. On le crut frappé de folie. On empoigna ses quatre membres. Écartelé, ruant, on le mena au bord d'une cascade où dans une cabane adossée au rocher vivait une femme sans homme. Elle était sèche et pourtant belle, infiniment vieille et pourtant ses yeux gris riaient tout le temps. Elle connaissait les cataplasmes, les décoctions et les onguents qui éteignent les désespoirs. On lui laissa le pauvre Jean. Elle l'endormit trois jours durant. Quand vint le quatrième matin :

– Je veux revoir ma bien-aimée, dit-il à peine réveillé. Par Dieu, par diable ou par magie, amène-moi où est son corps. Mon souffle la ranimera, je la ramènerai chez moi où sont sa chambre et sa cuisine.

La sorcière lui répondit :

– Homme, si tu n'as peur de rien, rends-toi au Souci de Chadenne. Là est la porte de l'enfer où ta femme est tenue captive. Descends jusqu'au fond de la terre. Dans une caverne semblable à une église sans vitraux tu la verras venir vers toi. Tu lui diras : « Femme, suis-moi. » Et sans attendre sa réponse en hâte tu t'en reviendras. Mais prends garde, surtout prends garde ! Pas le moindre coup d'œil par-dessus ton épaule avant d'être sorti au soleil des vivants, sinon tu perdras ton épouse, et jamais ne la reverras !

Elle lui baisa la main et lui donna deux noix.

– Si tu es en danger, heurte-les. Un éclair jaillira. Tu te retrouveras aussitôt ici même, dit-elle en le menant au seuil de la cabane. Va, et que Dieu te garde !

Il s'en fut à ce puits sauvage et broussailleux nommé le Souci de Chadenne. Par une galerie infestée de serpents, d'insectes bourdonnants et de chauves-souris il descendit longtemps, parvint dans une salle où sifflait un vent froid, leva haut sa lanterne et ne vit rien que l'ombre. Il retint ses gestes, écouta. Alors il entendit entre deux gouttes d'eau sa bien-aimée gémir dans les ténèbres proches. Il dit, le cœur battant :

– Ma femme, mon amie, revenons à la vie.

– Mon époux, je te suis, lui répondit un souffle à peine perceptible.

Il tourna les talons, gravit la pente abrupte, rudoyant les cailloux, piétinant les couleuvres et déchirant ses mains aux parois tourmentées. A mi-chemin, un halètement froid harcela ses épaules. Il se mit à courir, vit au bout du tunnel poindre un grain de lumière. Il se hissa encore en criant :

– Le jour vient !

Un long gémissement lui glaça les oreilles. Il eut peur, trébucha, se tourna brusquement, vit un être livide aux yeux ensanglantés tendre vers lui ses griffes et sa gueule grondante. Il recula, tout hérissé, chercha ses noix magiques, parvint à les heurter malgré ses mains tremblantes. Un éclair l'aveugla. Il entendit au loin :

– Adieu, adieu, adieu !

– Ta bataille est perdue, lui dit la vieille femme.

Elle était près de lui au seuil de la cabane. Le soleil était doux.

– Homme, vis maintenant. Ne te retourne plus. Dans ton passé ne sont que des peurs inutiles, des fantômes d'amour, des prisons, rien de plus.

Il alla se laver la figure au torrent puis s'en fut bravement sous les arbres feuillus.

Bélesbat

Près de Jard, en Vendée, était autrefois une ville. Elle était belle, blanche, riche, ses maisons étaient coiffées d'or. C'était Bélesbat l'orgueilleuse. Si vous passez par ce rivage, ne la cherchez pas, elle n'est plus. N'est plus d'elle trace dans l'herbe, même le vent l'a oubliée. Bélesbat jadis fut maudite et paya ses crimes innombrables d'un effacement sans retour.

Au temps de sa gloire, on ignorait dans la contrée quelles sortes de sarabandes, d'orgies ou de sabbats menaient les habitants du lieu derrière leurs hautes murailles. On voyait, la nuit, de grands feux empourprer les chemins de ronde, le ciel, les vagues de la mer. On entendait des chants, des rires, des flûtes pointues, des tambours. Parfois des cris d'écorchés vifs trouaient l'air noir jusqu'aux villages, et l'on remuait dans les lits, on se signait en gémissant, on pensait sans oser le dire : « Encore un pauvre mort là-bas. Qui sont ces gens de Bélesbat qui ne viennent pas à nos messes, à nos moissons, à nos marchés ? » Nul ne savait. Et nul ne sut jusqu'à cette nuit de tempête où un jeune pêcheur perdu s'en fut chercher secours dans les rues de la ville.

D'abord, il s'étonna. Partout brûlaient des torches aux portes des maisons. Partout des musiciens et des chanteurs masqués faisaient danser le monde. Des femmes aux carrefours le prirent par la main, l'entraînèrent en riant dans des rondes enivrantes, des hommes brandissant des fioles débouchées l'invitèrent à choquer leurs timbales. Il but, tourbillonna, fit le pitre et chanta sous le ciel embrasé jusqu'à tomber assis sur le pavé, étourdi de fatigue. La bande de lurons qui l'avait mené là s'éloigna sans l'attendre. Et dans la rue soudain déserte il vit une porte entrouverte.

Il la poussa, risqua un œil, découvrit un long couloir sombre et silencieux comme une tombe. Il s'avança à pas prudents, gravit des marches, sortit dans une cour humide où le saisit un froid puant, aperçut une allée voûtée. Il la suivit sans bruit, devina au fin fond du noir la lueur dorée d'une lampe. Il appela. Point de réponse. Alors le cœur battant il s'avança vers elle, en appelant encore. Enfin il déboucha dans une grande salle et resta sur le seuil, retenant un grand cri, les deux mains sur sa bouche. Des milliers de cadavres étaient entassés là, déchiquetés, rongés, têtes de-ci de-là, bras mangés jusqu'à l'os, cuisses pendues aux poutres. La vérité lui vint, tout à coup, en plein front. Les gens de Bélesbat mangeaient la chair humaine. Ils se nourrissaient d'elle. Et ces morts écorchés étaient les voyageurs, les réfugiés d'un soir, les vagabonds perdus venus chercher abri dans cette ville folle, et jamais revenus au soleil du pays.

Il prit éperdument la fuite, titubant, se cognant aux murs, retrouva le couloir, la porte enfin, la rue déserte, la fête au premier carrefour, les lumières, les chants, les flûtes. Des farandoles l'entraînèrent, des mains s'agrippèrent à lui. Il leur laissa son sac, sa veste, ses sabots, un pan de chemise, parvint aux portes de la ville. Quatre gardes, alors, l'empoignèrent.

– Où vas-tu, homme, où vas-tu donc ? Ignores-tu la loi d'ici ? Qui entre un soir à Bélesbat ne doit plus en sortir jamais.

– J'ai laissé mes filets sur la grève, répondit l'innocent. Le temps d'aller les prendre et je suis de retour. J'ai tant envie de rire et de chanter encore !

Il fit un pas de danse. On le laissa aller. Il courut jusqu'à Jard, cogna aux volets clos, s'en fut jusqu'à l'église et sonna le tocsin. Les fenêtres s'ouvrirent, les gens vinrent à lui, rhabillés à la hâte. Il leur dit ce qu'il venait de vivre. On envoya des messagers aux villages voisins. Dans le brouillard de l'aube, mille hommes armés de bâtons et de fourches marchèrent sur la cité meurtrière, massacrèrent les gardes, envahirent les rues, mirent le feu partout. De lourdes nuées noires obscurcirent le ciel. De sept jours, alentour, nul ne vit le soleil. Au huitième matin la ville était en cendres. L'océan déferla, effaça toute trace.

Sur la route de Jard où s'éleva jadis Bélesbat l'orgueilleuse il ne reste aujourd'hui qu'un parfum de malheur, un chagrin impalpable, une tristesse d'air. Sous les herbes, dit-on, sont d'immenses trésors. Personne ne les cherche. On craint de réveiller les lutins qui les gardent, peut-être aussi le mal, l'innommable folie des dévoreurs de vie, qui ne dort jamais que d'un œil.

La légende de Tristan et Valérie

A peine sortaient-ils tous les deux de l'enfance. Tristan était pêcheur. Il n'avait pour tout bien que sa belle figure. Valérie était noble. Son père était seigneur du pays de Didonne. Elle aimait la rumeur des vagues déferlantes sous le vent du rivage où elle venait parfois en secret, toute seule, rêver d'amour puissant et grand comme la mer. Elle rencontra Tristan un jour de fin d'été. Il s'était endormi dans un creux de falaise, la tête abandonnée sur un coussin de sable. Elle lança sur lui, par jeu, quelques graviers. Il s'éveilla, surpris. Valérie éclata d'un rire d'oiselet et s'assit près de lui.

Dans leur recoin de roc à l'abri de la brise ils parlèrent longtemps ensemble, face au large. Le garçon raconta son amour des bateaux, ses désirs d'océan et de pays lointains. Elle lui dit son ennui au château de Didonne, ses fuites, ses bonheurs. Comme le soir tombait, après un long silence elle murmura, pensive :

– Si tu étais chevalier je serais ton épouse. Tu n'aimerais que moi et nous serions contents.

Elle tourna les talons et s'en fut en courant, revint

le lendemain, vit un navire au loin qui cinglait vers le large. On lui dit que Tristan était monté dedans.

Après trois ans passés Valérie fut à l'âge où l'on prend un mari. Vinrent des prétendants. Elle ne voulut d'aucun. Le premier lui fit peur, le deuxième pitié, le troisième n'eut pas le moindre regard d'elle. Un jour de rêverie, comme elle lisait un livre au bord de sa fenêtre, elle entendit soudain sonner les carillons du clocher de Didonne. Elle courut en ville, vit un trois-mâts entrer dans le port de Saint-Georges. On lui dit qu'il était chargé de bois précieux, de faïence de Chine et de tissus d'Orient. Elle reconnut Tristan à la proue du navire. Il la vit dans la foule. Il brandit son chapeau, riant, criant son nom dans le fracas des cloches et des cornes de brume. Elle lui ouvrit les bras.

Il avait combattu les Sarrasins d'Espagne, il était capitaine, il revenait enfin demander Valérie de Didonne en mariage. La noce fut joyeuse. On hissa des bannières aux portes du château, les tables dans la cour furent dressées en cercle autour d'un amandier et sur les nappes blanches on effeuilla des roses. Vinrent des saltimbanques et des conteurs de fables, des jongleurs de couteaux et des cracheurs de feu, des Bohémiens aussi, au visage masqué. Ils dansèrent, et l'on vit des éclairs de poignards luire sous leurs tuniques. Ils étaient de ces Maures étrillés par Tristan sur les rives d'Espagne, et l'on apprit trop tard qu'ils n'avaient que désir de mort et de vengeance.

Tandis que l'on riait et chantait dans la ville Tristan et Valérie s'en furent, tous deux seuls, au creux de la falaise où des graviers lancés un matin de septembre avaient réveillé l'un et touché l'autre au cœur. Or, comme ils s'étreignaient dans la rumeur des vagues dix hommes silencieux sortirent de la nuit. Ils bondirent sur eux, les bâillonnèrent, lièrent leurs poings, prestement, sans mot dire, les traînèrent en hâte à une crique proche où mouillait en secret un brigantin pirate, les poussèrent à bord et hissèrent la voile.

Des lambeaux de récifs hérissaient çà et là les vagues. On amena Tristan à la proue du navire. Ordre lui fut donné d'éviter les écueils jusqu'à la haute mer. Il lança pieds et poings, se défit de trois hommes. Un colosse empoigna Valérie par la nuque, appuya sur son cou la pointe d'un couteau. Tristan retint sa rage et prit le gouvernail.

Un coup de vent soudain fit pencher la voilure. Le Maure qui tenait Valérie sous son arme disparut un instant dans un brouillard d'embruns. Tristan baissa le front sous l'assaut de la vague, s'ébroua, et hurla. Son épouse gisait, la gorge ensanglantée, sur le pont ruisselant. D'un bond il fut près d'elle. Il la prit dans ses bras et plongea dans l'eau noire avant que les pirates aient pu reprendre souffle. Un éclair déchira le ciel de haut en bas. Le bateau disparut dans les ténèbres. Tristan, à bout de forces, coucha sa bien-aimée mourante sur la rive. La foudre illumina un instant les nuages et fracassa les rocs au-dessus de leurs têtes.

Le lendemain matin dame Hélis de Didonne, mère de Valérie, s'en vint à la maison saluer ses enfants. Leur chambre était déserte. Alors par la fenêtre elle lâcha l'épervier favori de sa fille, suivit de loin son vol au soleil nouveau-né. Elle le vit se poser sur un pan de falaise éboulé dans les vagues. Sous les pierres tombées Valérie et Tristan étaient couchés ensemble. Leur vie s'était enfuie. Le ciel était venu sur terre la chercher.

On nomma ce rocher pointe de Valérie, aujourd'hui appelé, en Saintonge, Vallières. Si vous allez rêver, un jour, sur ce rivage, ayez l'amour au cœur.

La dette

Un jour un paysan vint emprunter trois sous au guichet grillagé de l'usurier du bourg.

– Je vous rembourserai en heures de travail. Je suis un pauvre diable et je n'ai rien, monsieur, que du cœur à l'ouvrage.

L'autre le regarda par-dessus ses lorgnons. Son œil était glacial. Il fumait un cigare. D'un geste négligent il dispersa des cendres au revers de sa veste et répondit :

– D'accord. De l'aube au crépuscule, y compris le dimanche, un mois plein, sans congé.

C'était exorbitant, mais l'homme n'avait pas l'esprit discutailleur. Il conclut le marché d'un hochement de tête. Il était triste et doux, fatigué, seul au monde. Le lendemain matin sur le chemin des champs un cheval emballé le prit par le travers et lui brisa la tête. Il gémit, et mourut.

Quand l'usurier l'apprit, il cogna rudement du poing sur son bureau. Jamais un débiteur n'avait osé lui faire une pareille offense. Il s'en alla, tout rouge, à la maison du mort. De la porte il tendit son poing orné de bagues et cria au cercueil qu'un fossoyeur clouait :

– Tu me dois trente jours de travail. Et si tu vas au Ciel avant d'avoir payé ta dette, que Dieu te fasse honte !

Il retourna chez lui sans un signe de croix.

Comme il allait dîner, au soir, devant son feu, l'homme au crâne fendu lui apparut soudain au seuil de son salon. L'usurier se dressa si vivement qu'il renversa sa chaise. Il recula, il trébucha, tomba de cul sur le plancher.

– Je viens payer mon dû, lui dit le mort-vivant. Donnez-moi de l'ouvrage.

L'autre lui répondit (il suait d'épouvante et sa bouche bavait) :

– Le logis des valets est au fond de la cour. Va-t'en d'ici, va vite !

Le lendemain matin l'homme était au travail avec les domestiques. Il était effrayant. Ses joues s'étaient creusées, elles étaient traversées de purulences vertes et ses yeux étaient blancs comme ceux d'un noyé. Il travailla, muet, sans s'occuper des autres, infatigable, lent, machinal et précis. Vers l'heure de midi il empestait si fort que personne ne put demeurer alentour. Au soir, trois journaliers donnèrent leur congé. La compagnie du mort leur était trop pénible. A l'aube revenue, six manquaient à l'appel. Le cadavre reprit son labeur obstiné. L'usurier vint le voir, un mouchoir sur le nez, et d'aussi loin qu'il put il cria :

– Compagnon, retourne à ton cercueil, je ne veux plus de toi. Tu peux dormir en paix, ta dette est effacée.

Le mort lui répondit :

– Je vous dois un mois plein de travail, sans congé.

L'avez-vous oublié ? Je suis homme d'honneur. Je ne partirai pas avant d'avoir payé.

L'autre ne sut que dire. Il s'en fut en geignant.

Au point du jour prochain nul ne vint au travail. Même la cuisinière avait fui la maison. L'usurier se vit seul dans sa salle à manger avec le mort-vivant qui faisait le ménage. Il voulut le chasser, leva sur lui sa canne et le roua de coups. Le mort n'en sentit rien. Il poursuivit sa tâche. A l'heure du repas il vint devant la table et resta là debout, sans regard, impassible. Le bonhomme ne put avaler vin ni soupe.

– Je t'en supplie, l'ami, quitte cette maison, dit-il, à bout de forces. Je fleurirai ta tombe et je paierai pour toi trois messes solennelles.

– N'insistez pas, monsieur, je ne partirai pas, répondit le cadavre.

Il leva le couvert et balaya la salle. Son maître s'en alla pleurer chez le curé.

– Délivrez-moi, dit-il, ma tête m'abandonne et mon cœur va tomber.

Le prêtre prit son eau bénite, son missel, son encens, et suivit l'usurier.

La demeure maudite était sombre et puante autant qu'un vieux tombeau. Le mort, dans la cuisine, épluchait des légumes. Le curé l'aspergea, lui fit baiser la croix et prêcha le pardon.

– C'est bon, lui répondit enfin le revenant. Puisque Dieu le demande et que mon maître veut, qu'il me serre la main, et je pars à l'instant.

L'usurier lui tendit timidement deux doigts. Le

cadavre les prit dans sa pogne glacée. Alors le gros vivant poussa un hurlement à faire fuir, dehors, des nuées d'hirondelles. Son bras se dessécha d'un coup, se racornit et tomba à ses pieds comme une branche noire.

Le mort ouvrit la porte et s'en fut dans l'allée. Un rayon de soleil entra dans la maison. Sur le seuil où poussait une treille de roses un chat s'aventura, l'œil rond, en flairant l'air.

PAYS DE LOIRE

Comment fut élu le père abbé de la Grainetière

Ils étaient douze moines simples au couvent de la Grainetière, tous innocents, tous de bon cœur. Quand leur demeure fut fondée, il leur fallut un père abbé. On désigna le plus âgé.

– Pourquoi moi ? dit-il au plus jeune.

On désigna le plus lettré. Il se tourna vers le plus bête, qui rougit et joignit les mains.

– Pourquoi pas le plus pieux ? dit-il.

Le plus pieux s'effraya beaucoup et s'estima incompétent. Bref, aucun d'eux ne voulut être le supérieur de ce saint lieu.

– Que faire ? dirent-ils dans un souffle commun.

Chacun se prit le front, s'accouda sur la table et se perdit en réflexions, fumigations spirituelles, méditations et plans bancals. Un doux ronflement d'endormi traversa bientôt le silence. Le coupable (un gourmand joufflu) fut vivement poussé du coude. Il se réveilla en sursaut. Son œil aussitôt s'éclaira.

– Mes frères, dit-il, j'ai trouvé. Dieu m'a rendu visite en songe. Il vient à l'instant de m'apprendre comment élire notre abbé. Veuillez m'attendre, je reviens.

Il quitta la salle commune, accompagné jusqu'à la porte par onze regards stupéfaits.

Il s'en fut jusqu'au pré voisin. Là était un jeune garçon qui veillait sur quelques moutons. Le moine trotta jusqu'à lui.

– Enfant, dit-il, as-tu des poux ?

L'autre hocha sa tête crasseuse, l'air extrêmement méfiant.

– Donne-m'en un, lui dit le frère. Dieu te le rendra, s'Il lui plaît.

Le garçon fouilla sa tignasse, en extirpa une bestiole, la tendit sur l'ongle du pouce. Le moine, délicatement, la prit au bout de ses gros doigts et s'en retourna triomphant dans la salle du monastère.

A ses compagnons assemblés il dit ces mots déconcertants :

– Quittez vos tabourets, mettez-vous à genoux et sur la table devant vous posez vos mentons vénérables. Ayez soin d'étaler vos barbes. Au centre exact de votre cercle je poserai le pou que voilà. Parmi les poils offerts à sa concupiscence, il ne tardera pas à se trouver un nid. Ainsi sera élu le père qu'il nous faut. Frères, le choix du pou sera celui de Dieu.

Un silence étonné accueillit sa harangue. L'un enfin soupira et dit :

– Puisqu'il le faut.

Un autre :

– Obéissons.

Un troisième, rieur :

– L'idée n'est pas mauvaise.

Et tous s'agenouillèrent. Le pou fut déposé comme une perle rare au milieu de la table. Douze regards ardents et fixes le virent aller droit devant lui, faire halte, obliquer vers la gauche et la droite, s'enfouir résolument dans les trois poils follets qui ornaient le menton d'un moinillon malingre. Il fut élu abbé à l'unanimité. Il était vertueux et d'esprit délié. Sous son règne avisé l'abbaye prospéra. Les voies de Dieu parfois sont plus simples qu'on ne croit.

La Ramée chez le diable

Le soldat La Ramée s'en retournait chez lui. Après dix-sept années de marches, de batailles, de canons, de tambours, de retraites, d'assauts, il était fatigué. Il n'était devenu ni le gendre du roi ni maréchal de France. Soldat un beau matin il s'en était allé, soldat il revenait, une paille à la bouche et son sac à l'épaule. Or, comme il cheminait sur la route déserte, il vit venir à lui un homme bien vêtu à l'allure fringante. Il allait sans bagages, sa longue pipe en terre au coin de la moustache. Il fit un grand salut au voyageur fourbu.

– Où allez-vous, l'ami, par ce temps magnifique ?

La Ramée répondit :

– La paix sur vous, monsieur. Je reviens au pays. J'espère y épouser une fille robuste et y gagner mon pain. Ce ne sera pas simple, on chôme, par chez moi. Mais j'ai bon pied, bon œil, bon cœur et bonne tripe. La vie ne m'effraie pas !

– Soldat, dit le monsieur en faisant dans l'air doux virevolter sa canne, j'ai besoin d'un valet. Je vous offre la place. Elle est de tout repos. Vous n'aurez qu'à pousser le feu sous mes chaudrons et vous serez payé autant qu'un contremaître.

– L'affaire paraît saine. Hé, je ne dis pas non.
Ils s'en furent tous deux dans la forêt voisine.

Après une journée de marche sous la haute feuillée ils parvinrent devant une maison tout enfouie sous le lierre. Ses cheminées fumaient. Devant la porte étaient d'énormes tas de bois. L'homme déverrouilla trois serrures, et La Ramée entra dans une grande salle. Partout étaient des feux, et sur ces feux bouillaient des chaudrons suspendus à de longs fils de fer dont le haut se perdait sous le plafond brumeux.

– Voilà ton atelier, soldat, dit le monsieur. Veille sur mes brasiers. Tu seras bien nourri, et sous ton oreiller tous les soirs à minuit tu trouveras sans faute une pièce d'argent. Salut !

Il s'en alla. La Ramée s'installa et se mit à l'ouvrage.

Deux semaines durant il vécut sans souci, attisant les foyers, prenant le frais, le soir, sur le pas de sa porte, nourri fort décemment d'un poêlon de ragoût et d'un pot de café qu'il trouvait tous les jours à l'heure du repas dans un couffin posé par il ne savait qui sur la pierre du seuil. Son ruisselet de vie s'écoula donc ainsi jusqu'au soir où poussant un fagot de sarments au cul noir d'un chaudron il entendit soudain, dans les bouillonnements, une plainte sinistre.

– Ahi, soldat, je brûle ! Ahi, tu me fais mal !

La Ramée se dressa. « Je connais cette voix », se dit-il aussitôt en se grattant l'oreille. Il ôta le couvercle et dans un tourbillon de vapeur suffocante il vit son capitaine assis, tout racorni, les genoux sous la barbe. Il lui dit, tout content :

– Je ne sais foutre pas ce que vous faites là, mais vous y voir me plaît. Vous m'avez fait souffrir mille morts autrefois, corvées, marches forcées, coups de bâton derrière et mitraille devant. « Tous au feu ! », disiez-vous. Hé, vous y voilà seul. Attendez un instant, je vais chercher du bois.

– Tais-toi donc, malheureux, gémit le tourmenté. Sais-tu bien où tu es ? Dans la maison du diable. Et si tu n'en pars pas avant l'aube prochaine, tu ne baiseras plus ni femme ni flacon. Tu mourras, La Ramée ! Appelle ton patron, ce soir, à minuit juste. Il viendra, sois tranquille. Il n'est pas comme Dieu qui, lui, ne vient jamais quand on pleure après lui. Tu lui diras : « Bonsoir, je quitte mon service. » Si tu n'es pas un sot, tu lui rendras l'argent qu'il t'a déjà donné, et tu demanderas pour unique salaire la culotte de peau qui pend au mur du fond. Et maintenant, soldat, referme le couvercle. Le dehors me fait peur. Il me faut travailler à rendre ce chaudron à peu près habitable.

A minuit La Ramée sortit devant la porte et appela le diable. Il apparut, allègre, entre deux tas de bois.

– Monsieur Satan, je pars. Je suis trop seul ici et mes membres se rouillent. J'ai envie de grand vent et de route infinie.

– Allons, soldat, allons, reste encore trois jours et je double tes gages.

– Merci, vous êtes bon. Je n'ai usé ici que mon vieux pantalon. Je veux donc pour paiement la culotte de peau qui pend au mur du fond.

– Laisse donc ce haillon. Je te donne un carrosse et quatre chevaux blancs.

– La culotte de peau.
– Prends-la, gronda le diable. Et que Dieu te ramasse !
C'était là sa façon de maudire les gens. La Ramée s'en alla. Son nouveau vêtement était juste à sa taille. Il s'en trouva bien mis.

Le soir même à l'auberge on exigea qu'il paie d'avance son repas. Il mit ses mains aux poches. Il en tira deux bourses. Elles étaient pleines d'or. Il en fut étonné, à nouveau se fouilla. Il en sentit deux autres. C'était un pantalon « qui-n'a-rien-donne-tout ». Chaque plongée de pogne en ramenait de l'or. Il offrit à dîner à toute la taverne, se saoula, fit grand bruit, joua aux dés, perdit de quoi vivre cent ans. Il aurait mieux valu qu'il avale sa soupe et s'en aille dormir. Quand enfin, ivre mort, il roula sous la table, l'aubergiste eut tôt fait de le déculotter, de le jeter dehors et de boucler sa porte.

Au matin revenu le soldat La Ramée se réveilla tout nu. Il avait tout perdu, y compris la mémoire. Il vola des guenilles à un épouvantail. Il n'avait qu'un souci, s'en retourner chez lui. Une paille à la bouche et son sac à l'épaule, il reprit son chemin.

Vos yeux trop purs me font mourir

Un prince, un jour, à Fontevrault, rencontra une jeune nonne. Elle était frêle, blanche, belle, on l'aurait dit rêvée par Dieu. Ce prince en eut le cœur poigné. Il vint à elle dans le cloître. Il osa lui prendre la main, s'égarer dans son regard droit, lui avouer son désir d'elle.

– Monseigneur, lui répondit-elle, toute ma vie est à Jésus. Par pitié, ne la troublez pas.

Elle rougit et s'en fut en hâte. Le prince s'en alla aussi, ivre d'amour déraisonnable.

C'était un homme ardent et fort. Nul n'avait jamais tenu tête à ses envies, à ses passions. Il revint sous l'orme du cloître guetter patiemment la recluse, lui parler, effleurer sa joue et la retenir par la manche. Elle prit la fuite, obstinément. Un jour il envoya son page à la chapelle où elle allait. Le garçon au seuil du portail remit à la nonne une lettre où l'amoureux avait écrit : « Vos yeux trop purs me font mourir. » Il implorait un rendez-vous. Elle répondit au messager :

– Ce soir, au parloir du couvent.

Le prince y fut à l'heure dite, le cœur battant, l'esprit en feu, espérant mille joies secrètes. Dans la pénombre de la salle il la vit s'avancer vers lui, lente, droite, à peine hésitante. Elle pleurait des larmes de sang. Sous le front lisse et les sourcils étaient deux trous terrifiants. Elle portait un plateau d'argent, le lui tendit en murmurant :

– Vous aimez mes yeux, les voici. Faites-en selon votre cœur. Dieu m'a gardée du déshonneur, qu'Il ait pitié de vous aussi.

Le trésor de Crugo

Le marais de Brière est un pays de brume et de barques oubliées sur d'infinis canaux. On dit qu'il fut peuplé, jadis, par des bagnards. Ils y prirent racine, bâtirent çà et là des maisons au toit bas parmi les hautes herbes où l'air gris hésitait entre la terre et l'eau. Et ces gens mal famés, dans la mélancolie sans relief des saisons, comme on fait des enfants par amour de la vie, se firent des ancêtres.

Autrefois, dirent-ils, un printemps immobile embaumait la Brière. Partout étaient des sources et des jardins en fleurs, des prairies, des ruisseaux, des arbres au beau feuillage. On y vivait heureux. Un oiseau se posait sur chaque main tendue, le lait des jeunes mères avait le goût du miel et les hommes étaient bons, ils chassaient un gibier abondant et docile, ils pêchaient le poisson dans les eaux transparentes. Au cœur de ce pays se dressait un château. Qui vivait à l'abri de ses murailles blanches ? Le roi des magiciens avec sa cour de fées, de lutins, de licornes. Il gardait dans ses caves un trésor que les diables du monde en secret convoitaient.

Un sorcier le voulut. Il tenta de tromper les sortilèges rares et les pièges subtils qui protégeaient le lieu où il était caché. Ce fut peine perdue. Il ne put approcher le coffre magnifique. Alors, pris de fureur, il déchaîna les vents, les orages, les foudres. La terre fut noyée, les jardins arrachés, les arbres abattus, le château emporté. Où étaient des ruisseaux furent des marécages, les prairies se changèrent en bourbiers et le chant des oiseaux en plaintes d'ouragan. Seul dans cette débâcle un lutin survécut. Il s'enfuit, il courut, traqué par la tempête et ses diables griffus, traînant dans un grand sac le trésor de son maître parmi les pluies d'éclairs qui tombaient des nuées. Au soir de ce malheur il parvint épuisé au dolmen de Crugo, et là dissimula les merveilles sauvées. Il attendit près d'elles que revienne la paix. Il y est toujours, sans doute.

Car des démons perdus hantent encore ces terres. Cœutrais, le géant rouge, hurle à la mort, la nuit, du côté de Mayrin. Vers Trignac c'est Patou, le fantôme sans tête, qui erre sans repos. Il porte sous le bras sa face aux yeux fermés. Il cherche des vivants, qu'il traverse en aveugle. Et partout sont des âmes en mal de paradis, lueurs au fond des brumes, feux courbés par le vent entre le ciel et l'eau.

Au dolmen de Crugo est un trésor enfoui. Dieu le garde des fous et des tueurs de rêves. Il nourrit, tel qu'il est, l'espoir sans qui la vie ne serait que marais, tourbe noire et ciel triste.

BRETAGNE

La peste d'Elliant

Au temps du choléra et de la peste noire les gens chargés du soin du peuple avaient fait afficher aux portes des églises, en grandes lettres rouges, ce qu'il fallait savoir pour combattre le mal. Personne ne lisait ces circulaires tristes. Un jour vint à un vieux libraire l'idée de les écrire en vers. Il en fit des chansons. Du coup on les apprit, on les chanta partout, et le malheur en fut moins rude. Sachez que pour ces gens de rien la poésie était le plus haut bien du monde. Elle pouvait effrayer la mort. La preuve en est dans cette histoire.

Un jour au bourg d'Elliant un meunier rencontra au bord d'une rivière (c'était un beau matin d'été) une fille au regard inquiet. Elle était vêtue de lin blanc, se tenait assise dans l'herbe et contemplait obstinément le village sur l'autre rive. Le garçon venait de voyage. Il fit halte sur sa monture.

– Bel homme, je veux traverser et je crains de mouiller ma robe, lui dit-elle tout à coup droite devant le mufle du cheval.

– Belle fille, montez en croupe.

Le meunier lui tendit la main. Elle fut bientôt déposée

à la porte d'Elliant, dans une rue montante. Dès qu'elle eut mis le pied par terre, la mine fière, l'œil brillant :

– Bel homme, connais-tu mon nom ?

– Belle fille, dis-moi.

– Bel homme, on m'appelle la Peste. J'ai fait le tour de la Bretagne. Je vais à l'église d'ici. Ma sœur la Mort emportera tous les gens que je toucherai. Mais toi qui m'as rendu service, Dieu te gardera du trépas.

Elle lui tourna le dos et s'en fut dans l'air doux.

La Peste, comme elle l'avait dit, coucha plus de morts qu'une guerre. Et de sa rencontre avec elle le meunier fit une chanson. On chanta la Peste d'Elliant. La beauté du chant lui fit honte, et tête basse elle s'en alla. Car il est vrai, mille fois vrai que le chant des hommes est plus fort que les trois pires maux du monde : le feu, la tempête et la peur.

Comorre

C'était aux temps déraisonnables où les démons étaient des hommes nés de femmes malheureuses. Le seigneur de Cornouaille était de tous le plus sanglant. Il s'appelait Comorre. Il ne quittait jamais son grand manteau de loup, son collier hérissé de crocs d'or et d'ivoire, ses bagues de granit, ni ses serpents de fer enroulés aux chevilles. Il était haut, crasseux, hirsute et si terrible que les oiseaux n'osaient chanter quand il cheminait sous les arbres.

Il se prit un jour de désir pour la fille du roi de Vannes. Il la voulut pour femme. Son nom était Triphyne. Elle était belle et simple, naïve autant que le jour neuf, rieuse comme l'eau des sources. Sur les tours du château de son père on mit tous les drapeaux en deuil. Comorre s'était déjà couché sur quatre épouses. Il n'avait pas vécu un an avec chacune. Toutes étaient mortes assassinées. Or, on ne pouvait pas lui refuser Triphyne sous peine de le voir massacrer gens et bêtes, incendier les bourgs, rougir de sang les fleuves. Elle pleura trois jours, au quatrième fit son bagage. A l'instant de partir Veltas son confesseur lui fit don d'une bague. Elle était d'argent blanc.

– Garde-la, lui dit-il. Avant d'aller dormir, le soir, consulte-la. S'il advient qu'un danger menace, tu la verras virer au noir. Fille, sois courageuse, et que Dieu te protège.

Elle s'en alla ainsi, l'anneau au petit doigt.

Six mois durant au château de Comorre le temps passa sans crainte ni souci. Dans les pots mijotaient des soupes délicieuses, près du feu chien et chat sommeillaient ensemble, les prisons étaient vides, les corbeaux croassaient sur les gibets déserts, et l'horrifique époux dormait comme un enfant. Triphyne un soir lui dit :

– Ami, je suis enceinte.

Sa bague d'argent blanc aussitôt se fit noire. Quand Comorre se fut retiré dans sa chambre, elle descendit à la crypte où étaient enterrées les épouses défuntes. Elle s'agenouilla, posa sa lampe sur le sol et se mit à prier. Alors les quatre tombes en même temps s'ouvrirent. Les quatre femmes mortes se dressèrent ensemble dans leur linceul de lin. Triphyne, épouvantée, recula jusqu'au mur. La crypte alors s'emplit de paroles brumeuses.

– Ton ventre porte un fils. Comorre pour cela dès le prochain matin te tranchera la gorge. Un oracle a prédit que son premier garçon lui ôterait la vie. Voilà pourquoi il nous assassina, quand il apprit de nous ce qu'il a su de toi.

– Hélas, mes sœurs, hélas, comment fuir ? dit Triphyne. Entendez-vous gronder les chiens de mon époux, là, derrière la porte ?

– Donne-leur ce poison qu'il m'a forcée de boire, répondit la première morte.

Et de sa main tendue tomba un flacon bleu.

– Hélas, mes sœurs, hélas, au portail du dehors sont quatre cadenas. Les remparts sont trop hauts, je n'en pourrai descendre.

– Sers-toi de ce cordon qui étrangla mon cou, répondit la deuxième morte.

Et de sa main tomba un long rouleau de chanvre.

– Hélas, mes sœurs, hélas, la vaste nuit m'effraie.

– Le feu qui m'a brûlée éclairera ta route, répondit la troisième morte.

Et de sa main tomba une torche allumée.

– Hélas, mes sœurs, hélas, Vannes est trop loin d'ici, le chemin est trop rude.

– Prends ce bâton noueux qui a brisé mon front, répondit la quatrième morte.

Et de sa main tomba une canne de chêne.

Le soleil se leva à l'horizon de l'est. Comorre se vêtit, chercha partout sa femme. Il trouva ses chiens morts dans la cour du château. Il sella son cheval, boucla son ceinturon et prit sa longue épée. A l'heure de midi Triphyne l'aperçut du haut d'une colline, sur le sentier montant. Elle était épuisée, son enfant voulait naître. Au pied d'un arbre creux elle se tint le ventre et se laissa tomber dans l'herbe en gémissant. Elle entendit Comorre harceler sa monture, en bas, sur le chemin. Son fils vint à l'instant au monde. Elle lui fit en hâte un nid de feuilles sèches, le coucha dans l'arbre, et le dissimula sous des mousses terreuses. Elle reprit son bâton. Elle voulut courir, courbée comme une vieille. Comorre au bout du pré éperonna sa bête, leva haut son épée, se pencha sur sa selle et lui trancha la tête.

L'enfant fut recueilli, au soir, par un berger. Des moines l'instruisirent. A onze ans il lisait le grec et le latin. Un chevalier errant lui apprit l'art des armes. A vingt ans son épée décapita Comorre. Il conquit la Bretagne et lui offrit la paix.

Les pierres levées

On pensait autrefois que les menhirs bretons avaient été d'abord des grains de sable semés sur le pays par Dieu sait quels ancêtres, et qu'ils avaient poussé comme poussent les arbres. Ces pierres, disait-on, sont de vieilles vivantes. Au plus noir de la nuit de la Nativité elles désertent leur trou, le temps que minuit sonne, et vont boire aux rivières. Alors, pour qui sait voir, des trésors apparaissent au creux de leur nid vide. Mais pour remplir son sac il ne faut pas trembler ni bégayer des doigts, car au douzième coup sonné, à l'instant où Jésus ouvre l'œil sur le monde, elles reviennent à leur niche, et comme un pouce d'homme écrabouille une puce, elles réduisent en bouillie les voleurs de secrets attardés à leur place.

Ainsi, à Plouhinec, un jeune homme intrépide (il s'appelait Bernez) se mit un jour en tête de conquérir cet or promis aux téméraires. Sur la lande proche du bourg étaient plantés des rocs en longues rangées droites qui ne menaient à rien, qu'aux nuages. Il aimait leur parler. Il avait dit un jour au plus puissant de tous son amour pour sa femme, puis il avait gravé son nom, en souvenir, sur la face du tronc de pierre. Donc, la nuit de Noël, il s'assit derrière un buisson et attendit que les menhirs s'en aillent.

Il entendit au loin tinter le premier coup des douze de minuit. Il lui sembla que ces géants pétrifiés s'ébrouaient dans l'air nocturne comme au sortir d'un long sommeil. Au deuxième coup il les vit s'en aller en rangs, pareils à des soldats, vers la rivière d'Intel. Il bondit au bord des trous que les pierres levées venaient d'abandonner. Des monceaux de sous neufs étincelaient dans l'ombre. On aurait dit une réserve d'étoiles. Il remplit son grand sac, n'entendit plus soudain que son souffle haletant et le ruissellement des pièces entre ses doigts. Le lourd galop des rocs qui déjà revenaient fit trembler terre et ciel. Bernez voulut s'enfuir, tomba le nez dans l'herbe. Une ombre immense le couvrit. Le regard de sa femme éclaira son esprit. Il attendit la mort, les deux mains sur la tête.

Elle ne vint pas. Il osa regarder par-dessus son épaule. Un rocher se tenait suspendu sur sa nuque et protégeait son corps de la furie des autres. Il le reconnut. C'était sur celui-là qu'il avait, l'autre jour, d'un élan d'amour simple, gravé le nom de sa compagne.

Quand il se releva, les deux rangées de rocs semblaient n'avoir jamais bougé. Une bride de cuir sortait un peu du pied d'un de ces hauts veilleurs. Son sac était dessous. Il s'en fut les mains vides. En vue de son village il se prit à courir. Il parvint à sa porte. Il entra, titubant. Sur la toile cirée brûlait une chandelle, mais la maison était déserte. Il appela son épouse. Loin dans la cheminée où le feu s'épuisait il l'entendit répondre :

– Adieu, Bernez, adieu ! Je t'ai sauvé, je pars, je retourne chez moi car je ne peux plus rien pour toi, mon bon ami !

Bernez ne savait pas qu'il aimait une fée. Il s'en alla seul. Il se fit mendiant, contant son histoire au hasard des haltes et cherchant sa femme comme un saint Graal, parmi les visages.

Le carnaval de Rosporden

Un jeune homme masqué, sorti saoul de l'auberge un jour de mardi gras, pissa contre une croix, sur le bord de la route. De cet instant il ne put parvenir à arracher son masque. Il le garda toute sa vie. Un de ses compagnons, qui s'était revêtu d'une peau de taureau, se vit changé en bête à cornes. Longtemps il vint mugir autour de sa maison et frotter son râble à la porte, au grand effroi des gens. On l'attela, un soir, à un chariot de feu, et traînant son bûcher il se précipita au pied de la falaise parmi les rochers noirs qui hérissaient la mer.

Les moines et les recteurs racontaient autrefois ces malheurs impossibles. Ils les chantaient parfois, pour mieux toucher les âmes. Carnaval, à leurs yeux, était une fête du diable. Ainsi vint à Quimper, un jour, frère Morin (un prophète infaillible : il avait prévenu les Bretons médusés que s'ils n'étaient pas sages Dieu les ferait Français). Sa voix était énorme et ses prêches fameux. Il arrivait à pied du bourg de Rosporden. Il avait composé une ballade en route, et dans la cathédrale, le dimanche venu, il la chanta si fort, d'un cœur si débridé, qu'un oiseau égaré sous la voûte en fut jeté dehors au travers d'un vitrail.

Trois jeunes gens, dit sa chanson, un mardi gras firent ripaille. Ils bâfrèrent trois agnelets, s'emplirent de vin jusqu'aux tempes, après quoi, vêtus d'oripeaux, de rubans et de queues de bêtes, hurlant des blasphèmes au ciel triste ils s'en furent par les ruelles. Leur dérive les amena vers la minuit au cimetière. Le plus gaillard des trois, errant parmi les tombes, trouva un crâne près d'une fosse. Il le prit, lui baisa le front, ricana quelques balivernes, planta deux bougies allumées dans ses orbites caverneuses, s'en fit un masque et se mit à danser sous la lune brumeuse. Ses compagnons s'enfuirent.

Dieu, voyant ce sabbat, se mit fort en colère. L'église et les maisons de Rosporden tremblèrent. Les gens épouvantés s'enfouirent sous leur couette. L'endiablé, sans souci des grondements divins, chanta et tournoya parmi les croix tombales et les vieux chrysanthèmes jusqu'à perdre la voix. Alors à bout de forces il se défit du crâne, le jeta sur un tas de terre et lui dit, haletant :

– Tu me plais, tête d'os. Dînons demain ensemble.

Titubant, il rentra chez lui.

Les saouleries ne laissent guère que des lambeaux de souvenirs. Le lendemain fut un jour ordinaire. Le garçon oublia ses simagrées macabres, travailla son champ tout le jour, s'en revint au logis, sa pioche sur l'épaule, but sa soupe et s'en fut dormir. Trois coups frappés contre sa porte le firent bondir hors des draps. Il alluma une chandelle, s'en alla voir qui était là. Le mort dans son linceul s'avança dans la salle.

– Me voici donc, ami, dit-il à voix méchante. Viens

dîner avec moi au festin des défunts. Tu es mon invité. La nappe est déjà mise et ton couvert aussi.

Il saisit le garçon au col de sa chemise. Ses longs doigts décharnés lui broyèrent le cou. Il l'emporta dehors. Le bruit du corps traîné par les rues de la ville réveilla les gens dans leur lit. La lune était sortie un instant des nuages. Derrière les carreaux on vit leurs deux ombres passer. On entendit grincer le vieux portail, au seuil du cimetière. Le lendemain matin le jeune écervelé fut retrouvé couché au travers d'une tombe.

Frère Morin chanta l'histoire. Il y mit, dit-on, tant de force qu'à la fin le cœur lui manqua. Il tomba de cul sur les dalles. Alors il se fit un miracle. Un trait de soleil vint sur lui. Il le saisit comme une corde, tira dessus, se redressa, et le corps baigné de lumière il s'en alla seul dans l'hiver.

L'île d'Arz

Au large d'Arz quand vient la brume à l'heure où le jour se défait, passe au loin sur la mer méchante le bâtiment des réprouvés. Des algues pendent à ses cordages, ses trois voiles sont des haillons, à son haut bord sont des fantômes, des coquins autrefois pendus (ils portent leur corde en écharpe), des faillis et des assassins, des naufrageurs aux griffes longues, manchots du cœur, borgnes de l'âme. Des chiens gigantesques les gardent, harcèlent leurs corps décharnés, les poursuivent de bord à bord, mordent leur ventre et leurs mollets. On entend leurs cris du rivage, leurs appels, leurs gémissements. Nul ne gouverne leur navire, nulle part il ne touche au port. Il passe au large, il vire et va où veut la colère du vent.

Sur les récifs proches de l'île hurlent les Esprits des tempêtes. Ils règnent sur les morts en mer, pauvres êtres qui s'évertuent à tendre leurs mains aux vivants enfermés dans leurs maisons basses, mais nul ne les voit du rivage. Alentour sur les hautes vagues errent parfois des dames blanches. Il arrive qu'on les rencontre sur les plages, entre chien et loup. Elles remuent le sable mouillé du bout du pied, en gémissant. Leurs yeux sont infiniment tristes quand elles regardent les passants. Elles vécurent autrefois sur l'île, sont mortes ailleurs et s'en reviennent chercher leur enfance perdue, mais n'en trouvent rien et repartent, et sans cesse reviennent encore.

Parmi ces spectres est une fille qui fut aimée du seigneur d'Arz. Elle était pauvre, il était riche. Le père du jeune homme refusa que son fils épouse cette amante indigne de lui, et pour l'aider à oublier il fit enfermer le garçon dans le couvent de l'île aux Moines. C'était au temps où cet îlot était uni à l'île d'Arz par un large chemin pavé. Or tous les soirs l'amante vint chanter sous la muraille austère qui tenait son ami captif. Sa voix était si pure et juste, si mélancolique et si fraîche, si joyeuse dans ses sanglots que les moines du monastère en perdirent leur grégorien, leurs psaumes, leurs oraisons chastes. Une nuit de pluie et de vent, ne sachant comment se défaire de ces chants qui leur trouaient l'âme, ils appelèrent à leur secours les pires génies des tempêtes. Ces Esprits vinrent en lourdes vagues, envahirent le chemin bas et tranchèrent à grands coups de lame, si bien que la mer s'installa entre les deux îles parentes. L'amoureuse fut emportée. On dit qu'elle chante et chante encore, pour les noyés, les dames blanches et les magiciennes en sabbat qui dansent dans l'air autour d'elle tandis que passe au large d'Arz le haut navire des maudits.

Où sont les vivants sur cette île, les humains, les simples mortels ? Ils travaillent, ils suivent leurs songes, ils regardent passer les jours, comme font les gens de partout.

La vision

Un jour Pierre Le Rûn, tailleur à Pennevan, s'en allait à la ville. Comme il passait la lande au lieu-dit Rozvillien, tenant bas son chapeau, courbé contre le vent, « si j'allais, se dit-il, me chauffer un moment chez mon ami Marco ? ». Il ne l'avait pas vu depuis l'année passée, sa ferme au loin émergeait des bruyères sous les nuages bas. Le détour n'était guère large. Il fut bientôt devant sa porte parmi la volaille et les chiens.

Il cogna trois coups au vantail, il appela la compagnie. La femme de Marco apparut sur le seuil.

– Entre donc, mon Pierre, dit-elle. C'est peut-être Dieu qui t'envoie.

Elle chiffonna son grand tablier, pâlotte, la bouche tremblante. Dans la pénombre de la salle un bon feu de chêne flambait. La femme, sans un mot, mena Pierre au lit clos. Marco était couché. A peine tourna-t-il la tête. Ses joues étaient creusées, son teint était couleur de cierge, ses yeux faisaient pitié. « Il se meurt », pensa Pierre. Il prit sa main sur le drap blanc, la serra sans savoir que dire, puis rejoignit Catel, l'épouse de son vieil ami, qui rajoutait des bûches au feu.

– Je crois qu'il va passer, dit-elle en essuyant ses yeux rougis d'un revers de poignet. Peux-tu rester ce soir ? J'ai si peur toute seule.

Pierre posa son sac et défit son manteau. Elle mit, sans autre mot, un couvert sur la table et lui servit la soupe, puis s'en fut préparer la chambre du dessus. Quand elle redescendit il voulut lui parler, lui demander quel mal avait pris son ami, et comment, et quel jour, questions de pauvre cœur que l'on sait inutiles et qu'on pose quand même. Il se tut, soupira, serra fort contre lui Catel qui reniflait, alla jeter un œil indécis au mourant et monta se coucher.

Au milieu de la nuit, un craquement le fit se dresser sur le coude, l'œil soudain aux aguets. Des pas, furtivement, traversèrent la chambre, mais il ne vit personne. La lueur de la lune éclairait le plancher. Le vent s'était calmé. La fenêtre était grande ouverte. Il pensa : « Je l'ai pourtant fermée avant de me coucher. » Il se leva, tout frissonnant.

Or, comme il se penchait pour fermer le volet, il vit un homme grand, coiffé d'un chapeau noir qui cachait son visage. Il semblait attendre en faisant les cent pas le long de la façade, les mains au dos, sans hâte. Pierre s'en étonna. Il voulut lui demander ce qu'il faisait là, à cette heure. Il ne put que gémir, le cœur tonnant soudain. Près du puits se tenaient deux chevaux squelettiques. Leurs crinières pendaient jusqu'au sol de la cour. Ils étaient immobiles, attelés côte à côte à un grand chariot noir d'où débordaient des bras, des têtes grimaçantes et des jambes blafardes. Cet homme était l'Ankou, l'ouvrier de la Mort.

Pierre recula jusqu'à son lit, s'enfonça sous le drap, secoué de frissons. De l'escalier lui vint un bruit sourd de sabots. Sa porte s'entrouvrit. Il vit entrer Marco dans sa longue chemise. Les deux se regardèrent un moment sans rien dire, puis Pierre s'entendit balbutier pauvrement :

– Tu n'as pas froid, Marco ?

L'autre haussa les épaules, eut un sourire triste et soudain disparut. Au même instant Catel, dans la salle du bas, hurla en sanglotant le nom de son mari. Pierre, hagard, accourut en bouclant sa ceinture. Marco, dans le lit clos, gisait les yeux ouverts. Il venait de mourir.

– Mon histoire n'est pas un conte, je l'ai vécue, foi de chrétien. J'ai vu l'Ankou et sa charrette, j'ai vu s'en aller mon ami.

Le lendemain des funérailles, c'est ce qu'a dit Pierre Le Rûn au village de Pennevan.

La fiancée du mort

Il était jeune matelot, elle était fille de fermier. Ils s'aimaient d'amour sans brume ni poussière. Un soir devant la mer tous deux s'étaient promis d'être heureux et fidèles. Ils devaient s'épouser à la Saint-Jean d'été. La tempête n'a pas voulu, elle a pris la vie du garçon. Son corps fut jeté au rivage. On l'enveloppa dans un drap, on l'enterra au cimetière. Sa fiancée n'en sut rien. Elle était chez sa tante, au loin, sur une lande où ne venaient jamais que des mouettes, et le vent. Personne ne voulut lui dire son malheur. Dans la maison lointaine elle attendit le mort.

Il vint un soir, comme un vivant. Il frappa au volet quatre coups impatients. En hâte elle rajusta sa mise et sa coiffure, ouvrit grande la porte. Il la prit dans ses bras. Contre son cœur mouillé elle soupira :

– Mon homme !

– Me voilà, répondit le mort. C'est demain le jour de nos noces. Mon cheval cogne du sabot. L'entends-tu ? Partons, partons vite. Si Dieu nous aide et nous conduit, nous serons rendus avant l'aube.

Elle a pris son sac, son manteau de laine, est montée en croupe derrière le mort, a passé les bras autour de sa taille, entre ses épaules a posé la tête. Le cheval follement s'en fut sous les étoiles. Le matelot dit :

– La lune t'éclaire, la mort t'accompagne, amie, as-tu peur ?

Elle lui répondit :

– Le grand vent m'évente, la noce m'attend, ami, avec toi je n'ai peur de rien !

– Je tremble, j'ai froid, j'ai mal à la tête. Noue ton mouchoir blanc autour de mon front !

– Le voici serré, mon nom de baptême est brodé dessus. Qu'il te porte chance !

Le cheval fendit la bourrasque noire. Au bout de la nuit la lune pâlit. La fille aperçut au loin son village encore endormi dans l'aube naissante. Le fiancé cria :

– Va, ma bête, va !

Au bout du chemin les chiens aboyèrent. Devant la maison de ses père et mère la fille sauta dans l'herbe du bord.

– Donne à ton cheval du foin de la grange. Je vais allumer la lampe et le feu, faire du café, cuire des galettes.

Au pas de la porte elle cogna du poing.

– Holà, mes parents, c'est là votre fille avec son fiancé, ouvrez je vous prie !

Un bruit de sabots résonna dedans. Le verrou claqua, la porte s'ouvrit. Deux têtes ébouriffées parurent. Le père se frotta les yeux. La mère se signa, gémit :

– Ma pauvre petite, de qui parles-tu ?

– Ma mère, de celui qui m'a choisie pour femme. Il est à l'écurie à soigner sa monture.

Tous trois à l'écurie coururent. Ils n'y virent qu'un cheval roux, écumant, baigné de sueur, avec du foin dans la mangeoire.

– Mon enfant, dit le père, qui t'a conduite ici ? Ton bon ami est mort.

La fille resta droite. Un long frisson la prit. Son manteau se défit, il tomba sur la paille.

– S'il est dans l'au-delà, que Dieu m'y mène aussi.

Elle ferma les paupières et mourut à l'instant.

Quand on la mit en terre on ouvrit le tombeau pour la coucher auprès du matelot noyé. Au front de l'homme était un mouchoir blanc noué. Chacun put voir cela. Dans la vie ou dehors, que la paix soit sur ceux qui s'aiment.

NORMANDIE

Jean de l'Ours

Jean de l'Ours était un géant. Sa barbe était rousse et frisée, ses yeux étaient des sources vertes, le soleil s'y amusait. Son bâton était un tronc d'arbre. Il était fort comme la terre. Un jour il rencontra un homme aussi grand et large que lui. Dans ses cheveux bougeait la nuit avec la lune, les étoiles. Sur une plaine grise et nue il jouait seul à la marelle. Son palet était aussi lourd qu'une pierre à moudre le grain.

– Salut à toi, dit Jean de l'Ours. Tu me parais être un gaillard taillé dans la peau des montagnes. Viens avec moi courir les routes. A nous deux nous serons puissants comme le monde et ses bourrasques.

Ils rirent et s'en allèrent ensemble. Ils entrèrent dans la forêt. Sur un rocher ils virent assis un colosse aux bottes de loup occupé à tresser trois chênes, leur feuillage sous le bras droit. Il était blond comme une grange.

– Bien le bonjour, dit Jean de l'Ours. Tu me parais être un seigneur parmi ces arbres millénaires. Viens avec nous courir les routes. A nous trois nous serons puissants comme le monde, ses bourrasques, et la sève qui monte au ciel.

Ils s'en furent sur le chemin en se tenant par les épaules.

Ils arrivèrent au soir tombé devant le portail d'un château. Ses murs étaient vêtus de ronces. Il paraissait inhabité. Ils poussèrent la haute porte, entrèrent dans le vestibule. Il était tout illuminé. Dans la salle à manger ils virent une longue table dressée. Sur la nappe étaient trois couverts d'argent avec trois verres de cristal. Au milieu sur des chauffe-plats étaient trois agnelets rôtis et trois bombonnes de vin rouge. Jean de l'Ours visita les chambres, la cuisine et la lingerie, appela, le long des couloirs. Personne ne lui répondit. Alors les trois géants compères se mirent à table et festoyèrent. Quand les bombonnes furent vides :

– Compagnon, descends à la cave et remonte du vin nouveau, dit Jean au joueur de marelle.

L'autre y alla. Au bas des marches, sous la voûte du souterrain, il rencontra un ver de terre. Ce ver lui retint le soulier, le renversa sur l'escalier, vint à travers sa barbe noire jusqu'à son nez et lui dit :

– Tu as bu mon vin, dévoré mon pain, malandrin, j'ai faim !

De sa tête plate et de sa queue longue il cogna, battit si fort et si dru que le géant brun, les bras haut levés, s'enfuit en geignant. Il revint à table conter ses malheurs. Ses deux compagnons, la serviette au col, ouvrirent la bouche et se regardèrent. Ils en rirent aux larmes.

– A ton tour d'aller affronter ce ver de terre épouvantable, dit Jean à l'homme des forêts.

Le blond s'en fut joyeux. Il s'en revint pâlot, désignant l'escalier en reniflant sa morve.

– Décidément, dit Jean, vous n'êtes pas plus forts que deux asperges cuites.

Il se leva, grognon, descendit à la cave, vit le ver, l'écrasa, tira tranquillement son vin à la barrique, remonta, but, mangea. Ses compagnons aussi. Ils s'endormirent assis, le ventre rebondi.

Le lendemain devant la porte ils virent passer un vieux prince. Il pleurnichait dans son mouchoir. Voyant les trois géants assis sur le perron, il vint les saluer.

– Ce château est hanté, dit-il dans un sanglot.

– Qu'importe, lui répondit Jean. Pourquoi donc pleures-tu, bonhomme ?

– Mes trois filles sont prisonnières au fond sans fond d'une caverne. Un mauvais génie les tient là.

– Nous avons grand besoin de dégourdir nos jambes, répondit Jean de l'Ours. Conduis-nous à ce trou, nous les délivrerons.

Le gouffre était au flanc d'un mont. Ils en firent le tour, y jetèrent une pierre, écoutèrent le bruit. Ils n'entendirent rien, tant le fond du fin fond du puits était profond. Assis sur les cailloux ils tressèrent une corde longue de sept années. Jean de l'Ours dit enfin au joueur de marelle :

– Descends. Prends cette cloche. Si tu es en danger tu la feras tinter. Je te remonterai.

Le grand brun prit la corde et se laissa glisser. Dix jours il descendit, sa lampe à la ceinture. Quand ce fut le onzième il vit sortir d'un creux dans la paroi du puits une bête à sept têtes. Elle était effroyable, énorme, et puait dur. Elle ouvrit ses sept gueules. Là-haut, au bord du trou, Jean entendit sonner mille messes à la fois. Il remonta la corde. L'explorateur hagard conta son aventure.

– A ton tour, compagnon, dit Jean au géant blond.

L'autre empoigna la corde. Il disparut dix jours dans la nuit de la terre, carillonna Noël, Pâques et la Trinité et s'en revint dehors, pâle comme la lune.

– Décidément, dit Jean, votre cœur n'est qu'un sac plein de jus de lessive.

Il se laissa aller dans le gouffre sans fond. Il rencontra le monstre. Il trancha ses sept têtes. Enfin dans une salle en forme d'œuf obscur il posa la semelle. Il vit trois portes closes. Devant chacune était un vieillard poussiéreux. Il vint à la première. Il dit à son gardien :

– Ouvre-moi donc, grand-père.

L'autre brandit la clé au-dessus de sa tête, ricana, répondit :

– Tu la veux, malandrin ? Hé, tu ne l'auras pas !

Jean le prit par le col, le repoussa au large et enfonça la porte. L'aînée des trois captives en riant et pleurant lui tomba dans les bras. Il noua la corde à sa taille, lui baisa les joues, fit sonner la cloche. La fille aussitôt remonta en agitant son mouchoir blanc comme au départ d'un long voyage.

Le vieux à la deuxième porte lui fit un méchant pied de nez. Jean empoigna sa barbe blanche et comme un noyau d'abricot le jeta par-dessus l'épaule. Derrière le battant brisé la deuxième des trois lui tendit sa main fine. La corde en sifflant sec dégringola d'en haut. La gracieuse la prit d'un geste de danseuse et se laissa hisser sans regarder en bas.

L'antique sentinelle à la troisième porte se mit à sautiller, les poings sous le menton, comme font les boxeurs. Jean se servit d'elle pour enfoncer la porte. La cadette des trois le voyant apparaître s'évanouit sur lui. La corde en dévalant effleura sa figure. Elle en fut réveillée, pleura, battit des pieds, refusa de rejoindre, en haut, ses sœurs aînées en criant qu'elle craignait le vertige. Jean lia ses poignets et ses chevilles ensemble, sonna la remontée et prit quelque repos.

Il attendit la corde. Elle ne lui revint pas. Comme il désespérait, assis contre le mur, au bout de son soulier parut un ver de terre. Il se souvint de lui. C'était le serpenteau qu'il avait écrasé dans le château hanté. L'animal se dressa sur son humble queue blême et cria :

– Assassin !

– Que la paix soit sur toi, répondit Jean de l'Ours. C'est aujourd'hui mon tour, l'ami. Je vais mourir.

– Je peux t'aider, brigand, lui dit l'animalcule. Réjouis-toi, regarde et remercie le Ciel.

Un immense corbeau à l'instant même emplit la salle souterraine en forme d'œuf obscur. Sept vaches étaient couchées à l'ombre de ses plumes.

– Prends avec toi ces bêtes et monte sur l'oiseau, dit encore le ver. Sept fois avant le jour il claquera du bec. A chaque claquement, nourris-le d'une vache. Bon vent !

Jean de l'Ours chevaucha le corbeau gigantesque. Sept fois il lui donna sa becquée de chair fraîche. Le jour parut en haut, menu comme une étoile. L'oiseau à bout de forces encore ouvrit le bec. Plus de vache sous l'aile. Jean d'un coup de couteau trancha sa fesse droite, le nourrit de sa viande et caressa sa gorge en lui parlant tout doux. Le corbeau le posa au bord du puits sans fond.

Il s'en fut aussitôt chez les trois demoiselles, y trouva ses compères attablés grassement, les prit par les cheveux, les traîna jusqu'au gouffre et les jeta dedans. Il épousa l'aînée des filles du vieux prince. Elle était belle et bonne. Il en fut satisfait.

Le chien

C'était un soir d'hiver chez Pierre des Domaines. Dans l'âtre crépitait une flambée d'ajoncs sous le grand chaudron noir où bouillonnait la soupe des cochons. Jeanne rapiéçait une veste devant le feu, Annette reprisait des bas sous la chandelle, Jean, le dernier des fils, aiguisait son couteau et le maître des lieux, ses lorgnons sur le nez, lisait un almanach. Dehors il pleuvait dru, la tempête grondait, rudoyait les volets et faisait frissonner les bottes d'oignons suspendues à la poutre. Les femmes soupiraient et parlaient à mi-voix.

Quelqu'un, soudain, entra. Paul Léveillé, le voisin des Ormeaux, s'engouffra dans la salle, poussé par une bouffée de vent. Un chien sur ses talons se faufila dedans. On remua des chaises, on fit place à l'ami devant la cheminée. Le chien vint lui aussi se coucher près du feu. Il était efflanqué, crotté jusqu'aux oreilles. Il tendit le museau à Pierre, en gémissant, puis regarda les gens, les uns après les autres, avec dans ses yeux noirs des lueurs d'amour tristes. Pierre l'examina. Il dit :

– Drôle de bête.

– Tu devrais l'éprouver, c'est peut-être un sorcier, grogna Paul Léveillé. As-tu de l'eau bénite ?

Il rit. On lui sentit, pourtant, de l'inquiétude. Personne ne doutait parmi la maisonnée que les jeteurs de sort avaient, entre autres tours, le don de se cacher dans des corps d'animaux. On se mit à conter des aventures noires. Le chien écouta tout, l'œil rond, l'oreille droite. Jeanne enfin se leva.

– Il se fait tard, dit-elle.

La pluie avait cessé. Paul s'en revint chez lui. Jean, Annette et leur mère montèrent à l'étage avec des briques chaudes à fourrer dans les lits.

Pierre demeura seul devant le feu mourant. Il vida sa pipe sur les braises, puis caressant le chien qui se frottait à lui :

– Va, mon beau, lui dit-il. Tu es chaud, tu es sec, va coucher dans la grange. Ici, c'est la maison des hommes, point des bêtes.

Le chien leva vers lui un regard suppliant. Il répondit à voix humaine :

– Mon père, gardez-moi, je suis si fatigué.

Pierre sentit le sol lui manquer sous les pieds. Il se laissa tomber sur la chaise et bafouilla :

– Seigneur, dites-moi que je rêve. Un chien ne parle pas. Cela ne peut pas être.

– Non, vous ne rêvez pas, lui répondit le chien. Écoutez mon histoire. Au séminaire où vous m'avez placé malgré mon peu de goût pour les versions latines, j'ai trouvé par hasard un livre en peau de bouc. Il était sous un sac, dans l'armoire à balais. Je l'ai lu, sans penser à mal. Il était illustré de curieuses gravures. A la page trente-six, comme je déchiffrais les lignes à voix haute, j'ai soudain aboyé. Je me suis regardé. J'étais devenu chien. J'ai cru mourir d'effroi. Je suis parti par les couloirs. Un moine m'a jeté dehors à grands coups de torchon. J'ai erré quatre jours. Enfin je me suis dit : « Où aller en ce monde ? Autant rentrer chez nous, j'y serai bien traité. » C'est votre fils aîné, mon père, qui vous parle. Ayez pitié de lui.

Il couina doucement. Pierre épongea son front, puis se gratta le crâne, extrêmement perplexe, et répondit :

– Mon fils, tu as lu, sans savoir, un grimoire sorcier. C'est grave. D'autant que je ne sais comment te rendre ton apparence d'homme.

– Facile, répondit le chien séminariste. A la page trente-cinq, la chose est expliquée. Il faut lire à rebours la formule magique. Rendez-vous à Sottevast. Allez à mon école. Vous trouverez le livre au fond du cagibi où je m'étais caché. Lisez la page trente-six, sans omettre un seul mot, en commençant au bout du dernier de la feuille. Ainsi sera défait l'envoûtement, et je redeviendrai, si Dieu veut, présentable.

Pierre, le lendemain, s'en fut à Sottevast. Il partit en carriole avec un chien bâtard et s'en revint au soir avec son fils aîné. Le garçon prétendit qu'au grec et au latin il préférait les meuglements des vaches. Son père l'approuva hautement devant les femmes étonnées, et tous deux s'en allèrent à l'ouvrage du jour.

Le prisonnier de la Tour

Son nom était Blanche d'Évreux. Elle était noble et solitaire. Elle rêvait sans cesse d'amour, muette, le front aux fenêtres et le regard perdu au loin. Elle avait juste dix-sept ans quand un vieux roi la prit pour femme. Elle n'en éprouva que tristesse, pria pour que quelqu'un lui vienne, sans savoir qui, sans savoir d'où, puis un jour cessa d'espérer. Alors le feu vint dans sa chambre, embrasa les rideaux, les meubles, les coussins et les draps de son lit. Elle suffoqua, cria à l'aide, vit un homme vêtu de noir traverser la tenture en flammes, courir à elle, bras ouverts. Elle s'évanouit contre sa poitrine.

Elle se réveilla près d'une fontaine, au fond du jardin. Son château brûlait. Le jeune homme en noir, à genoux près d'elle, l'aspergeait d'eau fraîche et lui parlait doux. Des gens alentour couraient en tous sens. Elle ne voulut voir que ce seul visage penché sur le sien. Il lui dit son nom : Nicolas Poulain. Il servait le roi, il aimait la reine mais n'osait rêver d'amour en retour. Blanche prit sa main et d'un regard simple lui donna son cœur.

Il vint à Gisors, leur maison nouvelle. Elle ne voulut point qu'il passe un seul jour hors de sa présence. Elle le fit entrer un soir de novembre dans son oratoire où n'étaient qu'ombre et silence autour d'un halo de bougie. Dans ce lieu hors du monde ils s'aimèrent en secret, cette nuit-là, toutes les nuits, jusqu'au jour où le roi sut par une servante ce qui se tramait là, sous la croix éclairée contre le mur de pierre. Il vint à pas de loup surprendre les amants, se tint un long moment courbé comme un voleur contre la porte close, pleura quand Blanche soupira, puis il entra avec ses gardes, il fit empoigner Nicolas et dans la Tour Ferrée ordonna qu'on l'enferme.

Quatorze années durant dans sa prison l'amoureux survécut sans jamais voir dehors le soleil ni la pluie, écrivant aux murs, armé d'un clou rouillé, gravant des bas-reliefs à peine perceptibles, tant la lueur du jour à la lucarne haute était rare et petite. Heureusement la reine Blanche, malgré les colères du roi et les pièges de ses espions, vint tous les soirs le visiter, coiffée d'un capuchon de moine. Et tous les soirs pleurant ensemble, ranimant l'espoir bouche à bouche ils s'aimèrent et s'aimèrent encore. Une fille naquit de leurs étreintes. Elle passa quatre jours dans ce monde et mourut. Nicolas en souffrit jusqu'à maudire Dieu. Or, à peine ses larmes avaient-elles séché qu'il se trouva plongé dans un nouveau malheur.

Blanche, un soir, ne vint pas. Il apprit d'un geôlier que tous, dans le château, étaient en souci d'elle, car elle était malade et peut-être mourante. On avait vu prier, près de son lit, des nonnes. Nicolas, fou d'effroi, jusque vers la minuit cogna contre les murs, puis retrouvant soudain ses esprits il décida de fuir, de rejoindre Blanche et de mourir près d'elle. Il s'en fut à la porte, appela son gardien. L'autre, à peine dedans, partit à la renverse, un talon sur le cou et la face en bouillie. Le prisonnier sortit dans le couloir, vit un rayon de nuit tomber d'une meurtrière, se glissa dans la fente et plongea dans l'eau noire au pied de la muraille. Mais comme il se hissait sur l'herbe de la rive, il vit courir à lui quatre hommes armés de torches et d'épées. On lui cloua l'épaule, on déchira sa hanche et l'on troua sa cuisse. Deux le prirent aux chevilles et deux par les poignets. Avant l'aube il était de retour sur sa couche moisie. Il demeura six jours muet, le souffle rauque et les mains sur ses plaies. Alors Blanche revint.

Elle sentait bon l'air vif, elle n'était pas malade, ne l'avait pas été. Le glas n'avait sonné que pour son vieil époux. Lui, le roi, et lui seul avait rendu son âme un soir, subitement, en se levant de table. Elle s'était aussitôt précipitée à Rome, poussée par le désir d'obtenir du pape le pardon de ses fautes et l'autorisation d'épouser Nicolas. Mais il était trop tard. Nicolas se mourait. Comme elle baisait sa bouche, il ne respira plus.

Son corps fut enterré au fond de cette tour où il avait vécu quatorze années de maux, de rage et d'espérance. On affirme que là est le trésor de Blanche, enfoui avec le mort. Et l'on dit que la tombe une fois l'an s'entrouvre pendant les douze coups de minuit, à Noël. Alors on voit briller, dans le noir, un soleil que nul ne saurait prendre, car il est tout d'or pur impalpable et précieux comme l'amour humain.

PICARDIE

Les fées de Thièvres

A Thièvres, dans la Somme, étaient jadis trois fées. A ceux qui savaient voir elles se montraient parfois, magnifiquement nues dans leurs cheveux défaits. Elles étaient bienfaisantes. La première, dit-on, fit d'un roc un cheval à la crinière blanche qu'elle offrit par amour au seigneur de Sarton. Un jour du mois d'avril la deuxième planta en terre sa baguette, qui se couvrit de feuilles et grandit et s'ouvrit et devint à l'instant un chêne prodigieux. Les vieux de Thièvres, dans son ombre, vinrent longtemps se reposer et parler des choses du monde. La troisième fée fit jaillir une source si fraîche et pure qu'elle lavait l'âme de tout mal. Pourtant un seul regard de cette bonne dame pouvait tant enivrer qu'on en perdait l'esprit. Un garçon la connut. Voici ce qu'il advint de ce coureur de songes.

Les gens l'appelaient le Rêveur. C'était un doux vivant aux paroles hésitantes, à la démarche lente. Il paraissait sans cesse à l'affût d'un miracle. Il était le fiancé d'une fille fluette aux yeux verts et profonds comme l'eau sous les arbres. Cécile était son nom. Son père était fermier. La veille du mariage, le Rêveur vint chez elle aider à préparer la table de la noce, à fleurir la maison, à surveiller les dindes embrochées sur le feu. On s'amusa beaucoup. Ses futurs beaux-parents, belles-sœurs et beaux-frères étaient autant émus et contents que Cécile qui sans cesse riait et s'exaltait de tout. A la nuit le Rêveur dut retourner chez lui. Il n'avait pas le droit, avant la messe dite, de dormir sous le toit de sa jeune promise. Cécile prit son châle et le raccompagna jusqu'à la passerelle où jaillissait la source. Ils s'étreignirent fort, debout contre un rocher, se promirent à mi-voix un amour sans pareil, longuement s'embrassèrent, puis Cécile s'enfuit, légère, les joues rouges et le cœur débordant. Le Rêveur s'attarda au bord de la fontaine. L'envie le prit de veiller là jusqu'au lever du jour, seul parmi les rumeurs de la nuit, le chant des rossignols, les murmures de l'eau. Il s'assit contre un arbre.

Le lendemain matin, on l'attendit longtemps. Ne manquait plus que lui pour aller en cortège à l'église du bourg où les cloches sonnaient. Invités et parents en habit du dimanche étaient tous dans la cour à parler et chanter pour tromper le souci qui tourmentait Cécile. Il devait être là dès l'aube. Il était bien dix heures. Elle ne put demeurer à guetter le chemin, avec ses tremblements et l'angoisse effrénée qui lui rongeait les sangs. Elle releva soudain sa longue robe blanche et s'en fut en courant. Elle parvint essoufflée au petit pont de bois où elle avait quitté, la veille, son ami. Le Rêveur était là, à genoux sur la rive. Il parlait à quelqu'un qu'il était seul à voir. Son regard traversa les grands yeux de Cécile et s'échappèrent au loin, errants, hallucinés. Elle lui prit le visage. Il repoussa ses mains et poursuivit sa prière à la fée disparue dans les traits de soleil qui tombaient des feuillages.

Cécile épouvantée s'en revint à la ferme en appelant à l'aide. La noce à travers champs courut jusqu'à la source. On n'y trouva que l'ombre et le chant du ruisseau. Le Rêveur n'était plus dans les herbes du bord. On le chercha partout. On pensa qu'il s'était noyé. On se pencha sur l'eau. On ne vit pas son corps. Il s'en était allé, peut-être, avec la fée. Le fait est qu'il avait abandonné le monde car nul ne le revit, là ou ailleurs, jamais.

Les trois rusés compères

Il était une fois trois compères filous : Bérard (il était borgne), Hamet (il était roux), Travers (il était maigre). Un jour, Travers vola au charcutier du bourg un cochon rose et gras égorgé de la veille. Il lui fit un linceul de serviettes à carreaux, se mit le dos dessous, trotta jusque chez lui, dit à sa femme Berthe en déchargeant sa bête au milieu de la table :

– Range ça. Attention, tu n'en parles à personne. Pas la moindre allusion devant ces fous d'Hamet et de Bérard, mes frères. Sinon ces deux brigands nous l'auront chouravé avant qu'il soit demain.

Ayant ainsi parlé, il s'en fut au bistrot.

Hamet vint chez Travers avec Bérard le borgne. Berthe, l'air effaré, s'assit sur le cochon. Les bougres, en aparté, se dirent ces mots simples :

– Vois, le jupon de Berthe a des oreilles roses.

– Notre frère Travers aurait-il kidnappé le porc du charcutier ?

– C'est bien ce qu'il me semble.

– Tout va-t-il comme il faut ce matin, belle-sœur ?

– Travers est au bistrot, répondit la commère.

Les compères s'en furent en sifflotant, l'œil vague. Travers revint chez lui. Sa femme lui conta la visite impromptue d'Hamet et de Bérard, ces traîneurs de savates. Travers grogna du nez, empoigna le cochon. Il alla le cacher derrière le pétrin.

Comme sonnait minuit deux ombres au clair de lune arrivèrent sans bruit sous les volets fermés de la maison Travers. Bérard resta dehors à trembler dans sa veste. Hamet en un clin d'œil crocheta la serrure et se glissa dedans. Sur la toile cirée, pas le moindre jambon. A l'étage, Travers remua sous sa couette. Il ne pouvait dormir. Il entendit un pas grincer sur le plancher. Il prit sa carabine au-dessus de son lit, descendit l'escalier, s'en fut sous le pétrin palper sa bête grasse. Elle était toujours là. Il sortit prendre l'air. Ses deux frères filous l'entendant se lever étaient allés cacher leurs trognes circonspectes à l'angle ombreux du mur. Ils virent s'éloigner Travers à demi nu, son fusil sous le bras. Sur la pointe des pieds ils revinrent à la porte. Hamet comme un furet traversa la cuisine, grimpa jusqu'à la chambre et dit, le nez bouché, déguisant sa voix grêle :

– Berthe, je ne sais plus où j'ai mis le cochon.

La femme ensommeillée gronda :

– Sous le pétrin.

Le bonhomme aussitôt redescendit en hâte, prit le porc, le mit sur sa nuque et s'en fut dans la nuit avec Bérard le borgne.

Quand compère Travers s'en retourna au lit, sa Berthe soupira :

– Qu'as-tu donc, mon mari, là où normalement devrait

être ta tête ? Comment, andouille maigre, as-tu pu oublier où était notre bête ?

L'autre, certes, était sot, mais il avait du nez, et ce qu'il sentit là ne lui dit rien qui vaille. Il descendit, palpa derrière le pétrin. Plus de cochon. Misère ! Il courut à la porte. Il vit deux ombres fuir. L'une semblait peiner, l'autre disparaissait déjà parmi les arbres. Il ne prit pas le temps de mettre un pantalon. Ses fesses pâles à l'air il poursuivit Hamet. Quand il l'eut rattrapé, il lui dit dans le dos, contrefaisant la voix de compère Bérard qui courait loin devant :

– Je te vois fatigué, souffle un peu, mon tout beau, donne-moi le fardeau, que j'en gagne ma part.

Il empoigna le porc. Hamet se laissa faire. Il poursuivit sa route, et deux cents pas plus loin trouva Bérard assis à la sortie d'un pont. Il se frappa le front.

– Mille millions de poux ! Travers nous a roulés !

Il ôta sa chemise, il s'en fit une coiffe à peu près féminine, il prit un raccourci, arriva chez Travers avant le maigrichon chargé comme un mulet. Il l'attendit dans l'ombre, au seuil de la cuisine. Quand il le vit paraître, il dit en imitant les zézaiements de Berthe :

– Donne-moi le cochon. Il y a des gens, là-bas, derrière l'écurie. Cours-y, ce sont tes frères.

– Morbleu, gronda Travers.

Il laissa choir la bête et s'en fut en courant. A l'écurie, personne. Il revint essoufflé. Le cochon était loin. Alors il prit le temps de se gratter la tête, après quoi il s'en fut tranquillement au bois.

Il savait que ses frères y chercheraient refuge. Il les trouva bientôt assis devant un feu, sous un grand chêne noir. Il s'approcha sans bruit, grimpa dans le feuillage, se pendit par la main à une haute branche. Il gonfla ses joues creuses et se mit à gronder à voix de grosse caisse :

– Voyous, voleurs, pendards, la corde vous attend ! Votre langue et vos yeux nourriront les corbeaux ! Je sais de quoi je parle, hélas, moi qui pends là !

Les deux, épouvantés, bras au ciel décampèrent. Le bonhomme Travers descendit de son arbre, reprit son cochon gras et s'en alla trottant.

Quand il eut déposé l'animal sur la table :

– Femme, fais-le rôtir. Mes frères reviendront avant le jour levé. Ne te soucie pas d'eux, mille pestes, je veille.

Il reprit son fusil et sortit sur le seuil. Il vit bientôt venir les deux filous du bois. Ils étaient retournés à l'arbre maléfique. Ils avaient constaté la fuite du cochon sur le dos du pendu et maintenant, penauds, ils venaient aux nouvelles.

– Ça sent bon, dit Hamet.

Et Bérard, l'air niais :

– C'est un cochon qui cuit ?

– Entrez, leur dit Travers, et festoyons, mes bougres.

Berthe, voyant paraître ensemble les compères, leur brandit son poing sous le nez et grogna, furibonde :

– Hé, ne pouviez-vous pas commencer là l'histoire ?

Travers d'un fin sourire excusa la commère. Il dit, rectifiant à son cou de héron une cravate absente :

– Ma femme n'entend rien aux délices subtiles de la filouterie.

Et il servit à boire.

Frère Jean

Frère Jean était moine au couvent de Beaucourt. C'était un simple aux yeux rieurs. Un jour, comme il faisait souvent, il s'en fut prier dans le bois. Il s'assit au pied d'un chêne, invita chez lui le soleil qui jouait avec les feuillages, les chants d'oiseaux, l'odeur de l'herbe, les caresses du vent léger, la chaude saveur de midi. C'était ainsi, l'âme muette, qu'il se laissait aimer de Dieu. Il s'oublia dans sa prière à peine une heure, guère plus. Après quoi, ranimant son corps, il retrouva ses mains, son souffle, la brise dans ses cheveux gris, le souci du travail à faire avant le soir, au potager. Il se releva en geignant (ses vieux genoux étaient rouillés) et s'en revint au monastère.

Comme il marchait le long du mur, son regard soudain trébucha. Dans les orties, contre l'enceinte, était une bâtisse neuve, et près du portail un rosier qui tout à l'heure était absent. « Je rêve », se dit frère Jean. Des deux poings il frotta ses yeux, cogna vivement à la porte. Trois verrous claquèrent dedans. Un moinillon parut dans l'entrebâillement et dit :

– Dieu vous garde. Qui êtes-vous ?

L'autre partit d'un rire maigre, les sourcils hauts, l'air étonné.

– Hé, parbleu, je suis frère Jean ! gronda-t-il. D'où sors-tu, blanc-bec ?

– Je ne connais pas ce nom-là, répondit le portier. Êtes-vous donc un pèlerin pour aller ainsi sans bagages ?

Jean s'efforça de rire encore, incrédule, désemparé.

– Ne m'effraie pas, frère inconnu. Je suis sorti voici une heure pour aller prier dans le bois.

« Un fou », pensa le moinillon. Il eut pitié, ouvrit la porte, prit le bonhomme par la main, traversa le cloître avec lui, le mena dans la bibliothèque. Frère Jean n'y reconnut rien, ni les peintures, ni les meubles, ni les moines à leur écritoire. Tous, silencieux, le regardèrent tourner de-ci de-là la tête. Il semblait effaré. Il s'assit sur un banc, sous la haute fenêtre, enfouit sa face dans ses mains. Ils étaient tous autour de lui quand enfin il se redressa. Ses yeux étaient illuminés. Dieu semblait rire dedans.

Il s'en fut droit à l'étagère où étaient les registres anciens, les ouvrit tous, l'un après l'autre, mit enfin le doigt sur la page où son supérieur, autrefois, avait inscrit, en lettres droites : « Frère Jean, sorti dans le bois, n'est pas reparu au couvent. » L'encre pâlie, lisible à peine, était vieille de deux cents ans. Il avait cru prier une heure dans l'innocence de midi.

– Frères, dit-il, le temps n'est rien qu'une illusion sur notre route.

Il mourut là, sur le dallage, en souriant au plafond haut.

L'Éternueu

Sur la route d'Englebelmer fut autrefois un spectre rare. Cet habitué des brouillards souffrait de coryza chronique. Peut-être était-il allergique aux vivants qui passaient, la nuit, sur ce bout de monde désert où il errait sans feu ni lieu, ni cache-nez, ni mouchoir propre. Le fait est qu'il éternuait dès qu'il sentait, sur le chemin, l'odeur d'un voyageur terrestre. On l'appelait l'Éternueu, et pour être fantomatique il n'en faisait pas moins sonner dans la grisaille silencieuse des chapelets d'éternuements dignes d'un chanteur d'opéra dans une cathédrale froide. Évidemment, il effrayait. Les gens entendaient dans la brume des élans de nez chatouillé, un couinement annonciateur, un rugissement fracassant suivi d'un soupir satisfait. Et comme ils ne voyaient personne, ils s'enfuyaient éperdument jusqu'à s'étaler dans la boue de quelque mare solitaire d'où ils sortaient la gorge en feu, la tête lourde et des frissons fiévreux partout.

Il arriva pourtant qu'un soir de fin d'automne un jeune paysan oublia d'avoir peur. Il était amoureux, ce qui rend intrépide. Cheminant sur la lande vague (il s'en revenait du marché), il pensait à sa bien-aimée, à son parfum, ses seins menus, bref, à tout ce dont rêve un homme qu'une femme attend dans son lit. Soudain, au détour de sa route, dans un brusque travers de vent, l'Éternueu éternua. Le garçon souleva poliment son chapeau et dit, la tête ailleurs :

– Le bon Dieu vous bénisse !

Le fantôme aussitôt apparut devant lui. Il était maigre, chauve et vêtu d'un drap blanc.

– Me voilà délivré, dit-il, la goutte au nez. Je fus un mauvais bougre, autrefois, en ce monde. Au jugement dernier, Dieu me reçut fort mal. Pour racheter mes fautes, Il fit de moi l'errant le plus original des campagnes françaises. Je ne pouvais pleurer, j'avais le cœur trop dur. Il me condamna donc à couler des narines et à éternuer jusqu'à ce qu'un vivant, passant par cette lande, prononce simplement ces mots que tu as dits. Merci. La paix sur toi.

Le spectre disparut dans un froissement d'ailes, et depuis ce soir-là on n'a plus entendu ses fracas d'enrhumé. Cependant quand il pleut on dit dans la contrée que là-haut, dans son paradis, l'Éternueu inguérissable éternue encore et toujours au creux d'un mouchoir de nuages, et nous postillonne dessus. Cela sera jusqu'au jour triste où quelque chercheur inspiré trouvera la potion fatale aux coryzas récalcitrants. De ce jour, le ciel sera sec. Et nous serons dans de beaux draps.

L'âne

Ils étaient dix jeunes garçons qui menaient grand train sur la place. C'était le soir de la plus longue nuit, celle du Nouveau-Né dans son berceau de paille. La fontaine bruissait. Aucun ne l'entendait. Ils chantaient, palabraient, criaient, se tiraillaient. Les étoiles naissaient dans le jardin d'en haut. Eux, en bas, festoyaient. L'un rotait au ciel en tenant son ventre, un autre buvait au goulot, quatre dansaient, les poings aux hanches. Leurs regards étaient noirs, leurs oreilles étaient rouges. L'arbre était silencieux à l'angle de l'église.

Un âne gris s'en vint par la ruelle et fit en trottinant le tour de la fontaine. Un débraillé le tira par la queue, un ventru grimaçant singea sa course allègre. Un boiteux bondit sur son dos. L'âne gris parut satisfait. Il fit encore un tour. Un grand diable au long nez grimpa aussi en croupe. On rit, on applaudit son air de roi des fous. L'âne gris, les oreilles bien droites et le sabot sonnant, en parut aussi fier qu'un cheval de bataille. Il fit deux tours, trois tours, et son dos s'allongea, et l'on se bouscula pour lui monter dessus. Il fit quatre et cinq tours. Cinq ensemble le chevauchèrent, l'un brandissant le poing, un autre son chapeau, un autre éperonnant, un autre chatouillant le cou de son compère, le cinquième à l'envers, jouant les acrobates. L'âne fit six, huit et dix tours et son dos s'allongea, s'allongea, s'allongea. Les jambes battant l'air, les fronts collés aux nuques et les bras moulinant ils furent tous bientôt sur son échine raide.

Il s'arrêta soudain, poussa un braiment bref et s'en fut à nouveau autour de la fontaine. Il se mit à tourner d'abord à vive allure, puis sa course se fit effrayante, emballée, vertigineuse enfin. Mille étincelles crépitèrent sous ses sabots multipliés. Les poings dans les cheveux les dix garçons hurlèrent. Ils n'entendirent rien. Le fracas du galop dévorait leurs oreilles. On ne vit plus bientôt qu'un tourbillon grondant.

Minuit sonna au clocher du village. Les étoiles là-haut regardèrent l'Enfant naître dans son étable. L'âne gris, dix garçons sur son dos, plongea dans la fontaine. L'eau était claire et simple. Ils s'y perdirent tous. On n'en revit jamais ni chapeau, ni chemise.

Les lutins et le bossu

Il était une fois un bossu souffreteux au corps de mauvais bois, au cœur de belle source, aux paroles timides, aux yeux mélancoliques. Il était serviteur chez un fermier des environs d'Acheux. Tous les matins il disait bonjour au soleil. Il souhaitait le bonsoir, avant d'aller au lit, aux agneaux, aux brebis, aux arbres, à la lumière. Nul ne lui répondait. Il ne s'en vexait pas. Il s'estimait trop peu pour être aimé du monde.

Le fermier un matin lui dit :

– Va chez mon notaire et porte-lui ce sac. Tu ne le remettras, s'il te plaît, qu'à lui seul. Prends-en bien soin, il est plein d'or.

Le bossu s'en alla, son fardeau sur sa bosse. Il traversa le bois, arriva vers midi sur la place du bourg. Là était la demeure où il devait se rendre. Il fut fort bien reçu. Le maître de maison lui offrit des galettes avec un bol de flippe (du cidre avec du sucre et un tiers d'eau-de-vie réchauffés sur le poêle). Le bonhomme mangea, but et sourit aux anges. La bonne lui servit encore une timbale. Il manquait d'habitude. Pris d'ivresse moelleuse il se pelotonna dans son fauteuil de cuir, mit son pouce à la bouche et croyant rêvasser s'endormit pour de bon. La servante le couvrit d'un châle et s'en alla sans bruit. Quand il revint au monde il faisait noir dehors, il faisait chaud dedans, il était tard partout. Il releva le col de sa veste et s'en fut dans la nuit.

Sous la lune joufflue qui éclairait sa route il marcha d'un bon pas jusqu'à la lisière du bois. Là, un instant, il hésita. Un hibou hululait au loin dans le feuillage. Il écouta, craintif. Dans ces lieux trop touffus on disait que des diables, la nuit venue, se changeaient en renards, en racines méchantes, en chats tombés du ciel. Il lui fallait pourtant affronter les ténèbres. Il baissa donc le front et quitta les étoiles en chantant bravement, pour se donner du cœur.

A peine avait-il fait cent pas dans le sous-bois qu'il entendit, derrière, un remuement de feuilles. La chanson s'enroua soudain dans son gosier. Il osa regarder par-dessus son épaule. Ce qu'il vit l'émut tant qu'un frisson lui grimpa des reins jusqu'à la bosse. Des lutins le suivaient en foule silencieuse. Ils avaient l'air joyeux, quoique fort affairés à lui trotter au train. « Jésus, Marie, Joseph, balbutia le bossu, que dois-je dire ou faire ? » Son cœur lui répondit : « Marche, bonhomme, et chante. » Alors il poursuivit son chemin broussailleux en poussant devant lui sa complainte falote. Il entendit bientôt les lutins bavarder, à voix basse et pressante parmi les bruissements. Il leur tendit l'oreille.

– Demandons-lui, dit l'un. Ma foi, que risquons-nous ?

Un autre répondit :

– Nous risquons qu'il se trompe et ce serait terrible.

– Essayons tout de même. Essaie, toi. Parle-lui.

– Hé, monsieur le bossu !

Le bonhomme fit halte. Les lutins aussitôt lui vinrent tous autour.

L'un dit :

– Tu chantes bien. Viens dans notre clairière.

– Viens danser avec nous ! glapit un minuscule à la barbe brumeuse.

– Chanter, surtout chanter ! précisa un vieillard en brandissant sa canne.

Le bossu répondit :

– Pourquoi pas, bonnes gens ?

Les lutins l'entraînèrent. La lune sur le pré faisait luire les herbes. Au cœur de la clairière ils se mirent en cercle, et se prenant les mains égrenèrent ces mots en longs cris d'hirondelles :

– Lundi, mardi et mercredi ! Jeudi, vendredi, samedi ! Longue, longue, longue est la nuit !

Le bossu, perplexe, se dit : « Un jour manque après samedi. Lequel, Seigneur ? Lundi, mardi, mercredi, jeudi, vendredi, samedi. Dimanche, pardi ! » Il rit, cria :

– Holà, lutins, vous avez oublié dimanche !

Un grand hourra lui répondit. Tous lancèrent au ciel leur bonnet, puis se bondirent dans les bras et se culbutèrent en riant. Le bossu, surpris, rit aussi. Le roi des lutins vint à lui, prit le bout de ses doigts et dit :

– Tu as brisé le maléfice, gloire à toi, homme bienfaisant ! Tu as le droit de tout savoir de nos maux et de nos errances. Écoute donc. Dieu, autrefois, nous ordonna pour notre bien de travailler six jours sur sept et de vivre en paix le septième. Or, nous avons désobéi. Un dimanche au jardin d'Éden où nous demeurions en ces temps nous avons pris nos sarbacanes et poursuivi des écureuils. Pour cette faute impardonnable Il nous fit tomber de là-haut. Il nous condamna à l'exil jusqu'à ce qu'un vivant nous rappelle ce jour béni qui vient après le samedi. Beaucoup avant toi ont chanté dans cette clairière où nous sommes. Aucun n'a su dire le mot. Tu l'as dit, mon fils, grand merci. Grâce à toi, dès l'aube prochaine, nous retournons au paradis. Fais un vœu maintenant. Foi du roi des verdures, il sera exaucé.

– Rendez ma bosse à Dieu, répondit le bossu. Soit dit sans l'offenser, je n'en ai rien à faire.

A peine eut-il parlé que le sommeil le prit. Quand il se réveilla, il était aussi droit que le trait de soleil qui tombait des feuillages. Depuis ce matin-là on ne rencontre plus de lutins dans les bois. Ils sont au beau jardin où nous irons un jour, quand nous aurons appris à franchir les miroirs.

NORD-PAS-DE-CALAIS

L'enterrée vive

En 1322 la comtesse Mahaut s'établit à Gosnay. Cette vieille et rugueuse tante du sinistre Robert d'Artois n'était plus, en ces temps, qu'une austère bigote à l'œil impitoyable, haute, sèche et farouche au point d'avoir proscrit de sa maison comtale toute parole ou tout signe inspiré peu ou prou par l'élan amoureux.

Or, il advint qu'un jour sa jeune camériste se fit prendre le cœur. Elle s'appelait Alix, elle avait dix-huit ans. Un garçon avenant l'aima et le lui dit. Elle osa lui donner un rendez-vous secret. « Les lions du désir brisent toutes les cages », dit le proverbe. Les deux adolescents, de rencontres furtives en promesses sacrées, vécurent douze mois d'heureuse exaltation. Après ce temps Alix se vit enceinte. Elle en crut mourir de terreur. Elle s'emprisonna les flancs dans quatre ceintures de laine, afin que Mahaut n'en voie rien. Mais comment empêcher le soleil d'apparaître, quand vient l'heure de l'aube ? Son ventre se gonfla malgré les bandelettes. Mahaut posa sa main, un soir, sur son nombril, comme pour caresser, mais soudain grimaça, les yeux étincelants, et griffa jusqu'au sang. Après quoi elle gronda entre ses dents jaunies :

– Nous parlerons demain dans la salle d'en haut.

Elle tourna les talons et tira le rideau de l'oratoire où elle s'enfermait une heure, chaque nuit, avant d'aller dormir.

Le lendemain matin (un printemps triomphant entrait par les fenêtres), Alix vint devant la comtesse assise roidement au fin fond de la salle. Auprès d'elle, debout, était son confesseur, et le long des tentures entre les croisées hautes des moines capucins et les gens de sa cour. L'amoureuse s'agenouilla. Elle attendit, la tête basse. Mahaut la regarda, eut un sourire froid et dit :

– Je veux savoir le nom de ton amant.

Un sanglot secoua les épaules d'Alix, mais elle resta muette. La comtesse grinça :

– Dénonce-le, ma fille, et je le ferai pendre. Toi, tu iras cracher le fruit de ton péché dans un couvent de nonnes. Tu vivras, c'est promis, pourvu que Dieu le veuille, mais en robe de bure, avec la croix au cou et le crâne rasé.

– Celui que j'aime est jeune et de bonne noblesse, lui répondit Alix. Madame, par pitié, faites-lui grâce aussi, ou faites-moi périr de même mort que lui.

– Son nom ! hurla Mahaut. Son nom, petite peste ! Je veux le voir pendu, je veux voir un corbeau perché sur son épaule avant qu'il soit midi !

Alix leva le front. Une fière lueur brilla dans son regard. Elle répondit, sans que sa voix ne tremble :

– Faites le mal que vous voudrez. Dans mon cœur est mon bien-aimé. Vous ne verrez pas son visage.

– Tu seras enterrée vivante, dit la voix tout à coup paisible de la vieille Mahaut d'Artois.

Et l'on vit bien sur sa figure que c'était elle et point Alix qui souffrait le pire tourment.

Un silence atterré accueillit ces paroles. Chacun dans l'assemblée regarda son voisin. L'amoureux était là, parmi les gens. On attendit un cri, un bruit de pas, un remuement. Personne ne bougea. Alors Alix posa les mains sur son visage et se mit à gémir si lamentablement que des voix, çà et là, supplièrent Mahaut de prendre pitié d'elle, mais Mahaut demeura les mâchoires clouées. Enfin elle se leva et d'un geste ordonna que l'on vide la salle. Quatre gardes emportèrent Alix évanouie. Vers l'heure de midi, les sentinelles en poste au portail du château virent sortir un homme apparemment défait, quoique de belle mine. Il frappait sa poitrine en criant des mots désordonnés. Il disparut au loin. Personne ne sut dire où il était allé.

Sous un arbre du parc on creusa une fosse, et tandis que sonnait l'angélus de la nuit on amena Alix par les allées. Un prêtre allait devant avec sa haute croix, derrière lui marchait l'amoureuse en chemise aux cheveux coupés ras. Deux gardes la tiraient par ses poignets liés. Derrière, en procession, cheminaient douze moines. Quand tous furent sous l'arbre autour du trou profond, les oiseaux effrayés s'enfuirent des feuillages.

Dès la nuit du supplice le fantôme d'Alix vint hanter la vallée où était le château. On l'aperçut errante et pâle sous la lune, on l'entendit gémir dans la brume et le vent, et il en fut ainsi chaque nuit jusqu'à ce que Mahaut, prise d'effroi peut-être, ou de remords tardif, fasse construire sur sa tombe un monastère de Chartreux. On y pria longtemps avant qu'Alix consente à fuir enfin ce très bas monde où elle n'avait souffert la mort que pour avoir donné son âme à l'amour simple.

La légende du charbon

Un seigneur au poing dur régnait en ce temps-là sur la forêt des Flandres. « Sommes-nous malchanceux, disaient entre eux ses gens, pour être nés tout nus sur ces terres sans cœur ! » Leur maître interdisait qu'on ramasse du bois, l'hiver, sur ses domaines. Et donc ils grelottaient dans leurs masures, ils battaient la semelle et tentaient d'échauffer la vie dans leurs corps maigres en parlant du printemps, autour d'une bougie, comme d'un paradis au bout des nuits neigeuses.

Au hameau d'Escautpont, pourtant, était un homme qui ne se résignait pas à vivre recroquevillé dans ses hardes, au risque de geler comme une fontaine. Il était forgeron. Il s'appelait Hulos. Il avait des couleurs : les yeux bleus, le nez rouge et la tignasse noire. Tous les jours il courait les sentiers sous les arbres et soufflait sa buée, trottant de mont en val et de lande en ruisseau, jusqu'à faire fumer son sang par les oreilles.

Or un soir, comme il s'était attardé dans le sous-bois, il aperçut au loin, entre les branches, une lumière. Il s'approcha, prudent, à travers les broussailles. Dans une éclaircie d'arbres il vit une cabane. Alentour, pas un bruit. Il vint coller son œil à la porte fendue. Il aperçut un feu sur la pierre de l'âtre. Il s'étonna. Ce n'était pas du bois qui se consumait là mais de gros cailloux ronds, rougeoyants, magnifiques. Devant la cheminée trois nains étaient assis. Ils étaient noirs, velus. Ils semblaient méditer en tirant sur leur pipe. Hulos plongea le nez dans son écharpe, enfonça ses poings dans les poches, poussa la porte d'un coup d'épaule et salua la compagnie. Les trois gnomes lui jetèrent un coup d'œil vaguement irrité et revinrent, placides, à leurs ruminations. L'homme, les mains tendues aux braises, osa pourtant leur demander quels étaient ces étranges cailloux qui brûlaient là si joliment.

A peine avait-il parlé qu'il sursauta, piqué par un coup de sifflet qui lui parut sortir d'une cave profonde. Aussitôt les trois nains laissèrent là leur pipe, ouvrirent une trappe et s'engouffrèrent dans le noir en trois bonds d'écureuils. Hulos s'agenouilla, se pencha sur le trou. Un obscur escalier se perdait dans un puits apparemment sans fond. Il pensa : « Dieu me garde. » Il descendit, tremblant. Loin au-dessous de lui grouillaient des bruits de bottes, et des cris, et des chants. Il toucha terre enfin dans une salle ronde d'où partaient des couloirs aux plafonds bosselés. Le long de leurs parois scintillaient par milliers des étoiles mouvantes. Hulos, courbant l'échine, vit des nains innombrables aux fronts ornés de lampes. Ils étaient occupés à d'étranges besognes. Les uns à coups de pic arrachaient çà et là d'énormes pierres noires, d'autres chargeaient ces rocs sur de petits chariots, d'autres encore tiraient ces machines bringuebalantes le long des galeries, en riant et cabriolant comme des enfants fous.

Hulos courut à eux et leur redemanda quelles étaient ces pierres. Nul ne lui répondit. Il semblait invisible à ces êtres menus. Un long coup de sifflet à nouveau rebondit de couloir en couloir. Tous jetèrent leurs pics par-dessus leurs épaules, laissèrent sans souci aller leurs wagonnets et s'assirent en rond, et bourrèrent leur pipe. Devant eux sur des nappes apparurent alors des tonnelets de bière et de grandes timbales. Hulos but de bon cœur à la santé de l'un, à la gloire de l'autre, aux trois cornes du diable, à la bonté de Dieu, si bien qu'il s'enivra, et s'endormit.

Un rêve époustouflant aussitôt l'envahit. Il se vit au sommet venteux d'une montagne. Sur un feu de cailloux bouillonnait lourdement une énorme marmite. Un géant broussailleux aux yeux de chat-huant, à la barbe de bouc, armé d'une cuiller haute comme un tronc d'arbre, remuait dans ses flancs un épais ragoût d'hommes. Hulos, la bouche bée, regarda un moment, puis il voulut s'enfuir. Alors il se sentit empoigné par la nuque. Il moulina des bras, lança ses pieds partout. Un couvercle de plomb se referma sur lui. Il sombra hors du temps, sans mémoire ni corps.

Le soleil du matin au ras des arbres nus lui fit cligner les yeux. Il se dressa. Autour de lui n'étaient que les bois, et l'hiver. Il se sentit glacé, perclus. Il s'ébroua, pensa que sa Jeannette devait être en souci après sa nuit d'absence, courut à Escautpont aussi vite qu'il put. Il ne reconnut pas les rues de son village. « Misère, pensa-t-il, où est donc ma maison ? » Il arriva devant. Il vit une bâtisse inconnue, toute neuve. Il frappa à la porte. Une femme apparut, un enfant dans les bras. Elle lui demanda :

– Que voulez-vous, vieil homme ?

– Je suis Hulos, dit-il. Où est donc mon épouse ?

La femme répondit :

– Allez-vous-en d'ici ! Hulos était l'aïeul du père de mon père. Ce ne peut être vous !

Il se vit tout à coup dans la porte vitrée. Il était blanc, noueux, infiniment ridé. Il avait parcouru cent ans en une nuit. Il prit son front dans ses mains grises et gémit. Les gens autour de lui s'attroupèrent en silence. Il les regarda tous, n'en reconnut aucun. Il dit :

– Écoutez-moi.

Il raconta son aventure. Enfin, à bout de souffle :

– Au mont d'Anzin, dit-il, sont de gros cailloux noirs. Ils brûlent aussi bien que des bûches de chêne. Enfants, je les ai vus.

On le crut. On fit bien. On découvrit ainsi ce qu'on nomma la houille, en souvenir d'Hulos, qui mourut ce jour-là sans savoir où le temps avait mis sa vie d'homme.

Les sorcières du bois d'Orville

Autrefois dans le bois d'Orville les sorcières allaient en sabbat. Dans la clairière aux Fées, au bord des eaux croupies d'une petite mare parmi les bouleaux maigres, tous les samedis soir, la lanterne accrochée à leur manche à balai elles descendaient des nues. Elles allaient s'asseoir sous les étoiles autour de leur maître Satan et là, bien installées, se contaient leurs faits d'armes.

– Moi, disait une maigre, hier soir j'ai renversé d'un seul geste d'index un grand chariot de blé sur la route de Thièvres.

– Moi, disait une grosse à la voix d'oiselet, j'ai jeté un sort à l'étable de mon cousin Barthélemy pour le punir de ne point me voler ce qu'une honnête femme exige qu'on respecte.

– Moi, disait une minaudeuse, j'ai flanqué un furoncle au nez de ma voisine.

– Et moi, disait une boiteuse extasiée, l'air d'une sainte, j'ai empoisonné dix poulets.

Bref, elles papotaient ainsi aimablement, puis se déshabillaient et dansaient jusqu'à l'aube.

Un soir, un paysan qui s'était égaré à poursuivre un gros lièvre dans les fourrés du bois aperçut leurs lumières entre les troncs des chênes. Il en fut intrigué. Il s'approcha sans bruit, d'arbre sombre en buisson, et découvrit soudain dans la clairière aux Fées une assemblée de femmes autour d'un bouc énorme aux yeux phosphorescents, assis en majesté. L'une baisait ses pattes, une autre son museau, une autre couronnait ses cornes de laurier, une autre se frottait aux poils de son échine. Quelques jeunes sorcières, enfin, parmi le pré, dansaient, riaient, chantaient. L'homme, le cœur battant, demeura un moment la langue hors de la bouche. Deux filles qui se poursuivaient coururent au buisson où il était caché. Il s'enfuit en rampant parmi les herbes hautes. Comme il s'éloignait, il sentit sous sa main un livre oublié là, à côté d'un sac. Il le prit, le fourra promptement entre corps et chemise, et s'enfonça dans la forêt.

Il s'en alla tout droit voir le curé du bourg, qu'il trouva attablé devant son bol de soupe.

– Assieds-toi, mon garçon, lui dit-il bonnement. Tu m'as l'air essoufflé. Bois un peu de vin chaud, tu parleras après.

Tandis que la servante emplissait sa timbale, l'homme sortit son livre, puis conta vivement tout ce qu'il avait vu. Le prêtre l'écouta, il ouvrit le grimoire. Ses pages étaient désertes, vierges comme la main d'un mendiant malchanceux.

– Seuls, dit-il, les sorciers distinguent sans effort ce qui fut écrit là. Nous autres, innocents, ne voyons que du blanc. Dès samedi prochain, ramène donc ce livre à la clairière aux Fées. Ne le conserve pas, tu risquerais la mort.

Le bonhomme promit avec empressement.

La semaine finie, le dos courbe et l'ouvrage muet serré sur sa poitrine, il s'en alla au bois d'Orville. Au bord de la clairière il fit halte, hésita. C'était le crépuscule. A quelques pas de lui deux femmes nues parlaient chiffons. D'autres arrivaient, au loin, sur leur manche à balai, pareilles à des corneilles au fond du ciel pâli. Point encore de bouc. Sans doute attendait-il, pour daigner apparaître, un appel solennel de l'assemblée des dames. Pour l'heure, on en était à compter les absentes. L'homme posa le livre au pied d'une aubépine, il tourna les talons et resta soudain pétrifié par une voix contente.

– Mon cahier de recettes, enfin ! Merci, monsieur. L'abbé m'a prévenue que vous passeriez me le rendre. Quoi, vous ne saviez pas que le curé d'Orville était de notre bande ? Pourquoi me fuyez-vous, moi qui vous veux du bien ?

Un rire printanier résonna dans le dos de l'homme. La nuque aiguillonnée par un frisson odieux, il partit en courant. Nul ne le poursuivit. Il aurait pu passer une bonne soirée, s'il avait su clouer son bec à l'épouvante. En vérité, ici, ailleurs, souffre-t-on jamais d'autre chose que de la peur, la vieille peur qui fait si mal battre les cœurs ?

La fontaine de Beuvry

La pluie était tombée tout le jour, fine, froide. La neige avait fondu. Déjà la nuit rôdait sur l'herbe des marais. Le cocher harcela rudement les chevaux. L'étape était encore à une heure de route, la voiture était lourde et les bêtes peinaient. Quatre moines, un marchand, deux jeunes mariés cahotaient dans la diligence, étroitement serrés sur les banquettes dures. Tous allaient à Beuvry fêter Noël chez eux. Dans leurs bagages étaient des boîtes enrubannées. A peine parlaient-ils. Ils étaient soucieux et rompus de fatigue.

Le cocher aperçut des feux bleus, luisants comme des yeux au travers du chemin. Il pensa : « Diable rouge ! » (C'était là son juron quand il était inquiet.) Il se dressa, les rênes dans un poing, son fouet claquant dans l'autre, et faillit basculer, soudain, sur le côté. Deux roues de la voiture s'étaient, jusqu'aux essieux, enfoncées dans la boue. Les chevaux se cabrèrent, hennirent au ciel noir en fumant des naseaux. L'homme pesta, fouetta. L'attelage grinça mais demeura planté comme un boiteux fourbu. Alors il décrocha sa lanterne et descendit à terre.

Les moines et le marchand étaient déjà dehors, penchés sur le bourbier où les roues étaient prises. Ensemble ils s'arc-boutèrent, aveuglés par la pluie. Tirant, poussant, geignant, bientôt ils s'affalèrent dans le cloaque sans que la diligence ait avancé d'un pouce. Épuisés, ruisselants, ils durent décider d'aller leur route à pied et d'abandonner là bagages et chevaux.

– Mes cadeaux de Noël, gémit la mariée, et mes souliers vernis ! Jésus, Marie, Joseph, ayez pitié de nous !

Son mari prit son bras et fit face à la bruine. Le cocher ronchonna :

– Des hommes de Beuvry viendront demain matin avec des chevaux frais, des planches et des cordes. Rien ne sera perdu.

Il s'en alla devant, sa lanterne levée cernée par les ténèbres. Les quatre moines le suivirent, puis la jeune épousée que traînait son mari, le gros marchand enfin, sa sacoche à la main, sa canne sur l'épaule. A peine avaient-ils fait cent pas mal assurés dans les fondrières que la lumière ronde dans le poing du cocher zigzagua dans l'air noir et plongea dans la fange. Deux moines étaient déjà enfoncés jusqu'aux hanches. Les bras tendus au ciel ils appelèrent à l'aide. Nul ne les secourut, car tous leurs compagnons, butant chacun sur l'autre en désordre braillard, eux aussi s'engluaient. Bientôt ne resta plus, dans les bouillonnements sinistres du bourbier, qu'une lanterne éteinte, un chapeau à voilette et une sacoche noire à demi engloutie, pareille à une proue de navire qui sombre.

C'est ce que virent là, dans le matin naissant, deux hommes à cheval qui venaient de Beuvry. A cent pas n'étaient plus ni chevaux ni voiture. La moitié d'une roue plantée dans l'herbe grise était seule visible. Les cavaliers en grande hâte s'en retournèrent au village. Les gens s'étaient levés plus tard que d'habitude, ce matin de Noël. A moitié habillés ils vinrent au pas des portes et coururent en foule au lieu de l'accident. Il n'y avait plus ni marais, ni touffes d'herbe éparses, ni reliefs de naufrage au bord du chemin. Les eaux étaient montées de la terre effondrée. Sous le soleil timide un étang scintillait. Il faisait deux cents pieds de tour, il était rond, bleuté, immobile et sans fond.

Depuis cette année terrible où s'ouvrit la fontaine, chaque nuit de Noël avant la douzième heure on peut entendre là, sous la surface lisse, des galops de chevaux, des claquements de fouet, des roulements pesants. Et pour peu que la brume épargne la contrée on peut voir sous la lune une belle voiture en lumière d'étoile apparaître soudain sur l'eau. Et l'on peut voir aussi qui voyage dedans : l'Enfant Jésus couché dans les bras de Marie, Joseph à côté d'eux, et l'âne avec le bœuf tranquillement assis sur la banquette en face. Le cocher est une ombre, et les chevaux pareils à deux traînées de flammes. Ils traversent la nuit, ils disparaissent au loin, du côté de Beuvry. C'est ce que voient les vieilles, les enfants sans lunettes et les gens amoureux. J'ai dit ce qu'on disait au temps des âmes simples et des hivers méchants.

Allowyn

Dunkerque, en ce temps-là, n'avait guère d'importance. Ce n'était qu'un village aux maisons timides autour d'une église, parmi l'herbe et le sable. Près de ce bourg était la puissante Mardrick. De la Somme à l'Escaut elle était sans rivale. Mille bateaux, barques, galères se pressaient contre ses remparts. Une chaîne de fer que l'on tirait le soir entre deux tours carrées interdisait l'accès du port. Un château fort veillait sur elle. Reine des mers du Nord, ainsi était nommée cette cité fameuse.

Son destin, un matin, bascula dans le sang. Les premiers feux du jour scintillaient sur les vagues. Dans le donjon les gens dormaient encore. Sur le chemin de ronde les veilleurs tout à coup restèrent bouche bée à contempler le large où les brumes s'ouvraient. Des abords de la ville au fond de l'horizon la mer pendant la nuit s'était peuplée sans bruit de milliers de navires à la proue haute et courbe. A leur bord s'entassaient des foules de guerriers gigantesques, barbus, aussi roux que la braise. Quelques-uns de ces hommes étaient pendus par grappes à la chaîne du port, qu'ils essayaient de rompre. Sur les tours du château les trompes résonnèrent, mais il était trop tard. Les pillards déferlaient, déjà, sur la cité, vociférants, hirsutes et les poings haut levés. Le carnage fut tel qu'au milieu des ruelles les ruisseaux tout le jour charrièrent du sang et des têtes sans corps. Tous ceux qui n'avaient pu atteindre l'abri du château gisaient au seuil de leur demeure. A l'heure de midi seules vivaient encore les filles de Mardrick violées et emportées au travers des épaules, avec des victuailles et des outres de bière. On apprit ce jour-là que ces guerriers venaient des terres scandinaves, et qu'ils se nommaient Reuzes.

Le soir venu ils s'installèrent dans les maisons bourgeoises. Leur ripaille dura quarante jours et nuits. Ils burent à pleins tonneaux, bâfrèrent, après les vaches et les cochons de lait, des centaines d'enfants embrochés et rôtis au fil de leurs épées. Leur festin épuisé, ces ogres se jetèrent sur le plat pays alentour. Ils tuèrent beaucoup à Walten et Bourbourg. Leur chef devint bientôt aussi craint que le diable. Il était colossal, étrangement féroce et blond comme la paille. Les cris des orphelins émerveillaient sa face, les pleurs des jeunes filles enchaînées dans sa barque émoustillaient son œil, le sang des massacrés (il s'en saoulait, le bougre) lui faisait entonner des braillements paillards. Bref, le bruit de son nom, Allowyn le Terrible, suffisait à jeter les gens hors des villages, les bras au ciel, appelant Dieu à l'aide.

Or, un jour, Allowyn débarquant sur une plage s'embarrassa le pied dans un tas de cordages, et tomba lourdement, par malchance étonnante, sur la pointe de son épée. Les hommes du pays, le voyant là saigner parmi les herbes rares, se jetèrent contre sa troupe privée soudain de cœur par cette traîtrise du sort. Leurs fourches, leurs massues, leurs haches et leurs épieux firent tant et si bien que les Reuzes s'enfuirent, laissant leur Allowyn sur le sable. Dix armes vengeresses se levèrent sur lui. C'est alors que survint, parmi les justiciers, l'évêque saint Éloi, fondateur de Dunkerque et proche compagnon de Dagobert Premier.

– Épargnez ce guerrier, dit-il, je vous l'ordonne. Construisez une hutte au-dessus de son corps et laissez-moi dedans, avec lui, deux semaines.

Il fut obéi sans murmure. Après quatorze jours Éloi et Allowyn sortirent sur la plage. On les vit s'éloigner, se tenant par la main, vers le bourg de Dunkerque. Le Reuze au soleil du matin rayonnait comme un ange, il écoutait Éloi lui parler tendrement. L'ogre s'était changé en un parfait chrétien.

Il convertit beaucoup de ses guerriers, extermina les autres, prit femme et fit construire un château redoutable. Allowyn y mourut dans sa centième année. Quand son jour fut venu, avec ses douze enfants il monta au sommet de sa plus haute tour. Là, contemplant le Nord, son corps immense et droit offert au vent du large il leva vers le ciel sa coupe de vin, puis la vida d'un trait, la lança à la mer, et les yeux grands ouverts rendit son âme à Dieu.

Quoi qu'on dise ou qu'on craigne, la vie, la faible vie n'est jamais abattue. L'enfant gagne toujours son combat contre l'ogre. La preuve est à Dunkerque. On a fait d'Allowyn un roi de carnaval.

Le trésor d'Ebblinghem

A Ebblinghem, près de Dunkerque, fut autrefois un château fort. Il est aujourd'hui disparu. Un trésor y fut enterré. La rumeur dit qu'il y est encore.

Il advint aux vieux temps que le seigneur du lieu partit à la croisade. L'homme était fortuné, farouche et soupçonneux. A l'instant du départ, il fourra dix sacs d'or et de pierres précieuses dans un coffre ferré, chargea ce fardeau sur son dos, descendit dans un souterrain inconnu de tous sauf de lui et enterra son bien à l'abri des cupides. Il s'en alla content. A peine débarqué en pays infidèle, un sabre le décapita. Le château d'Ebblinghem changea de seigneurie, il fut pris et repris, abandonné enfin aux errants sans abri, aux brigands, aux bêtes sauvages. Il tomba lentement en ruine. Nul n'oublia pourtant le coffre sous les pierres. On en conta merveilles, et l'on en vint à dire aux chercheurs du trésor que pour le conquérir, s'ils découvraient son trou, ils devraient l'emporter avant le jour levé sans dire une parole, sous peine de le voir disparaître à jamais.

Vint le jour où l'église d'Ebblinghem, qui tombait de fatigue, dut être restaurée. Des villages alentour vinrent des charpentiers et des tailleurs de pierre. Le soir après l'ouvrage, au café de la place où ils fumaient leur pipe, ces gens rêvaient ensemble avant d'aller dormir. On leur parla bientôt de ce trésor caché. Une nuit, en secret, avec pelles et pioches, quatre gaillards s'en furent aux ruines du château.

Dans une salle du donjon où n'étaient que cailloux et ronces ils creusèrent longtemps en silence, près des lanternes. Un pic sonna soudain sur une dalle dure. Elle fut bientôt brisée. Un caveau apparut. Au fond de ce caveau, comme tous se penchaient dans l'âcre odeur d'humus qui envahissait l'air, ils virent une caisse ferrée. Ils savaient qu'ils devaient rester, quoi qu'il arrive, muets comme des anges. Chacun mordit sa langue et fit taire son cœur. Des oiseaux s'éveillaient sur des pans de muraille, l'aube allait bientôt poindre, il fallait faire vite. Deux hommes descendirent dans le trou et nouèrent deux câbles autour du coffre. Les mains amies, dehors, les aidèrent à sortir, puis chacun s'arc-bouta, tira sur les cordages. Leur fardeau pesamment quitta son lit terreux, grinça, monta d'un pied. Les quatre hommes, épuisés, suants, la bouche ouverte, firent deux pas dans l'herbe. Les ferrures du coffre apparurent au bord. L'un des quatre, haletant, cria :

– Il est à nous !

Ces mots à peine dits, les cordes se rompirent. Un fracas déferla sourdement dans la terre. Un éboulement bref emporta les lanternes au fond du trou comblé.

En bas, dans le village, une cloche sonna. Elle appelait les hommes à leur travail du jour. Tête basse ils s'en furent. Ils avaient tout perdu pour avoir dit trop tôt qu'ils avaient tout gagné. Ainsi taisez-vous donc, chercheurs de l'or du temps, le bruit des mots effraie le parfum des miracles.

La vieille de la roche bleue

La tempête et la mer tuèrent ce jour-là sept pêcheurs dunkerquois. Ils s'étaient battus bravement toute la nuit, jusqu'au matin. Mais les nuées étaient trop lourdes, la bourrasque trop acharnée, le déluge trop aveuglant. Une lame les prit par le travers, à l'aube, les jeta dans la brume, puis s'enroula sur eux et les dévora vifs. Leur barque, dématée, s'en alla seule à la dérive.

Sept furent engloutis. Deux autres remontèrent, affamés d'air, vivants, dans les bouffées de pluie. Ils aperçurent au loin leur bateau, au sommet d'une vague. Ils nagèrent vers lui, parvinrent à le rejoindre, à se hisser à bord. Seuls, sans rames ni voile, agrippés aux moignons de mâture, ils se virent emportés vers la côte envahie de brouillard et d'écume. Leur barque s'échoua sur une plage étroite au bas d'une falaise. Comme ils posaient le pied sur les cailloux, un rayon de soleil traversa les nuages. L'un des deux rescapés allait sur ses seize ans, il s'appelait Jean Bart, et l'autre était son père.

A grand-peine ils grimpèrent à la cime du roc. En haut, sous le vent furibond qui balayait le ciel, ils virent une vieille. Elle se tenait blottie sur une pierre plate, à l'extrême bord de l'à-pic. Elle contemplait la mer, les jambes dans ses bras et le menton posé sur le jupon troué qui couvrait ses genoux. Les deux hommes vinrent à elle. Jean Bart lui demanda :

– Avez-vous besoin d'aide ?

Elle leva vers lui son visage de presque morte, l'examina longtemps. Deux larmes ruisselèrent sur ses joues. Elle répondit enfin :

– Tu es venu. C'est bien.

A nouveau elle se tut, puis elle soupira, se reprit à fixer le lointain, dit encore :

– Écoute, et n'oublie pas. Mon garçon est mort là, il y a un an tout juste, au pied de cette roche. Il rentrait de la pêche. Des corsaires anglais ont éventré sa barque et l'ont assassiné. La nuit de son trépas, mon pauvre enfant m'est apparu en rêve. Il m'a dit : « Va tous les jours à l'aube à la falaise bleue. Tu attendras celui qui saura me venger. Sois patiente, il viendra. Tu le reconnaîtras, il me ressemblera comme un frère jumeau. » Or, j'ai vu ta figure et mon cœur s'est fendu. Vous avez tous les deux les mêmes traits, les mêmes yeux. Seigneur ! J'ai peine à croire que tu n'es pas celui que ces bandits m'ont pris. Je m'en vais maintenant. Je n'ai plus de souci, j'ai fait ce qu'il fallait. Ne m'oublie pas, jeune homme, et n'oublie pas mon fils !

Elle se dressa, fit un signe de croix, les pieds au bord du gouffre, et se laissa tomber en avant, bras ouverts. Les hommes descendus en hâte au bord de l'eau ne virent d'elle rien qu'un lambeau de châle à la pointe d'un roc.

Le lendemain matin Jean Bart quitta Dunkerque sur un bateau du roi. Il y devint bientôt ce pourfendeur d'Anglais intrépide, braillard et stratège inspiré que l'on traita parfois, à la cour de Versailles, de « sabreur fort grossier mais bien divertissant ». Il fut de ces héros sans lettres de noblesse qui fument, goguenards, leur pipe au nez des rois. En ce monde il n'eut point d'enfants, sauf ceux que lui fit la légende, belle et bonne fille du peuple qui l'aima beaucoup, et longtemps.

L’étrange aventure de Jef Bouwels

Autrefois à Douai vécut un étudiant intelligent et simple du nom de Jef Bouwels. Il avait son logis à la pension Scheuler, dans la rue de la Cloche. La maison lui plaisait. D’autant qu’il avait là, outre son lit, de quoi nourrir ses rêves. Il était amoureux de Mariette Scheuler, dix-huit ans, yeux pervenche, fille de dame veuve Ernestine Scheuler, l’imposante patronne. Jef aimait donc Mariette, et Mariette fondait dès qu’il prenait sa main. Comme madame mère n’avait, pour ces amours, que regards indulgents autant que nostalgiques, les jours allaient tout doux vers des noces prochaines.

Or, un soir de janvier, à l’heure du dîner, Jef, comme d’habitude, passant devant la chambre où était sa fiancée, frappa trois coups légers au battant de la porte, l’entrouvrit, risqua l’œil et demeura stupide, un râle de détresse au travers de la gorge. Un vieillard monstrueux, voûté, hirsute, énorme était là, dans la pièce. Il grondait comme un ours. Il tenait dans ses bras la jeune fille nue. Ses longues mains griffues lui caressaient le dos. Il lui bavait dessus, dans le cou, dans l’oreille. Jef hurla dans son cœur. Il pensa, haletant : « Un malotru pareil ne peut avoir séduit ma pure, ma naïve, ma craintive Mariette. Cet homme est un sorcier. Il faut le dénoncer, lui briser bras et jambes, lui faire mal longtemps et le guillotiner. » Tandis que ces projets lui traversaient le crâne, il reconnut le bougre. Il était son voisin, arrivé de la veille à la pension Scheuler. Jef, désireux d'abord de confondre ce diable avant de rameuter deux ou trois escadrons de police flamande, trotta jusqu'à la chambre où le démon logeait, pour y chercher la preuve de sa sorcellerie. Il n'eut guère à fouiller. Un alambic mijotait sur le poêle, des fioles étiquetées encombraient l'étagère, un livre de magie était sur le fauteuil. Comme Jef se penchait pour feuilleter ses pages il entendit dehors, dans le couloir, le pas feutré de l'homme. Il plongea sous le lit.

Le grand vieillard entra. Il alluma la lampe, puis ôta ses souliers, sa veste, sa chemise et son pantalon noir. Il prit sur l'étagère un petit pot d'onguent, enduisit son visage et sa poitrine creuse, ses épaules blafardes et son dos boutonneux, ses fesses grisonnantes et son ventre velu, ses jambes maigrichonnes, ses orteils poussiéreux, et d'un coup disparut comme fumée dans l'air. Jef sortit de son ombre, décidé à traquer le monstre, s'il le fallait, jusqu'en enfer. En hâte il se déshabilla, se couvrit lui aussi de cet onguent bizarre. Il en fut un peu ivre. Il se vit transparent, sans corps ni pesanteur. Il se sentit happé, et par la cheminée il monta sur le toit. Un brusque coup de vent l'emporta dans la nuit. Loin au-dessous de lui il vit passer Douai, Lille, Tourcoing, Dixmude. Il aperçut la mer. La bourrasque soudain cessa de le porter. Il tomba dans l'air noir. Les oreilles sifflantes et les mains sur les yeux il se posa tout doux. Il écarta les doigts, se vit devant l'entrée d'un palais magnifique. La porte était ouverte. Du dedans lui parvint une rumeur de fête. Il gravit le perron. Il pénétra dans une salle ornée de lustres scintillants où des gens bavardaient, buvaient, mangeaient, dansaient. Entre les chapeaux des femmes, les épaules des hommes et les plateaux croulant sous les pâtisseries qui lui passaient devant, il chercha le sorcier. Il l'aperçut au loin, près d'une plante verte. Il se précipita en criant :

– Dieu me garde !

Ces trois mots innocents firent sur l'assemblée un effet désastreux. Autour de lui on se mit à hurler comme si mille feux dévoraient les chaussures. Les lustres s'éteignirent, et dans un craquement de muraille céleste le palais fracassé disparut en fumée.

Jef se retrouva nu sur un rocher battu par tous les vents du diable, au milieu de la mer, avec quelques sorcières et sorciers grelottants qui, aussi nus que lui, se plaignaient méchamment des rigueurs de ce monde. Ces gens mal embouchés, après des saluts brefs, crièrent une incantation au ciel obscur et s'envolèrent dans les ténèbres. Jef, resté le dernier, proféra la formule. Sa voix, probablement, manqua de conviction. Il s'en fut droit au ras des vagues, évita par miracle un phare, trois récifs, un hameau de pêcheurs, une route passante, les maisons de Tourcoing et les faubourgs de Lille. Il tomba épuisé dans la rue de la Cloche, en plein Douai désert, sous les volets fermés de la pension Scheuler.

C'était à peu près l'heure où les coqs se réveillent. Il se traîna jusqu'à la porte close, appela, cogna dur.

Quelqu'un déverrouilla, enfin, les trois serrures. Une femme inconnue apparut sur le seuil, derrière une chandelle, regarda le jeune homme, écarquilla les yeux et cria :

– Dieu du Ciel !

Jef la prit au poignet.

– Qui êtes-vous ? dit-il. Et pourquoi tremblez-vous ainsi, ma bonne dame ?

– Jef Bouwels, Jef Bouwels, couina l'épouvantée, d'où sortez-vous, Seigneur, de quelle pauvre tombe, après cinquante années de mort si convenable ?

– Mort, moi ? Que diable ! Ai-je l'air d'un fantôme ? Appelez donc Mariette, il faut que je lui parle.

– Hélas, je suis Mariette et j'ai douze garçons, monsieur. Pitié pour eux !

Jef avait traversé, en une nuit sorcière, un demi-siècle d'homme. C'est ce qu'ont estimé les savants professeurs du collège d'Anchin qui ont consigné cette histoire dans leur livre d'annales. Ils n'ont pas précisé ce que Jef avait fait de sa jeunesse intacte, après cinquante années franchies en contrebande. Peu importe, après tout. On n'en fait jamais rien que de vieux souvenirs.

LORRAINE

Le lac de la Maix

Le lac de la Maix, au cœur vert des Vosges, est comme un miroir. On dirait parfois que les arbres hauts qui veillent sur lui guettent son silence et se parlent bas, pour ne pas troubler sa mélancolie. Ici, autrefois, fut un beau village, opulent, heureux, sûr de ses portails, de ses coffres-forts, et de ses murailles ornées de bannières.

Or un jour s'en vint par la route droite un grand homme noir au chapeau orné d'un plumet de feu courbé sous le vent. Il chemina jusqu'à la prairie à l'entrée du bourg. Là, sur l'herbe grasse, il huma la brise, ouvrit son bagage, y prit un violon, fit tinter ses cordes, puis il l'assura au creux de son cou, se mit à jouer. Des hommes, des femmes accoururent, écoutèrent l'air et se regardèrent en souriant d'aise. Le chant était nouveau, et pourtant leurs corps semblaient le connaître. L'un battit des mains, un autre des pieds, puis levant les bras tous rirent et dansèrent.

Au clocher lointain la messe sonna. Aucun des danseurs n'y prêta l'oreille. Leurs mères, leurs fils, leurs amis, leurs frères, ne les voyant pas venir à l'église, coururent à eux dans le pré. Le grand violoneux baissa son visage pour dissimuler l'éclat de ses yeux. Son chant tout à coup se fit passionné, rieur, endiablé et triste pourtant, et doux à pleurer. Les nouveaux venus s'émurent, leurs bras s'ouvrirent et leurs corps tournèrent sans qu'ils puissent rien pour les retenir. Ils étaient bien cent maintenant sur l'herbe qui ne savaient plus où était le ciel, où était la terre, où le souvenir, où le lendemain.

Au loin à nouveau la messe sonna. Le violon grinça, parut ricaner. Un air neuf lui vint, si vivace et franc que nul ne songea à quitter le pré. Alors un vieillard sortit du village. C'était le plus sage et le plus aimé des gens du pays. Il savait parler, il savait se taire, écouter aussi les chagrins muets. Il dit aux danseurs :

– Revenez, enfants, vous perdez votre âme, écoutez le bruit que fait Dieu là-haut !

Le grand homme noir s'avança vers lui, fit la révérence, puis joua devant sa pauvre figure un chant vénérable, infiniment noble et bouleversant. Le vieux reconnut cet air magnifique. Dans son cœur, jadis, il l'avait chanté. Une force neuve envahit son corps. Il leva le front. Il dansa aussi.

La cloche sonna au village vide. Nul ne l'entendit. Tous tourbillonnaient autour du violon. Ses envols étaient si vertigineux que les gens hurlaient, blancs comme des morts, avec au regard cette flamme vive qui brûlait aux yeux de l'homme sans nom. Un fracas soudain monta de la terre. Le pré s'ouvrit. Maisons et clocher s'effondrèrent. Et comme autrefois tombèrent du ciel les anges déchus, les gens basculèrent au fond des ténèbres. Un bouillonnement d'eau et de cailloux jaillit de la faille. N'était point passée une heure de temps qu'un lac scintillait au soleil tranquille.

On dit qu'on peut voir, parfois, sur la rive, des spectres qui dansent autour d'un plumet de feu rougeoyant courbé sous le vent. Et l'on dit aussi que dans les eaux claires sont deux truites énormes, antiques et moussues. Leur dos est tatoué pour l'une d'un violon, pour l'autre d'un clocher. Ceux qui savent affirment qu'elles vivent paisibles et s'aiment en secret, à l'abri du temps.

Le fragment de Vraie Croix

Une honnête fermière un matin s'éveilla envahie de douleurs et de chagrins d'organes. Son estomac tonnait. Des bubons écarlates assiégeaient son nombril. Ses reins pleuraient du sang. Un bataillon de chats ravageait ses entrailles. Son souffle puait l'œuf pourri et son œil était jaune. Son foie crachait du fiel, son cœur vagabondant frôlait des gouffres noirs et la fièvre battait contre ses tempes pâles. Bref, elle était partie sans espoir de retour.

Le docteur de Ventron vint consulter son pouls, soupira, atterré, et quitta la maison en trébuchant au chien qui rongeait un vieil os au travers de la porte. On s'en alla chercher un guérisseur à Metz. L'homme palpa le ventre, écouta le poumon, prescrivit des tisanes extrêmement amères et prévint le mari en lui serrant la main qu'il pouvait lui fournir un beau cercueil verni pour un prix à débattre. Quant au désenvoûteur qu'on fit venir de Toul, dès le seuil de la chambre il se souvint soudain d'un rendez-vous urgent et s'en fut en courant.

On appela le prêtre. Il vint avec l'hostie, les huiles et l'eau bénite. Quand elle le vit la femme éructa un juron et fit un geste obscène en couinant mollement comme une louve en rut. L'homme de Dieu fronça les sourcils.

– Ta moitié, mon ami, dit-il au pauvre époux, est possédée du diable. Je ne peux rien pour elle. Seul pourrait la sauver un bout de la Vraie Croix. Va donc je ne sais où chercher cette relique. Quand tu l'auras trouvée, pose-la sur son cœur. Elle sera sur-le-champ guérie, ravigotée, prête à traire les vaches. Que la Vierge Marie t'accompagne et t'assiste !

Le fermier baisa donc le front de son épouse et s'en fut sur la route en quête de Vraie Croix.

Aux laboureurs des champs, aux maréchaux-ferrants devant les écuries, aux femmes sur les places, aux lavoirs, aux écoles, aux portes des églises, partout il demanda où trouver ce saint bout. On haussa les épaules en désignant le ciel, on lui tourna le dos, on se moqua de lui. Après longtemps d'errance, un soir, découragé, il s'assit dans un pré contre le soc rouillé d'une vieille charrue. Il mangea le croûton qu'il avait mendié dans une cour de ferme, s'enferma jusqu'au col dans son manteau crasseux, fourra les mains aux poches et s'endormit sur l'herbe. Le lendemain matin, comme un brin de soleil lui chatouillait les yeux, il sortit du sommeil avec une idée simple offerte apparemment par un rêve oublié. Il s'étira, bâilla, puis ouvrit son couteau, entailla le manchon de la charrue bancale, préleva une écharde aussi fine qu'un ongle, la serra pieusement dans son vaste mouchoir et s'en revint chez lui. Quand il fut dans la chambre au chevet de sa femme :

– Mon amie, lui dit-il, regarde, Dieu nous aime. J'ai

trouvé un fragment de la croix où Jésus mourut pour nos péchés.

L'ensorcelée, bouleversée d'espoir, prit le morceau de bois et l'œil extasié le posa sur son cœur.

Un démon aussitôt lui sortit de la bouche, un vrai diable cornu, écailleux, écumant, à la langue fourchue, au bas du dos orné d'une queue de rat sale. Il se planta debout sur la table de nuit, brandit ses deux poings rouges et brailla :

– Chance pour toi, bougresse, que tu aies eu la foi, sinon mille charrues ne t'auraient certes pas débarrassée de moi !

Cette allusion soudaine à ces humbles outils surprit un bref instant la bougresse en question, mais elle l'oublia vite, heureuse de se voir librement respirer. Un bout de bois profane avait guéri ses fièvres. Quelques gouttes de foi dans un grand bol d'espoir, on n'a jamais trouvé remède plus puissant contre les maux bizarres et les reins pessimistes.

ALSACE

Euloge sur sa route

Si, passant une nuit sans lune, par grand vent, sur la route de Barr, tu vois venir vers toi un carrosse bancal et grinçant de partout, vaguement éclairé par un halo verdâtre ; si les bêtes attelées sont deux chevaux squelettes ; si le grand cocher noir tient, en guise de fouet, un couteau de boucher ; si les roues (tu verras, quand elles te frôleront) ruissellent de sang frais ; si dans cette voiture tu vois un homme assis qui tient par les cheveux, sur ses genoux, sa tête ; s'il te tend tout à coup cette tête coupée par la portière ouverte ; si tu la vois cracher des éclairs par les yeux, c'est Euloge Schneider, un simple errant qui passe. Il massacra beaucoup, autrefois, à Strasbourg. Il fit guillotiner, au temps de la Terreur, plus de cinq cents personnes. Ne sois pas effrayé. Salue-le poliment, ami, et va ta route.

Le forgeron d'Ostheim

Autrefois, à Ostheim, vécut un forgeron effrayant comme un loup. C'était un grand noiraud à la barbe épineuse, crasseux, puant, râlant entre ses dents gâtées contre le monde entier, sept journées par semaine. Il s'appelait Springer. Il se vantait parfois d'avoir tété le sein, quand il était petit, de la femme du diable. Personne n'en doutait. Sa bouche était tordue : c'en était bien la preuve.

Un dimanche matin, comme il travaillait dans l'ombre de la forge où rougeoyaient des braises, il se prit à jurer soudain si rudement que la suie s'effrita sur les murs de son antre. Il lui manquait du fer pour finir son ouvrage. Il sortit dans la rue, crachant sa rage au ciel, vit entre les maisons venir un cavalier. Il reconnut Engel, un jeune colporteur qui, parmi ses rubans, ses bobines de fil et ses journaux de mode, portait aussi les lettres aux villages alentour.

– Garçon, lui dit Springer, mène-moi vivement jusqu'à Ribeauvillé. J'ai besoin de ferraille.

Avant que l'autre ait pu répondre, le forgeron avait bondi en croupe. Le garçon, résigné, éperonna sa bête. Ils s'en allèrent donc ensemble, au petit trot.

Le ciel était limpide. Il faisait un soleil de printemps sans souci et la route était droite. Or, comme ils parvenaient au premier carrefour, Springer, soudain, rugit :

– Plus vite, mille dieux !

Dans les flancs du cheval il enfonça ses ongles. La bête hennit, bondit, s'en fut au grand galop.

– Hé, ho, gémit Engel en tirant sur ses rênes, nous avons bien le temps d'aller en paradis !

Le forgeron gronda, agrippé à sa nuque :

– Va, la bête ! Va ! Va !

Sa voix était terrible. Le pauvre colporteur en eut le dos glacé. Un rire prodigieux fracassa l'air paisible. Un vent froid se leva. Le cheval s'emballa, oublia le chemin, et tranchant les buissons entra dans un brouillard soudain venu devant en lourdes bouffées grises.

– Va, mon méchant, mon feu, mon diable, mon rapace !

Deux ailes tout à coup déployées emportèrent la bête et ses deux cavaliers. Engel vit sous ses pieds les arbres de la lande, des fermes, des lueurs. Ribeauvillé passa comme un songe de ville, loin sous les sabots fous qui arpentaient le ciel. Au milieu de l'à-pic d'une vallée profonde apparut dans la nuit une entrée de caverne où brûlait un grand feu. Des démons noirs, cornus, aux poings armés de fourches, bondissaient au-dessus des flammes. Le garçon lâcha tout, étriers, encolure, et se signa trois fois en appelant Jésus.

D'un moment il ne vit que des tourbillons rouges. Il secoua la tête, ouvrit enfin les yeux, se retrouva dans l'herbe, assis tout bonnement contre un mur de chapelle. Le jour autour de lui était simple et tranquille et son cheval broutait des fleurs de pissenlit à quelques pas de lui, au bord du chemin. Il se dressa, craignant de voir Springer, mais alentour n'étaient que pépiements d'oiseaux dans la verdure.

Il revint à Ostheim, s'en fut frapper aux portes et raconta aux gens ce qu'il venait de vivre. On s'assembla devant l'église. Quelques gaillards coururent à la forge et revinrent en annonçant des nouveautés fumantes. On les suivit. On franchit prudemment le seuil de l'atelier. Springer était couché sur la terre battue, noir, recroquevillé, brûlé jusqu'à la moelle. On le traîna dehors. A peine dans la rue son corps s'effrita et bientôt disparut en cendres envolées.

Or, comme il s'en allait ainsi au vent, un volet de lucarne au-dessus de la porte claqua contre le mur, et chacun vit paraître, à la lueur des lampes, la tête de celui qu'on croyait en enfer, hirsute, ricanante, braillant malédictions, insultes et jurons. Certains prirent la fuite. D'autres, armés de bâtons, envahirent la forge, grimpèrent l'escalier qui menait à la chambre, retournèrent le lit, abattirent l'armoire, fouillèrent le grenier. La maison était vide.

Springer n'était plus là. Springer était parti, invisible et vivant, se cacher dans le noir, parmi les cauchemars que remuent les démons dans les âmes craintives.

La hache du sorcier

Au temps où la forêt couvrait le Grand Ballon, dans ses profondeurs était une clairière, et dans cette clairière une fontaine. Les hommes avaient bâti, autour de son eau vive, un hameau aux toits bleus nommé le Dahfelsen.

Les gens du Dahfelsen, quand l'un d'eux trépassait, enterraient leur défunt au pied d'un arbre jeune. C'était là leur coutume. Sur cet arbre on clouait une croix de métal, et l'arbre grandissant cette croix peu à peu s'enfonçait dans l'écorce, se laissait chaque année recouvrir de bois neuf et dans la chair du bois disparaissait un jour. On fêtait ce jour d'adieu. Car l'instant où la croix se trouvait enfermée au cœur même de l'arbre était le signe heureux que l'âme du défunt avait rejoint sa place au paradis.

Une humble croix de fer, ainsi, au Dahfelsen, marqua longtemps le lieu envahi d'aubépines où était enterrée la vieille Catherine. La pauvre était connue pour avoir traversé, à la force de l'âge, une étrange journée. Elle avait épousé le sorcier du hameau. Cet homme avait, entre autres tours, le pouvoir singulier de rappeler à lui tout objet dérobé sous le toit de sa ferme. Il s'asseyait devant sa meule à aiguiser, il la faisait tourner, et le temps d'accorder ses abracadabras à son ronron tranquille le sou d'argent, l'outil ou la poignée de sel qu'on lui avait emprunté sans lui en dire rien rentrait à la maison, comme tiré dans l'air par un fil invisible.

Il advint qu'un matin, après avoir baisé le front de Catherine qui allait au marché de la ville voisine, ce plaisant justicier, voulant fendre du bois, chercha partout sa hache et ne la trouva point. C'était le lendemain d'un dimanche bruyant. Des gens du voisinage étaient venus goûter son vin blanc nouveau. « L'un de ces assoiffés, marmonna le bonhomme, n'est certainement pas reparti les mains vides. » Il se mit à sa meule.

Son voleur se trouvait chez lui, à Guebwiller. Il était marchand de saucisses. Il vit soudain la hache, au fond de sa boutique, s'élever toute seule entre poutre et plancher, traverser droit la salle en sifflant méchamment, se planter entre mur et porte, s'arracher, prendre son élan, frétiller vivement du manche, obliquer vers les volets clos et briser la fenêtre en mille éclats contents. Le bougre épouvanté sortit de sous la table où il s'était jeté, courut dehors, les bras au ciel. Catherine à l'instant passait par la ruelle.

– Ma bonne amie, dit-il en lui serrant les mains, c'est le Ciel qui t'envoie. Hier soir j'ai emprunté sa hache à ton mari. Rends-la-lui, s'il te plaît, avec mes grands mercis.

Il rit, l'air égaré.

– Tiens, la voilà qui vient. Elle a hâte, je crois, de retrouver son maître. Adieu, la paix sur toi !

La hache s'en venait, en effet, par la porte. Catherine, ébahie, l'empoigna par le manche, et poussant un grand cri s'envola dans l'air bleu. On la vit traverser le ciel à bonne allure entre les toits pointus, agrippée à sa hache qui la tirait devant, son châle et son manteau déployés dans la brise, la coiffe de travers, son panier à l'épaule, perdant là ses sabots, là ses choux et ses fraises, hurlant encore, au loin.

Son mari étonné la regarda descendre entre les arbres hauts. Quand elle eut atterri sur le pas de sa porte où la meule grinçait encore, il la traita de sotte et d'ânesse bâtée. Tandis qu'il s'en allait, sa hache sur l'épaule, à la remise à bois, Catherine resta un moment bouche ouverte, haletante, livide, puis fit une prière et s'en fut à l'ouvrage. Elle était femme de bon sens. Mais elle garda toujours, de sa course d'oiseau, une brume dans l'œil, un lambeau de nuage et cette sourde envie qui vient parfois en rêve de fuir, sans savoir où.

Les secrets de monsieur Krone

Monsieur Krone posa sa tasse de café, alluma sa pipe d'écume, dissipa de la main ses bouffées odorantes, et tandis que madame Krone lavait en fredonnant les assiettes à dessert il dit à son garçon attablé près de lui :

– Mon fils, parlons entre hommes. Nous fêtons aujourd'hui la fin de tes études. Te voilà magistrat, nous sommes fiers de toi. Il est temps maintenant que tu songes au mariage. Certes, je le sais bien, tu es un peu timide, ton allure efflanquée, tes lunettes de myope et ton nez de héron ne sont pas des atouts d'amoureux triomphant. Mais ne m'oblige pas devant ta mère à dire ce qu'un homme bien né doit faire à vingt-cinq ans. Allons, regarde-moi : fringant, aimant la vie ! Si tu m'avais connu, sacrebleu, à ton âge ! Bref, tu as de l'argent, une situation stable, tu ne devrais avoir que l'embarras du choix. Donc, haut les cœurs, Gaston ! Prends femme, et sois heureux. Je te bénis d'avance.

D'un hochement de tête et d'un clin d'œil jovial, madame Krone approuva cette solennelle harangue. Gaston fit le gros dos, et rougissant d'émoi il balbutia quelques commentaires à peine audibles, mais encourageants. Il se mit donc en chasse.

Après quarante nuits de sorties quotidiennes, il vint discrètement demander audience au bureau paternel.

– Entre donc, lui dit monsieur Krone, assieds-toi, prends tes aises. Ta cravate est charmante. Alors, quelles nouvelles ?

– Père, j'ai découvert la femme qu'il me faut. L'élue est Rosa Haase, la fille de Jean Haase, le marchand de chevaux.

– Je connais, je connais, répondit monsieur Krone en regardant ses doigts, l'œil vaguement hagard et le front soucieux.

– A-t-elle un handicap ? Une quelconque tare que je n'aurais pas vue ? demanda le garçon, tout à coup alerté par la perplexité fébrile de son père.

– Du tout, du tout, mon fils.

Monsieur Krone paraissait pourtant proche du coup de sang. Il récura sa pipe à côté du cendrier, classa un vieux buvard au courrier à signer, se servit un cachet contre les maux de tête, conclut enfin tout net :

– Gaston, je t'interdis d'épouser Rosa Haase. Ne me demande pas le pourquoi de la chose, mais fais-moi confiance. Oublie-la.

Gaston n'insista pas. Il eut un mouvement de menton militaire, tira sur ses manchettes, et comme un bon soldat repartit bravement à la chasse à l'épouse.

Passèrent trois semaines. Un matin de juin il entra chez son père, le pas vif, l'œil brillant, le geste délié, les lunettes négligemment portées dans les cheveux.

– Toi, tu es amoureux, lui dit Krone, finaud. Raconte, mon enfant.

– Ida est son prénom, répondit le garçon. Elle est la fille aînée de Guillaume Landsberg, l'estimé charcutier de la rue des Princesses.

Monsieur Krone parut soudain rapetisser. Il desserra d'un doigt le nœud de sa cravate, happa péniblement, comme un poisson dans l'air, l'oxygène ambiant.

– Je me sens fatigué, dit-il dans un soupir de moribond tragique. Pardonne-moi, mon fils. Oublie Ida Landsberg.

– Et pourquoi, s'il vous plaît ? lui demanda Gaston, l'air offusqué, mais digne.

– Secret de guerre, fils, répondit monsieur Krone.

Le garçon s'inclina. Il sortit le front haut et l'œil un peu mouillé perdu dans l'infini.

Trois semaines plus tard, même heure, même lieu :

– Père, je vous préviens, préambula Gaston avec solennité. C'est la dernière fois que ce bureau m'accueille. Ou vous acceptez celle que désormais je veux pour âme sœur, ou je l'enlèverai et nous irons ensemble cacher notre bonheur au Venezuela.

– Son nom, Gaston, son nom ?

– Juliette Nachtingal.

– Mon enfant veut ma mort, décréta monsieur Krone.

Il se tut, résigné au destin des martyrs. Son silence dura à peu de chose près deux minutes et demie. Il fut lourd.

– Mon garçon, dit enfin monsieur Krone, il faut que je t'avoue un terrible secret. J'ai fauté, autrefois. J'ai fait quelques enfants hors du lit conjugal, sans mauvaise intention, tu connais mon cœur simple. Tu ne peux épouser ni Rosa, ni Ida, ni Juliette parce qu'elles sont tes sœurs. Voilà, mon fils, tu sais. N'en dis rien à madame Krone, la pauvre en mourrait de chagrin.

Gaston se dressa droit et quitta le bureau d'un pas somnambulique.

Sa mère le trouva assis sur le parquet de la salle à manger, le front dans ses mains moites et répétant sans cesse :

– Horreur ! Horreur ! Horreur !

Elle lui servit un schnaps, qu'il but d'une goulée. A l'instant il fut ivre, et soudain débridé brailla plus qu'il ne dit l'affreuse vérité dans les bras opulents de bonne maman Krone. Quand il en eut fini, il s'étonna de voir qu'elle souriait aux anges.

– Gaston, mon bien-aimé, dit-elle, ne crains pas. Épouse qui te plaît, Rosa, Ida, Juliette, une autre si tu veux. Cela n'a pas la moindre importance. Sois heureux, mon petit, et remercie ta mère. J'ai moi aussi un tendre, un fort, un doux secret. En un mot comme en cent, sache-le, tu es grand. Monsieur Krone n'est pas ton père.

Les enfants fantômes de Dunzenbruch

Obermodern à Kirrwiller, le chemin passe à Dunzenbruch. On dit qu'en ce lieu, autrefois, étaient un monastère et un clocher d'église, mais il n'en reste rien. Seuls demeurent dans l'herbe des vestiges de chênes millénaires. Des gens venaient encore, au début de ce siècle, déposer des offrandes et saigner des poulets parmi ces vieux reliefs de souches et de racines. Pour quel dieu, ou quel diable ? Il n'est plus de réponse. Ceux qui savaient sont morts.

On prétend cet endroit chargé de maléfices. Deux petits fantômes y viennent, de temps en temps, en habits d'un autre âge. Qui sont-ils ? On l'ignore. Et que cherchent-ils là ? Ils ne l'ont jamais dit. Le seul fait avéré est que des voyageurs les ont vus errer en plein jour, entre la terre et les nuages.

Ainsi, un soir d'été, deux hommes (ils revenaient à pied de Zutzendorf) s'arrêtèrent un moment au creux de ce vallon pour s'éponger le front et boire une goulée d'eau tiède à leur bidon. Comme ils laissaient aller leur regard sur la crête ils virent deux enfants, là-haut, contre le ciel. Ils paraissaient se battre à grands gestes grotesques. Les voyageurs n'en firent pas plus cas que d'une volée d'hirondelles. Ils pensèrent que c'étaient deux garçons turbulents qui revenaient d'une baignade dans la Moder, et qui retournaient au village. Ils poursuivirent leur chemin en conversant de leurs affaires. Or, comme ils parvenaient sur le haut du coteau, à quelques pas devant ils virent à nouveau ces mêmes êtres frêles. C'étaient apparemment des marmots de sept ans. Leur visage était blanc, dévoré de grimaces. Ils lançaient çà et là leurs bras maigres dans l'air, parlaient à voix criarde un langage inconnu et marchaient à trois pieds au-dessus des cailloux, sans plus de pesanteur que des bouffées de brume. Dans un grand froissement soudain ils s'élevèrent vers les nuages hauts, sans cesser de crier, de se tourner autour, de se lancer aux yeux de méchants coups de griffes. Puis comme ils s'éloignaient leurs voix s'amenuisèrent, et leurs corps disparurent.

On les a vus souvent se disputer ainsi et s'enfuir dans le ciel. On leur a demandé, parfois, qui ils étaient, où étaient leurs parents, s'ils habitaient ce monde et pourquoi ils hantaient ce val de Dunzenbruch. Ils n'ont pas entendu. Ils ont continué de piailler dans leur langue, sans se préoccuper des gens qui leur parlaient. On ne peut donc rien dire d'autre que ceci : deux enfants inconnus de temps en temps s'envolent sur un coteau désert proche de Kirrwiller. Si vous passez par là, sachez-le, voilà tout.

Les loups fantômes de Cronthal

La vallée de Cronthal tutoie, vers Malenheim, les ombres de l'enfer. Le soleil ne descend que par maigres rayons au fond de cette faille où rochers et torrents s'enragent, grondent, roulent en batailles infinies. C'était, aux temps anciens, un lieu peuplé d'effrois sauvages. Un jeune homme et sa sœur, un soir, y descendirent, courant de roc en roc après un chevreau blanc qui s'était échappé du pré, sur la falaise. Ils parvinrent au sentier qui longeait l'eau vive. La fille s'arrêta, inquiète, à bout de souffle.

– Notre bête est perdue. Hans, retournons, dit-elle.

Hans, rogneux, répondit :

– Il faut chercher encore.

Il courut au détour du chemin, tourna partout la tête. Sa sœur le rejoignit, tremblante, prit sa main. Or, comme elle reculait, un énorme fracas secoua ciel et terre. Dans l'étroite vallée s'abattit derrière eux un mur infranchissable. La fille, épouvantée, voulut escalader cet écroulement noir, s'écorcha les genoux, les mains, se retourna.

Au milieu du sentier Hans lui tournait le dos. Devant lui se tenait un personnage immense habillé d'un suaire. Sa barbe et ses cheveux dévoraient son visage. Un loup gris aussi haut et puissant qu'un lion se frottait à sa cuisse, les babines troussées sur de longs crocs luisants. L'homme leva la tête et regarda la lune. Il se mit à hurler comme hurlent les loups. Alors contre son flanc le loup, à voix humaine, dit des mots inconnus et partit d'un grand rire. Hans recula d'un pas. L'homme lança sa main et le grand loup sa patte. En un bref tourbillon et quelques grondements férocement avides le garçon fut brisé, écharpé, dévoré, réduit contre un rocher en guenilles sanglantes d'où fuyaient des ruisselets lunaires, tandis que l'homme-loup et son maître animal s'effaçaient dans la nuit.

La fille erra longtemps, appelant Dieu partout. A l'aube on la trouva dans un château en ruine, au-dessus du sentier où son frère était mort. Aux gens qui la soignèrent elle dit en grelottant les étranges horreurs qu'elle avait vues, en bas, dans la vallée. On ne s'étonna guère. C'était là le pays des hommes de Nideck qui avaient autrefois pris des louves pour femmes, s'imaginant ainsi engendrer une race invincible. Mais ils n'avaient donné le jour qu'à des maudits, des loups à voix humaine, des humains prisonniers de carcasses de loups, condamnés à hanter la vallée de Cronthal en dévorant les gens, croyant vaincre des dieux.

Certains en notre temps disent que ces fantômes ont quitté leur campagne où ne vient plus personne. On ne sait plus que croire. Le monde a oublié les vieux loups de Nideck. Encore faudrait-il, pour que l'on dorme en paix, que les loups de Nideck aient oublié le monde.

Wolfdietrich

Au château de Sanech vivait une princesse si belle que le soleil venait tous les matins contempler son visage dans l'ombre de sa chambre et prendre ainsi vigueur pour traverser le jour. Son père, par malheur, l'aimait trop. Il craignait tout pour elle, le moindre brin de vent, le moindre regard d'homme. Et comme on tient son cœur à l'abri dans le corps, dans sa plus haute tour ceinte de trois remparts il avait enfermé Hildegonde sa fille, espérant qu'aucun mal ne l'atteindrait jamais.

Or, un jeune seigneur, entendant parler d'elle, fut tant bouleversé par ce que l'on disait de son air de miracle et de sa solitude qu'il ne voulut plus rien que la voir et l'aimer. Son nom était Dietrich. Il se vêtit en moine, s'introduisit ainsi au château de Sanech, du château dans la tour, à force de patience, et de la tour enfin, au risque de sa vie, dans la chambre de la recluse. Ils s'aimèrent en secret. N'était point passé l'an qu'une louve rôdant sous les remparts découvrit une nuit près d'une porte basse un nouveau-né enveloppé de laine. Il portait à son cou une chaînette d'or. Sur elle était gravé le blason de Sanech.

La louve prit l'enfant, l'emporta dans le bois, lui fit une litière à l'abri des humains et le nourrit deux ans du lait de ses mamelles, deux ans de fruits sauvages et de plantes secrètes, deux ans de chair d'oiseaux. Le seigneur de Sanech mourut après ce temps, et Dietrich put enfin épouser Hildegonde. Ce fut fait sans éclat. Un étrange chagrin embrumait les regards. Le lendemain des noces on s'en fut à la chasse. Dietrich perdit sa troupe, chemina seul longtemps dans le sous-bois, parvint sur son cheval au seuil d'une clairière et là, sur un rocher, vit un garçon debout. Sa poitrine était large et ses cuisses solides. Il portait à son cou une chaînette d'or. L'homme le reconnut. C'était son fils perdu, sept ans avant ce jour.

Il lui tendit la main. L'autre monta en croupe. Ensemble ils s'en revinrent. L'enfant-loup fut lavé, vêtu de soie et mené à l'église où il fut baptisé. Wolfdietrich fut son nom. Il vécut quelque temps à la cour de son père. Il n'y fut pas heureux. Ses frères et ses cousins détestaient sa fierté. Ils le laissèrent seul. Dietrich même se prit à haïr cet enfant qu'il n'avait pas voulu, qui regardait les gens au-dessus de la tête et semblait tout savoir des peurs et des pensées qui hantaient les esprits. Un soir, en plein hiver, il dit à l'écuyer qui aiguisait ses armes :
– Je ne veux plus ici de mon fils premier-né. Ramène-le chez lui, parmi les loups du bois.

L'homme prit deux poignards, les mit à sa ceinture, appela Wolfdietrich et partit avec lui. Sans qu'un mot ne fût dit au matin ils parvinrent au cœur de la forêt. Dans la brume de l'aube ils virent une cabane.

– Abandonne-moi là, dit l'enfant-loup.
L'écuyer lui donna un poignard et s'en fut.

Là vivait un vieux charbonnier. C'était un homme bon. Il aima le garçon, le nourrit, l'instruisit avec la foi des simples. Sept années s'écoulèrent. Wolfdietrich s'élargit du torse et des épaules, il grandit en beauté, ses muscles se durcirent. Sa vigueur devint telle que d'un seul coup de poing il abattit un jour un chêne centenaire. Il se fit bûcheron, puis un jour dit adieu à son père adoptif et s'en fut par le monde.

Il advint qu'un matin, comme il se reposait à l'ombre d'un ormeau où chantait une source, une fée vint à lui dans les mille soleils qui tombaient des feuillages.
– Je suis Norne, dit-elle. Ton âme est broussailleuse et ton cœur mal taillé. Viens avec moi. Je t'aime.
Elle mena Wolfdietrich jusqu'à son haut palais dans la Montagne Verte. Elle l'habilla de lin. Elle le nourrit d'esprit, affûta ses cinq sens, en mère heureuse et sage. Après sept ans nouveaux elle lui dit :
– Va, mon fils, et fais ce que tu dois.

Un dragon vert et bleu ravageait le pays, asséchait les récoltes, incendiait les bois. Wolfdietrich chevaucha jusqu'au flanc de montagne où était sa caverne. Il l'attendit trois jours, assis contre un tilleul. Quand le monstre sortit de l'ombre de son antre le soleil disparut soudain derrière lui. Sept semaines durant Wolfdietrich combattit la bête prodigieuse, sans pouvoir l'écorcher. Alors il s'enfonça dans sa gueule béante, se fraya un chemin au travers de son corps, abattant son épée de gorge en viande épaisse et de chair en tripaille. Il reparut au jour tout ruisselant de sang. Le dragon était mort, et tel était son sang qu'il rendit à l'instant Wolfdietrich invincible, sauf à l'endroit du cœur où pendant le combat dans l'ombre du tilleul une feuille tombée s'était seule collée, légère, imperceptible.

Par elle vint la mort. Wolfdietrich était homme et point dieu ni démon. Son chemin le mena sur une île du Rhin où était un château. Là vivait Sidrata, plus belle qu'Hildegonde au temps de sa jeunesse. Il l'aima, l'épousa, puis rendit grâce au Ciel pour ce bonheur donné et repartit en guerre avec, sur la poitrine, un cœur de fil doré brodé par sa compagne afin que ses guerriers protègent ce seul lieu entre tous vulnérable. Ce cœur fut pour un traître une cible facile.

Wolfdietrich trépassa un soir au bord de l'eau. On déposa son corps dans une grotte ouverte, en haut d'une falaise. On dit qu'il n'est pas mort, qu'il dort sur son grand lit de feuilles et de poussière, et que tous les cent ans il se dresse debout, fait le tour du rocher pour dégager sa barbe, regarde l'horizon, soupire, se recouche et s'enfonce à nouveau dans son sommeil paisible. La vie aime cet homme. C'est elle qui l'éveille et berce son sommeil, c'est elle qui le pousse à revenir au monde. Il reviendra un jour. C'est elle qui le dit.

FRANCHE-COMTÉ

Un fantôme

Jeanne et Julia, pelotonnées dans un coin obscur de la salle, à voix basse parlaient ensemble, le feu aux joues, les yeux brillants. Leurs parents à la longue table jouaient aux cartes en riant fort. L'aïeule près du feu reprisait des chemises. Le chat dormait au bord des cendres. Jeanne et Julia avaient seize ans. Elles parlaient de mort, d'outre-tombe, de mystères, de revenants.

– Imagine qu'un spectre entre et vienne vers nous, dit Julia en prenant la main de sa compagne.

– J'aurais très peur, répondit Jeanne. Pourtant je serais soulagée. Je saurais au moins que la mort n'est pas le fin mot de la vie, et que nous n'allons pas tout entiers au néant.

Elles restèrent un moment rêveuses dans leur coin de pénombre tiède à contempler le feu, au loin.

– Écoute, dit enfin Julia, faisons un pacte, toi et moi. La première des deux qui quittera ce monde devra venir visiter l'autre et lui raconter l'au-delà. D'accord ?

– D'accord, répondit Jeanne. Pour sceller le serment, entaillons-nous l'index et mélangeons nos sangs.

A l'instant ce fut fait. C'était un soir d'automne où le vent soufflait fort. Entre les deux amies ce fut un long secret. Quelques saisons passèrent, puis elles se marièrent, elles eurent des enfants. La vie les prit, les sépara.

Julia mourut un jour d'avril après avoir donné son cinquième garçon à Joseph, son époux. Jeanne, prévenue tard, n'eut que le temps d'aller à son enterrement. Comme elle s'en revenait, seule, du cimetière par l'allée de peupliers qui longeait le canal, cette vieille veillée lui revint en mémoire. Elle se souvint du pacte avec mélancolie, avec tendresse aussi, mais point avec effroi. Elle ne croyait plus guère à ces enfantillages.

Au soir, rentrée chez elle, elle monta dans sa chambre pour ranger son chapeau, ses gants, son sac à main. Les enfants n'étaient pas revenus de l'école et Jacques, son mari, était à son labour. Par la fenêtre ouverte elle entendait grincer sa charrue dans l'air calme. Elle s'assit sur le lit, elle ôta ses chaussures. Il faisait presque nuit. C'est en se redressant qu'elle vit, à deux pas d'elle, la grande forme blanche. Elle avait le visage et les yeux de Julia. Jeanne voulut crier mais demeura sans voix.

– Jeanne, je te fais peur ? dit la voix vaguement étonnée de la morte.

– Allez-vous-en d'ici, par pitié, gémit l'autre.

– Pourquoi me vouvoies-tu ? Parce que le corps me manque ? Allons, tu es toujours ma Jeanne, mon amie.

– Julia, que me veux-tu ?

– Délie-moi du serment que nous nous sommes fait à la ferme du Breuil. Ne m'interroge pas sur le pays des morts. Tu peux, certes, exiger au nom de notre pacte que je tienne parole et que je te raconte ce que j'ai découvert depuis que j'ai franchi la grande porte noire. Mais si tu fais cela, sache que nous serons toutes les deux damnées.

Jeanne n'exigea rien. Elles se sont regardées un moment en silence, puis elles se sont souri.

– Nous resterons amies ? dit Jeanne, tout soudain, d'un élan enfantin.

– Bien sûr, Jeanne, bien sûr, lui répondit Julia.

Comme elle disait cela, elle disparut dans l'air. Jeanne alluma la lampe et ferma les volets, puis resta un moment les mains jointes à prier, sans paroles, sans but, sans rien qu'amour craintif dans le cœur et la tête. Et puis elle descendit préparer le repas. Les enfants à l'instant, rouges d'avoir couru, rentraient à la maison.

La demoiselle de Planey

La demoiselle de Planey vivait seule dans la forêt. Ses yeux étaient profonds et verts, traversés de lueurs dorées. Elle s'enfuyait comme un oiseau dès qu'on tendait la main sur elle. Ses jambes étaient nerveuses, fines. Les bêtes des fourrés, les arbres, les clairières l'aimaient comme une sœur. Parfois des bûcherons la voyaient traverser les rayons de soleil qui tombaient des feuillages, un corbeau sur l'épaule, un loup flairant ses pas. Les hommes du pays rêvaient d'elle en secret. Certains l'aimaient sans rien en dire. Elle ne permettait pas qu'on lui parle d'amour. « Je n'ai pas le temps », disait-elle. Elle riait, elle tournait le dos et s'enfonçait dans les broussailles. Jour et nuit elle courait le bois. Elle y cherchait des herbes rares. Elle descendait parfois à Bouligney, à Cuve ou dans d'autres villages. Elle s'approchait d'une maison où était un enfant fiévreux, posait des plantes guérisseuses sur le rebord de la fenêtre, cognait vivement au carreau et s'en allait, furtive. Quand on ouvrait la porte, on n'apercevait d'elle qu'un envol de jupon, au coin du mur.

Or un hiver cinq jeunes hommes disparurent du bourg d'Anjeux. C'étaient des gaillards au cœur large. Tous les cinq avaient avoué à leurs compagnons du village, une nuit d'ivresse bavarde, qu'ils aimaient la fée de Planey. On se souvint de leurs paroles. On les répéta. On se dit : « Peut-être malgré l'apparence cette fille sans feu ni lieu est-elle un Esprit maléfique, un de ces fantômes vivants qui ensorcellent les naïfs et les entraînent à travers brumes Dieu sait où, dans quel au-delà. » Les mots noirs, de bouche à oreille, les peurs confuses, les soupçons peu à peu rongèrent les âmes. On murmura que la sorcière pourrait bien avoir dévoré ces braves garçons sans malice. N'avait-elle pas des pouvoirs ? Elle parlait aux bêtes sauvages, et les loups étaient ses amis. N'étaient-ils point, ceux-là, des êtres venus tout droit de chez Satan ? La rumeur enfla, s'infecta. La haine envahit les villages. On accusa la demoiselle de porter malheur au pays. Un vieux mourait-il ? C'était elle qui l'avait offert à l'enfer. Des enfants qu'elle avait guéris la pourchassèrent à coups de pierres. On la captura dans le bois. On la mena, les poings liés, en foule hérissée de bâtons, à Luxeuil, chez l'inquisiteur. On l'interrogea. Elle n'avait rien fait que de bien. Certes, elle parlait aux animaux, savait l'art des remèdes simples. Était-ce un mal, Dieu qui sait tout ? On lui fit subir la torture, puis la fée trop simplement femme fut jetée au fond d'un cachot.

Elle fut jugée le lendemain. Son crime était sur son visage. Elle était belle et désirable, on se perdait dans son regard. On l'estima bonne à brûler. Un bûcher fut bientôt dressé. Elle mourut droite dans les flammes, sans rien comprendre à son malheur. On dit qu'au soir sur les décombres cinq moines s'en vinrent prier et pleurer leurs amours en cendres. On reconnut les disparus que l'on avait crus dévorés par l'innocente aux grands yeux verts. On dit que lorsqu'ils s'en allèrent la brume enveloppa la ville et le ciel pleura, lui aussi.

L'amoureux de Marion

C'était au soir de la Saint-Jean, au grand bal de Corravillers. Marion et ses amies riaient en buvant de la limonade. Pierre la vit sous les guirlandes. Il vint à elle, lui sourit, lança au ciel sa cigarette, l'invita dans ses bras ouverts. Un instant ils se regardèrent, et sauf leurs yeux tout s'éteignit, lampions, chansons, feu d'artifice. Quand ils retrouvèrent le monde, ils étaient tous deux pris d'amour. Pierre pourtant n'était pas libre. A la loterie des conscrits le sort avait voulu qu'il tire le chiffre qui disait : « Tu pars. » Il devait se rendre dès l'aube à la caserne du canton. Le service durait sept ans. Après avoir longtemps dansé, seuls sur la place désertée :

– M'attendras-tu, Marion ? dit Pierre.

– Je t'attendrai, répondit-elle.

Ils s'étreignirent fort. Elle s'arracha de lui et partit en courant.

Dès le jour revenu sa vie changea de cours. Elle broda son trousseau, elle guetta le facteur tous les matins à l'heure où les enfants du bourg s'en allaient à l'école. Elle ne s'enferma pas. Elle était jeune, vive et n'avait certes pas un cœur de vieille fille. Un samedi de fête elle s'en vint sur la place et s'assit sur un banc avec sa sœur cadette et leurs quatre cousines, près de l'estrade ornée de verdures de buis où jouait la fanfare. Elle n'avait pas envie, comme voulaient les autres, de danser entre filles. Elle préférait parler à Pierre dans son cœur, l'imaginer près d'elle. Elle resta un moment seule, les yeux fermés pour mieux voir son visage. Comme elle rêvait ainsi, deux pognes l'agrippèrent par l'épaule et la taille. Elle sursauta, cria. Une bouche édentée qui empestait le vin chercha son cou, ses lèvres. Elle se dressa, toutes griffes dehors, se défit de l'ivrogne. C'était Barthélemy, le maréchal-ferrant, un colosse noiraud aux sourcils broussailleux, aux petits yeux sournois. Il ricana, voulut à nouveau l'enlacer. Une gifle claqua sur la face du bougre qui, soudain dégrisé, se caressa la joue, regarda méchamment Marion désemparée et lui dit :

– Je t'aurai. Le diable m'aidera. Souviens-toi, je t'aurai.

Il tourna les talons. Bousculant çà et là les danseurs sur la place il s'éloigna en titubant dans la ruelle obscure.

Le lendemain matin Marion, ouvrant sa porte, vit galoper vers elle un drôle de chien jaune. Il avait une tache argentée sur le dos. Il était tout crotté. Il n'avait pas, pourtant, l'allure d'un errant. Il la suivit partout. Quoi qu'elle fasse, où qu'elle aille, elle ne put le chasser. Elle en sourit d'abord, puis en fut agacée. Elle se sentit enfin prise de peur confuse. Elle ferma, ce soir-là, les volets de bonne heure. Le lendemain matin elle guetta le facteur, comme à son habitude. Le chien était parti. Elle n'eut guère pour lui qu'une pensée fugace, d'autant que la lettre attendue et vivement décachetée lui apprit que son bien-aimé avait dix jours de permission. Sur le pas de sa porte elle baisa l'enveloppe et s'en fut prévenir sa mère et sa cadette. La journée fut joyeuse et la nuit presque blanche.

A la pointe du jour, vêtue de pied en cap, son chapeau sur la tête, Marion en grande hâte attela sa carriole, grimpa dedans avec son sac et ses lettres enrubannées et s'en alla au trot sur le chemin du bois. Le domaine de Pierre était à une demi-lieue au-delà des grands arbres. N'y vivaient en ces jours que Marie-Lou sa mère et Jean-Paul son cadet. Or, comme elle parvenait au portail de la ferme, la jument brusquement hennit et se cabra, effrayée par un chien hérissé qui lui aboyait devant. Marion le reconnut. Il avait une tache argentée sur le dos, il était jaune et sale. Elle poussa un grand cri. Pierre était arrivé avant l'heure prévue. Il guettait sa venue. Il se précipita, apaisa l'attelage, prit Marion dans ses bras, l'embrassa en riant. Le chien gémit, s'en fut, disparut dans le bois. On l'entendit longtemps se plaindre à la lisière.

Quand Pierre fut parti après sa permission, sa mère et son frère invitèrent Marion à rester quelque temps chez eux. Le jour même à midi le chien jaune revint rôder aux alentours, hargneux, grondant, cherchant sans cesse à mordre. On lui lança des pierres. Il ne recula pas et redoubla de haine. Au soir sous les fenêtres il se mit à hurler à la mort, sans répit. Vers minuit, Jean-Paul décrocha son fusil et sortit sous la lune. Le chien était assis au milieu de la cour à pousser sa goualante, la gueule au ciel. Un coup de feu claqua. La bête fit un bond, blessée en plein poitrail, et s'enfuit en poussant un long cri d'homme fou.

Le lendemain matin Marion et Marie-Lou sur le chemin du bois découvrirent ses traces. Son sang allait se perdre dans les broussailles, où elles ne virent pas son corps. Elles apprirent ce jour la mort inexplicable du gros Barthélemy, le maréchal-ferrant. Il s'était troué la poitrine d'un coup de son fusil de chasse. L'arme pourtant était restée accrochée au mur de sa forge. Il avait combattu toute la nuit contre des cauchemars avant de rendre l'âme, et son dernier souffle de vie avait dit le nom de Marion. Barthélemy était sorcier. C'était un ivrogne, une brute. Comme meurent parfois les chiens qui ne savent plus où aller, il était pourtant mort d'amour.

L'amour magique

Jeune fille en mal de mariage, si vous vient le désir de voir votre futur époux en songe, voici ce qu'il faut accomplir soigneusement, dans l'ordre exact.

Les neuf derniers jours de janvier matin et soir allez prier devant l'autel de votre église. Au premier du mois de février, confessez-vous, communiez, rentrez paisiblement chez vous. Mettez le couvert dans la chambre. Veillez à ce que tout soit fait comme pour des noces secrètes. Que les verres soient de cristal, les assiettes de porcelaine, la nappe et les serviettes blanches, l'argenterie immaculée. Mais point de couteau sur la table, sous peine de malheur certain (n'oubliez pas ce détail-là, il est d'importance majeure). Le repas, pour deux, se compose de vin pur et de pain bénit, rien d'autre sauf un brin de myrte et un rameau de romarin, côte à côte, sur un plat rond. Surtout qu'ils ne soient pas en croix, ils en perdraient leur bienfaisance. Quand tout est prêt ouvrez la porte, attablez-vous. Ne mangez rien. Attendez que le sommeil vienne.

Dès que vos paupières se ferment, un rêve admirable commence. Dans la chambre un visiteur entre. Il bouge comme dans un songe, à gestes silencieux et lents. Il vous aperçoit. Il s'approche et s'assied sur la chaise vide, sans un mot, en face de vous. Regardez-le, il est celui que vous aimez sans le connaître. Il dort aussi et croit qu'il rêve à ce lieu inconnu de lui, à cette table, à ce couvert, à cette fille qui l'accueille. Vous le voyez pâle et craintif. Ce n'est pas là sa vraie nature. En vérité, votre magie l'a contraint de quitter son corps. Il est venu contre son gré, voilà pourquoi il est inquiet. L'important est que dans sa peine il ne trouve pas le couteau, car ce rêve étrange l'oppresse, et Dieu sait qu'un songe a tôt fait de basculer en cauchemar.

Offrez-lui le pain et le vin. Que vos mouvements soient aimables, gracieux, justes, sans brusquerie. Alors dans le cœur du jeune homme naîtra bientôt l'amour de vous. S'il vous prend la main, c'est bon signe. Demain, à peine réveillé, se voyant seul, il sera triste. Il partira sur les chemins. Il vous cherchera, où qu'il aille. Peut-être vous trouvera-t-il. Peut-être, mais point à coup sûr. Car vous ne pouvez, jeune fille, que voir en songe votre époux, si Dieu le conduit jusqu'à vous, ou celui qui aurait pu l'être, s'il vous avait un jour trouvée. Il se peut que dans ce bas monde il ne vous rencontre jamais. Nous sommes tous aimés d'un autre, la chose est sûre, sachez-le. Mais parfois deux êtres se rêvent et meurent seuls, chacun chez soi. Que Dieu protège ces gens-là.

Le mouton noir

Jean-Baptiste Barois était un taciturne, un triste, un renfrogné, un petit tombé dans ce monde comme un oiselet dans la glu. Son père avait été valet chez les Leborgne, au village de Doubs, et sa mère en ces temps s'occupait des cochons. Ils étaient morts tous deux quand il avait dix ans. Leborgne, le patron, l'avait gardé chez lui. C'était un gros ivrogne, un crasseux colérique flanqué d'une mégère avare, grande, sèche, aux caresses griffues, à la gifle facile. Jean-Baptiste Barois avait grandi chez eux, privé d'amour, privé d'enfance, privé de tout sauf de travail. Leborgne le faisait trimer comme un bagnard et le payait, le soir, d'une soupe de chien. Bref, douze mois l'année il vivait en enfer. Il fallut bien qu'un jour il rencontre le diable.

C'était un soir d'été. Il était dans un pré sur le mont des Pareuses à veiller sur ses vaches. Un homme vint à lui au milieu des gentianes. Il était grand, velu, sec comme un coup de trique. Sa face était tordue, son regard flamboyait. Il n'avait pas de pieds, mais au bout des mollets des sabots de taureau. Il vint à Jean-Baptiste. Il se pencha sur lui.

– Me reconnais-tu ? lui dit-il (sa voix grinçait comme une porte). Je suis monsieur Satan. Depuis quelques années je te regarde vivre, et je te plains beaucoup. Tu souffres, je le sais. Je crois pouvoir t'aider. Je t'offre, si tu veux, la gloire, la fortune et vingt ans de santé. Pourquoi ? Pour le plaisir de voir rire ton œil. Après ces vingt ans-là je ne t'emporterai même pas en enfer. Je te transformerai en mouton noir, c'est tout. Qu'en penses-tu, bonhomme ?

– Monsieur, répondit l'autre, une vie de mouton (qu'importe la couleur) ne saurait être plus méchante que celle qui me fut donnée. Je n'ai donc rien à perdre, et je gagne vingt ans de bonheur enviable. Pourquoi refuserais-je ?

Le diable eut l'air content. Il posa sa main rousse sur l'épaule de Jean-Baptiste. Ses guenilles puantes furent à l'instant changées en vêtements brodés, propres, de bonne coupe, aux contours embrumés d'un parfum hors de prix.

– Prends cette bourse, ami, lui dit monsieur Satan. Quand tu la verras vide, ouvre-la, crie dedans : « De l'or, par tous les diables ! » Mille écus aussitôt viendront s'y bousculer.

Il rit, leva les bras, fit un saut de danseur, et dans un tourbillon de soufre et de feu bleu il s'enfonça sous terre. Jean-Baptiste s'en fut sur les chemins du monde.

Dix-neuf années passèrent. Au soir de la vingtième, comme il faisait bombance dans sa maison de ville avec ses cent amis et ses cinquante-deux amoureuses de l'an, un cavalier entra, poussiéreux, haut de taille et tout de noir vêtu. Les murmures cessèrent et la musique aussi, tant son port était noble et son air arrogant. Il saisit Jean-Baptiste au poignet, l'entraîna. Ils franchirent le seuil. La maison s'effondra dans le noir, comme un rêve.

A quelque temps de là, trois paysans d'Arçon qui revenaient un soir, vers minuit, de la ville rencontrèrent en chemin un étrange animal. Ses yeux rouges brillaient sous les étoiles rares. Quatre cornes pareilles à des lames de dagues armaient son front laineux. C'était un mouton noir. Il était aussi haut qu'un taureau. Il gratta du sabot la terre, souffla un jet de soufre par les naseaux et fonça, tête basse. Les trois hommes s'enfuirent. L'un d'eux après dix pas trébucha, s'étala dans la poussière obscure. On l'entendit hurler au loin, un long moment. Le lendemain matin on retrouva son corps troué comme un haillon, suspendu par les bras aux branches d'un roncier. On lança des battues dans la forêt du mont. On ne découvrit rien. Cinq années, chaque nuit, le monstre massacra, ravagea les étables, épouvanta les gens sur les chemins nocturnes sans que nul ne parvienne à lui livrer combat.

Un jour vint un soldat. A l'auberge d'Arçon devant un pot de vin il se fit raconter les horribles méfaits du mouton noir cornu comme quatre licornes.

– Je le tuerai, dit-il.

Il aiguisa son sabre. Comme le soir tombait, il s'en fut à cheval vers le mont des Pareuses. Parvenu dans un pré parfumé de gentianes il vit deux yeux de feu à quelques pas de lui. Il entendit soudain un galop effréné. Il tomba de cheval. Sa monture éventrée répandit sa tripaille. Le soldat roula dans l'herbe, l'arme au poing, n'eut que le temps de voir, dans un brouillard confus, le monstre revenir, tête baissée, sur lui. Il tendit son sabre aux ténèbres. Il attendit, les yeux fermés. Le mouton s'empala sur la lame dressée en poussant un cri d'homme.

Il rendit là son âme, le museau écumant posé dans l'herbe douce, les yeux priant le Ciel. A l'aube on ne trouva, où il était tombé, qu'un tas de cendres. On bâtit dessus une croix de granit, afin qu'on n'oublie pas qui était mort ici : Jean-Baptiste Barois, mouton noir, pauvre hère, aimé du diable seul, oublié du bon Dieu.

RHÔNE-ALPES

Le désert de Misoen

Il est en Dauphiné une contrée pelée encombrée de caillasses et d'arbustes chétifs, un pays invivable où même les corbeaux meurent de solitude. Son nom est Misoen.

Ce désert autrefois fut riche, verdoyant, peuplé de lacs, de forêts, de cascades. Des hommes aux cheveux roux, à la poitrine large, au visage farouche avaient là leur village, à l'orée d'un bois où ils allaient parfois sous les chênes sacrés prier les dieux du monde. Ce bois les séparait d'une tribu de nains hauts comme des asperges. Ces êtres rabougris se nourrissaient de fruits, d'herbes et d'œufs volés aux volailles sauvages. Ils avaient une reine appelée Baraca. Elle ne gouvernait rien. Ces gens-là ignoraient la dispute, l'argent et la propriété, donc nul besoin de chef, de juge ou de ministre. Ils vivaient sans souci, malgré leur pauvreté.

Or, Baraca et Guelch son époux n'avaient pour tout enfant qu'une fille pleurarde, un laideron pataud qu'on appelait Pata. Ses parents désolés penchés sur son berceau matin, midi et soir hochaient jour après jour si tristement la tête que leur couronne à chaque hochement glissait sur leurs sourcils. « Elle ne pourra jamais régner sur notre peuple, pensaient-ils sans oser rien dire. Qu'elle soit sotte, qu'importe. Après tout nul besoin, pour présider un bal, d'avoir la science infuse. Mais qu'elle soit mal bâtie, pâlichonne, geignarde, et qu'elle cure son nez avec le doigt du sceptre, voilà qui ferait d'elle une reine incongrue, si par malheur un jour elle héritait du trône. » Guelch, une nuit d'été, assis devant sa porte, las de ruminer ces pensées consternantes, soupira un grand coup et dit à Baraca :

– Femme, je suis inquiet. Il nous faut assurer l'avenir du village.

Baraca répondit :

– Tu as cent fois raison. J'ai vu, l'autre matin, chez les grands hommes roux, une fillette belle à m'en faire pleurer. Elle était vive, rose, et son œil bleu riait. Comme j'ai envié celle qui la berçait à l'ombre d'un vieux chêne !

– Enlevons-la, dit Guelch. Nous la nourrirons bien, elle te succédera. Elle redonnera force à notre dynastie. Quant à Pata, ma foi, portons-la à sa place. Elle vivra chez ces êtres à la barbe de feu. Quand elle aura goûté à leurs mangeailles grasses peut-être avec le temps parviendra-t-elle à faire une gardeuse d'oies point trop incompétente.

– C'est une bonne idée, répondit Baraca.

Elle se dressa d'un bond, s'en fut envelopper la petite Pata dans une peau de daim et suivit son époux sous les arbres feuillus.

A la sortie du bois, la lune se levait sur les toits des chaumières. Des lanternes brûlaient çà et là sur des pieux. Baraca trotta droit à la maison de terre où ce beau nourrisson lui était apparu, entrebâilla la porte, entra dans la pénombre. Sur la couche de paille un homme au poitrail nu ronflait comme un cheval. Son souffle puissant lui gonflait la moustache. Sa femme près de lui dormait sur le côté, sa longue tresse blonde au travers du visage, et dans son petit lit la fillette tétait son pouce en ronronnant. Guelch la prit doucement, la coucha dans ses bras, Baraca déposa, à sa place, Pata, et tous les deux voûtés dans leurs grands manteaux gris sur la pointe des pieds s'en retournèrent au bois.

L'enfant, le lendemain, s'éveilla chez les nains, gazouillante, joyeuse, guère troublée de voir autour d'elle ces gens qu'elle ne connaissait pas. On lui donna à boire un tonnelet de lait qu'elle vida goulûment sous l'œil extasié des royaux échangistes. Tout le jour Baraca lui baisa la figure, et la serra contre elle, et lui chanta des rondes. Au soir, pour l'endormir, elle se coucha près d'elle. Alors elle entendit venir de la forêt un long cri déchirant, monotone, plaintif. L'œil soudain aux aguets elle dit à son époux :

– Guelch, ho, Guelch, entends-tu ?

Le prince répondit :

– C'est le vent, Baraca, bouche-toi les oreilles.

– Guelch, ho, Guelch, dit la reine, écoute, écoute encore, c'est la voix de Pata, au loin, qui nous appelle.

C'était elle, en effet. Au village des hommes, les visages barbus penchés sur son berceau l'effrayaient grandement. La femme aux tresses blondes et son mari pleuraient dans les bras l'un de l'autre, accusant à grand bruit les nains, ces malfaisants, d'avoir changé leur fille en petit monstre maigre. Leurs voisins assemblés, pris de colère triste, empoignèrent bientôt leurs fourches, leurs couteaux, et comme le soleil coiffait son bonnet rouge au fond du crépuscule, affamés de vengeance ils se mirent en marche.

Baraca redoutait la rage des grands hommes. Elle avait donc posté à la cime des arbres quelques gens de sa garde. Voyant venir l'armée, ils donnèrent l'alarme. Alors le peuple nain courut à la forêt. Tous, pères, mères, enfants, jeunes filles, vieillards, grimpèrent dans les chênes en foule silencieuse et sur les grands rouquins firent pleuvoir du sable, des flèches empoisonnées, des épines, du poivre et de l'huile bouillante. Les hommes, épouvantés de ne voir nulle part ceux qui les assaillaient, s'enfuirent en grand désordre, et leurs torches lancées aux feuillages du bois mirent le feu partout. Les nains périrent tous, l'incendie ravagea l'un et l'autre village et le pays fumant se fit pelé, galeux, maléfique, invivable.

C'est ainsi que naquit le désert appelé aujourd'hui Misoen. On disait autrefois cette histoire aux enfants. Dieu veuille que les grands de notre pauvre monde l'entendent aussi, un jour, et qu'ils n'en oublient rien.

Saint Guignefort

C'était un jour de mai. Un nourrisson dormait sous un pommier fleuri. A côté du berceau sa nourrice brodait en chantonnant. Un lévrier jouait, dans l'ombre bleue, à chasser des insectes. Jacques de Châtillon, le seigneur du château, se pencha sur l'enfant, sourit à ses yeux clos, à ses joues rebondies, puis caressant son chien qui se frottait à lui :

– Je te confie mon fils. Garde-le, Guignefort, dit-il joyeusement.

Il s'en alla. La nourrice un instant resta le front penché sur son travail d'aiguilles. Dès qu'il se fut éloigné elle se leva et courut à la haie où le jeune fermier qui occupait son cœur l'attendait, l'œil gourmand.

Le père de l'enfant revint après une heure, et ce qu'il découvrit à l'ombre du pommier lui fit perdre l'esprit. L'herbe, près du berceau, était tachée de sang. Le chien, à quelques pas, haletait, la queue basse et le museau rougi. L'homme appela la nourrice. Elle avait disparu. Guignefort s'effraya des cris fous de son maître. Il s'en alla, piteux, s'aplatir contre l'arbre. Le seigneur, hors de lui, empoigna un bâton, convaincu que son chien, qui se cachait de lui, venait de dévorer son fils sous le drap blanc. Il assomma la bête, il s'acharna dessus, et la frappant encore il lui brisa l'échine, puis courut à l'enfant et le prit dans ses bras. Il le vit bien vivant, sans souci ni blessure. Alors, sortant soudain de son affolement, il regarda encore, hébété, l'alentour, vit le pelage roux d'un renard sous la haie. L'animal était mort, sa gorge était ouverte. L'homme aussitôt comprit que son bon Guignefort avait en vérité défendu le berceau, et que c'était le sang de la bête des bois qui rougissait sa gueule. Jacques de Châtillon venait d'assassiner le sauveur de son fils. La peur l'avait trompé. Il crut mourir de honte. Il ne put que pleurer et battre sa poitrine. Il enterra son chien. Pour que son souvenir demeure dans les cœurs il fit édifier sur sa tombe un petit monument où le nom de Guignefort fut inscrit.

Le temps fit son chemin, ne laissant après lui que buissons et décombres. Le château s'effondra, et dans le jardin abandonné aux herbes, aux cailloux, aux ronciers, seule resta debout cette dalle gravée. On oublia qu'un chien était enterré là, mais de tout le pays on était accouru, autrefois, sur la tombe, et l'on continua. Guignefort, peu à peu, dans l'âme populaire, devint un saint chrétien protecteur des enfants. Un culte obscur naquit. Près du château ruiné vivait en ce temps-là une femme sans nom. Elle était guérisseuse. A qui lui amenait son nourrisson malade elle ordonnait d'aller allumer deux cierges sur la pierre moussue où gisait Guignefort, de déposer entre eux l'enfant, et de s'éloigner de lui jusqu'à ne plus le voir ni entendre ses pleurs. La guérisseuse dans le bois, à côté de la mère, invoquait les Esprits, et quand les deux lueurs, au loin, s'étaient éteintes, on revenait chercher le petit confié à la garde du mort dont on ne savait rien.

L'Église s'émut un jour de ces pratiques. Le chien fut exhumé, ses restes dispersés et sa sépulture détruite. Mais jusqu'aux environs de ce vingtième siècle on s'obstina pourtant à venir dans le bois où n'était désormais plus rien que la verdure prier saint Guignefort de redonner vigueur aux marmots maladifs et aux époux frappés d'impuissance virile. L'espoir est un chiendent, la mémoire est un rêve et la foi sauve tout. Cet animal martyr fut souvent secourable. Beaucoup d'enfants perdus furent guéris par lui. Je dis ce qu'on disait, rien de plus, rien de moins, au temps où la folie était de ne pas croire aux Esprits des forêts, aux faunes, aux lutins et aux chiens du bon Dieu.

Le crime du père Eustache

Un soir, un pèlerin sur le chemin de Rome passant par la Savoie arriva près d'Allèves. Là, à flanc de montagne, il vit une cabane où luisait une lampe. Il remercia Dieu. Il marchait depuis l'aube. Il était tant fourbu que le moindre caillou le faisait trébucher. Il cogna trois coups à la porte en tenant son chapeau contre le vent méchant. Le battant s'entrouvrit. Un jeune homme apparut.

– Accueillez s'il vous plaît un pauvre pèlerin.

– Entrez, dit le garçon.

L'hôte était mal vêtu mais sa mine était franche. Près du feu se tenait un vieillard. Il grogna, l'œil sournois, un « bonsoir » malveillant et sans se déranger se remit à sa soupe. C'était le père Eustache. Le pèlerin l'apprit du jeune montagnard (son dernier fils vivant) entre deux gobelets de vin entrechoqués au-dessus de la table. La soirée fut tranquille. Le voyageur donna des nouvelles du monde, le garçon des conseils sur les chemins, traverses et passes difficiles. Ils ne prirent pas garde au silence du vieux qui tirait sur sa pipe à l'écart de la lampe. Eustache, en vérité, regardait, fasciné, la croix d'or qui brillait au cou du visiteur. Une pierre précieuse était piquée au centre et par instants lançait, dans l'ombre, des éclairs. Elle était magnifique. « Elle vaut bien, se dit-il, un pré et quatre vaches. » Il soupira, bâilla, s'en alla se coucher en traînant le sabot. Il ne put s'endormir. Jusque vers la minuit il écouta ronfler son fils sur la litière, puis soudain se dressa en grondant à voix basse :

– Morbleu, il me la faut.

Il empoigna sa hache près de la cheminée et s'en fut à la grange.

Le pèlerin dormait au creux d'un nid de paille. Eustache s'approcha, se cracha dans les mains, puis leva haut son arme, et comme un bûcheron tranche par le travers l'abattit sur la tempe offerte du dormeur. Après quoi il traîna le cadavre dehors, le chargea sur son dos et alla le jeter dans la grotte de Bange, sur la pente du mont où hululaient le vent et des hiboux lointains.

Le lendemain matin il dit à son garçon que l'homme avait repris son chemin avant l'aube. A midi, sans un mot, sa longue canne au poing et son sac à l'épaule, il s'en fut à Genève avec l'espoir de vendre à quelque bijoutier la croix du pèlerin cachée dans son mouchoir. Il n'eut guère de mal à trouver acheteur. Il en eut un bon prix, s'en retourna content, quoique toujours autant impassible et muet. Un voisin lui céda un pré et quatre vaches. Il vécut une année sans remords ni souci.

Or, un soir du mois d'août, comme il s'en revenait du pâturage, un orage soudain lui déferla dessus. Courbé sous les éclairs, les fracas du tonnerre et le vent qui rudoyait les arbres, il courut s'enfoncer dans la grotte de Bange. Là, assis sous l'entrée, il attendit le calme. Quand la pluie eut cessé, la nuit était tombée. Il voulut s'en aller. Alors, comme il sortait de la caverne obscure, il sentit une main se poser sur sa nuque. Il gémit, tout à coup tremblant de pied en cap, se tourna à demi, vit une forme humaine à peine lumineuse et entendit ces mots dans un souffle glacé au bord de son chapeau :

– Voilà bientôt un an tu m'as assassiné. Homme, t'en souviens-tu ?

Eustache ne dit rien. A peine grogna-t-il. Il voulut se débattre. Il se sentit happé, traîné sur les cailloux vers le fond de la grotte et ne put que lancer ses poings et ses sabots dans le noir, sans atteindre personne. Il descendit ainsi un long couloir pentu, tiré comme un ballot par le col de sa veste, s'arrêta au bord d'un lac luisant sous la voûte rocheuse. Une barque était là. Le fantôme le prit dans sa vague lumière, se coucha près de lui sur les planches moisies. La barque s'éloigna sans bruit dans les ténèbres.

Le lendemain son fils partit à sa recherche. Dans les prés, sur le mont, il l'appela partout. Comme il s'en retournait par la grotte maudite il entendit crier, au loin, sous le rocher. Il pensa que son père était tombé au fond, et qu'il était blessé. Il y courut, dévala jusqu'au lac souterrain. Penché au bord de l'eau, il appela encore. La voix qui répondit venait de l'autre rive. C'était celle d'Eustache. Le garçon s'avança jusqu'à mouiller ses cuisses, vit sortir, devant lui, une barque de l'ombre. Il monta à son bord. Alors elle vira, sans voile ni rameur, et s'enfonça tout droit dans une brume aux caresses glaciales. Quand elle fut dissipée, il vit sur un rocher son vieux père debout, le corps environné de braise et de fumée.

– N'aborde pas, mon fils, dit-il, reviens chez nous. Ici où je te parle est le pays des morts. Tu ne peux rien pour moi, sauf prier pour mon âme.

Il avoua son crime, il demanda pardon. Son fils s'en retourna. Il conta aux bergers cette histoire terrible, et de bergers de vaches en bergers de paroles elle est passée chez moi, et la voilà chez vous.

Mandrin

Près du bourg des Échelles, une route aujourd'hui abandonnée aux herbes sort d'un chaos de rocs et de monts déchirés et s'ouvre sur la plaine verte des Deux-Guiers. Là était autrefois la porte de Savoie. Là est un lieu fameux : la grotte de Mandrin. Ce brigand bien-aimé surnommé Belle Humeur, mort à trente et un ans, pleuré d'un même cœur par ses frères hors la loi, les paysans sans terre et les filles du peuple, avait fait son logis dans ce creux de rocher avant que l'on fît de lui un héros de complainte.

Il était le fils aîné d'un maréchal-ferrant. Un de ses frères, un jour, faux-monnayeur notoire, fut arrêté, jugé et pendu devant lui. Cette corde et ce corps qui gigotait au bout firent en un instant d'un jeune homme ordinaire un enragé définitif. Il avait vingt-huit ans. Il quitta sa maison, rejoignit une troupe d'arsouilles, apprit à bien jouer des poings et du couteau. Il se tailla bientôt, parmi ces gens sans foi, une place royale. Il était intelligent, habile à manier les hommes, vertus peu répandues dans les cours des miracles. Il fit en quelques mois d'une horde stupide une petite armée de trois cents Savoyards, Dauphinois au chômage, artisans sans échoppe et soldats déserteurs. Chacun fut habillé d'un uniforme neuf, pourvu d'un bon cheval, de quatre pistolets, et la bande un beau jour déferla sur la France.

Mandrin fit quelque temps contrebande de tout, de cuir et de fourrage, de tissus, de tabac, de poudre, de cartouches. La grotte des Échelles était son entrepôt. La nuit, les marchandises arrivées de Savoie étaient liées de cordes et descendues au pied de la falaise. Des mules attendaient là. Elles s'en allaient chargées vers les villages pauvres et les faubourgs des villes où les caravaniers, « tous habillés de blanc à la mode des marchands », vendaient à prix d'ami leurs trésors et bricoles avant de décamper vers leurs refuges montagnards. Les fermiers généraux en suffoquaient de rage, les gendarmes arrivaient toujours après la fête, les gens étaient contents. Car, outre que Mandrin leur bradait pour trois sous leur nécessaire à vivre et traquait sans pitié les collecteurs d'impôts, il était beau, fringant, spirituel, joyeux. Bref, on l'aimait assez parmi le petit peuple pour que partout il se trouve chez lui.

Il vint à Bourg-en-Bresse avec cent cavaliers. Il ouvrit la prison, libéra tout le monde, vendit ses provisions, festoya jusqu'au soir et s'en fut en chantant. Les gendarmes à cheval l'attendaient devant Beaune. Il les mit en déroute. Ainsi, trois ans durant, il attisa le feu dans le cœur populaire, fit mille pieds de nez à la maréchaussée, rossa les riches, émut les pauvres, enfin fut arrêté un jour du mois de mai 1755. Par crainte de l'émeute il fut jugé en hâte et aussitôt roué en place de Valence.

On le pleura longtemps. On alla le dimanche visiter sa grotte des Échelles où des guides conteurs inventèrent bientôt le salon de Mandrin, sa chambre et sa cuisine, son puits et son fauteuil taillé dans le rocher, si large qu'un taureau aurait pu s'y loger. Bref, le temps fit de Belle Humeur un géant de haute volée trahi par un Judas pour deux pièces de cuivre.

C'était faux. Mais la vérité est que dans sa prison, la veille de sa mort, il écrivit ces mots : « Les plus fameuses révolutions qui ont mis tout à feu et à sang dans les plus puissants empires du monde ont toujours commencé par des étincelles. » Il fut une étincelle. Trente-quatre ans plus tard, c'était quatre-vingt-neuf.

Du vent

Nyons en ce temps-là souffrait de sécheresse et d'immobilité chronique de l'air bleu. Jamais un grain de pluie, jamais un brin de brise. Tout au long de l'an les gens respiraient des fournaises plates, suaient et geignaient, le gosier brûlant, la voix presque aphone :

– Notre pauvre ville est un trou d'enfer. Qui prier ? Que faire ? La terre est muette. Nous serons bientôt pareils à nos champs, roussis, boucanés et plus racornis que des morts de soif.

– Qui prier, compagnons ? dit un jour sur la place où l'on se lamentait un jeune homme râblé à la barbe naissante. Eh, cela va de soi : les anges et le bon Dieu. Les nuages, le vent sont habitants du ciel. Ils sont donc serviteurs de nos patrons d'en haut, et seuls ces maîtres-là peuvent leur ordonner de venir à notre aide.

– Il nous faudrait un saint, objecta un vieillard. Vous et moi sommes trop pauvres gens pour que Dieu nous entende.

Un grand maigre leva son index décharné.

– Un saint ? J'en connais un. Césaire, évêque d'Arles.

Les yeux à demi clos et les rides pensives chacun, hochant la tête, estima que l'idée n'était pas si mauvaise.

Ils envoyèrent donc le maigre et le râblé au faiseur de miracles.

Saint Césaire habitait une humble maisonnette à côté d'un cyprès. On voyait de chez lui la ville et la campagne. Les hommes le trouvèrent assis devant sa porte, à boire sa tisane. Le chapeau à la main, ils firent leur demande.

– Césaire, sachez-le, Nyons est invivable. Une chaleur d'enfer étouffe la vallée et nous cuit à feu doux. Vous qui avez chez Dieu votre chambre d'ami, demandez-lui s'il vous plaît un bon vent, une brise, un souffle d'angelot propre à nous rafraîchir.

– Ne vous inquiétez pas, leur répondit le saint. Dieu vous soulagera. Mais comme Il a besoin d'être aidé dans sa tâche, c'est moi qui trouverai pour lui ce qu'il vous faut.

Il prit son baluchon, sa canne, son missel et s'en alla sur l'heure en quête de bon vent.

Il descendit le Rhône. Il parvint à la mer bredouille et fatigué. Pas la moindre caresse à fourrer dans son sac. Il chemina longtemps, de plus en plus voûté sur son bâton fidèle. Un jour d'été enfin, vers l'heure de midi, comme il s'était assis, l'espérance en lambeaux, à l'ombre d'un bosquet pour s'éponger le front et manger son fromage, il entendit là-haut, dans les branches, une musique d'air. Il se dressa sans bruit, prit son gant, le tendit, siffla entre ses dents, chantonna doucement :

– Viens, ma belle, viens donc.

La brise descendit, éventa sa joue creuse, folâtra un moment dans ses longs cheveux blancs, enfin, docilement, s'engouffra dans le gant. Césaire, d'un coup sec, en ferma l'ouverture et noua autour un lacet. Puis, satisfait, il s'en fut à Nyons.

Il y parvint après quatre jours de voyage. Il y trouva les hommes affalés çà et là, le chapeau sur la nuque et la langue pendante, les femmes assises à l'ombre, agitant mollement leur vaste tablier devant leur face rouge, les enfants hébétés coiffés de leur mouchoir noué aux quatre coins. Tous, le long des ruelles, soucieux de ne point gaspiller leur salive, regardèrent passer Césaire sans rien dire. Le saint homme s'en fut aux portes de la ville et là contre un rocher jeta son sac gonflé en criant droit au ciel :

– Je ne peux faire mieux. A toi d'agir, Seigneur !

Le rocher se fendit et par la fente vint un souffle bienfaisant comme une source fraîche. Chacun, dans la vallée, en fut ravigoté. Le Pontias était né, intarissable et vif, voluptueux, fringant, parfumé tout l'été de senteurs montagnardes. Et comme il n'est de sou qui n'ait face et revers, son vent contraire vint le même jour au monde. On l'appela Vésine. Il est mauvais, teigneux, gris et rhumatismal. Puisque le Pontias est de Dieu, celui-là doit être du diable. Les gens de Nyons sont chanceux. Quand ces maîtres de l'Univers se disputent dans les nuées la royauté de notre monde, eux n'entendent, de leurs débats, que du vent, du vent et du vent.

[illegible]

[illegible]

[illegible]

[illegible]

PROVENCE

Le berger

Il était une fois un berger silencieux. Il avait traversé mille déserts bruissants d'insectes et d'herbes rares, un long bâton au poing, coiffé d'un feutre large, vêtu d'un grand manteau de bure délavée. Dans le vent de Noël il allait à la Crèche avec, au creux du bras, son agneau nouveau-né.

Il venait du temps où le monde n'avait pas encore d'histoire, de plus loin que la croix où Jésus fut cloué, de plus loin que Thèbes aux sept portes. Il venait de l'aube des hommes, à la tête de son troupeau. Il avait tant appris, tant glané de savoirs sous tant de soleils, tant d'étoiles, qu'il n'en pouvait rien dire. On le prenait parfois pour un passant céleste, parfois pour un vagabond fou. Derrière lui marchait un bélier solitaire, le premier du troupeau. On le nommait «flocat» parce que seul il portait, sur le dos, quatre «floques», quatre touffes de laine qu'on ne tondait jamais.

Il est un art divinatoire qu'on appelle géomancie. On le pratiquait en Afrique avant même que soient les premières cités. Des points ou des cailloux disposés sur le sol dessinaient des figures. Chacune avait un sens. Quatre points alignés signifiaient : la Voie. Les «floques» étaient aussi, sur le dos du bélier, en même ligne droite. Une était sur la croupe, une autre sur le ventre, une autre sur l'avant, une autre sur la tête. Tête, cœur, ventre, pieds, ainsi étaient nommés, en art géomantique, les quatre cailloux de la Voie. Celui qui, en Provence, ouvrait aux autres le chemin portait, hier encore, ce signe que traçaient il y a des millénaires les nomades antiques.

Qui l'avait donc inscrit sur le dos du «flocat» ? Le berger, héritier de cette nuit des temps où l'on ignorait l'écriture, mais où l'on savait lire le langage des étoiles. Cet homme savait aussi l'art de guérir et l'art de commander aux nuées, aux orages. Il savait éloigner les Esprits malfaisants qui venaient rôdailler autour des bergeries. Un pied dans le soleil, l'autre planté dans l'ombre, il avait traversé la poussière des siècles. Il savait moins que nous. Nous savons moins que lui. «A force de parler aux cailloux, disait-il, les cailloux te répondent, ils donnent leurs secrets.»

Il n'y a plus de cailloux, aujourd'hui, sur les routes.

Les manigances de la nuit

C'était aux temps anciens. La Crau, après le soir tombé, était un plat pays vaguement maladif peuplé de cailloux gris. Dieu dormait loin de là sous sa couette étoilée. La plaine était laissée aux spectres. Que cherchaient-ils, fouinant comme des loups affamés aux lisières du monde ? Des vies à dévorer. Ainsi parlaient les vieux, les conteurs de peurs bleues et les mères inquiètes au bord du feu, dans les maisons.

– Une nuit, disait l'un, Bastien le forgeron qui s'en revenait d'Arles a vu sur son chemin apparaître quelqu'un, une ombre d'homme vêtue d'un long manteau. Sa tête était coiffée d'un chapeau de berger. L'être a porté sa main au bord de sa coiffure, puis il a dit à voix sonore dans le silence du désert : « Tu t'es égaré, voyageur, suis-moi donc, je vais te conduire. » Bastien avait perdu, en effet, son chemin. L'autre s'en est allé devant, les épaules voûtées, les poings au fond des poches. Le vivant l'a suivi, puis il s'est inquiété. Quelque chose (mais quoi ?) lui paraissait étrange. Il eut bientôt trouvé. Seul son pas dérangeait les graviers et les herbes. L'autre marchait sans bruit sur un chemin de brume. C'était en vérité un fantôme, un vagabond des limbes. Et cette créature le menait sûrement à quelque marécage où il s'engloutirait en avalant la nuit, la bouche grande ouverte. Grâce à Dieu il savait comment se dépêtrer de ce mort malveillant. Il traça devant lui, dans l'air sombre, une croix. Le faux berger hurla, ouvrit les bras. Les deux pans de sa cape étaient des ailes noires. Il s'envola d'un coup dans un grand froissement.

– Une fois, disait l'autre, Luc, le fils du meunier, s'en retournait chez lui, à Saint-Martin-de-Crau. C'était vers la minuit. Il avait dîné là, sur ce banc où nous sommes. A cent pas de chez nous, à la croisée des routes, une chèvre est sortie tout à coup du fourré. Elle s'est dressée sur ses pattes arrière. Ses yeux étaient des braises et ses cornes luisaient comme de l'argent neuf. Elle s'est mise à danser. Luc n'a pas eu le temps de dire le Pater qui l'aurait sauvé. Sans qu'il puisse tenir ni pieds, ni mains, ni tête il s'est mis lui aussi à tournoyer, bondir, s'accrocher aux étoiles, lancer de-ci de-là ses jambes et ses bras. Tous les deux ont ainsi mené leur sarabande sans flûte ni tambour jusqu'au point du jour. Au premier brin de soleil, la chèvre a disparu. C'était une fille du diable. On a retrouvé l'homme assis contre un rocher, amaigri comme après carême, sans plus de forces qu'un mourant. Il est resté cent jours au lit. Jusqu'à sa mort, l'année passée, il a gardé dans l'œil un grain de folie triste.

– Moi, disait une vieille, j'en sais d'autres. Écoutez. Un soir de ma jeunesse je m'étais endormie dans le grenier à foin. Un grincement de porte, en bas, m'a réveillée. J'ai mis le nez à la lucarne, et savez-vous ce que j'ai vu ? La mule, le mulet, l'âne gris, la jument et son poulain sortir de l'écurie et se mettre à tourner au milieu de la cour, en rond, comme au manège. Notre jument menait la danse. Et sachez que sa bride, qui aurait dû tomber contre son encolure, lui tirait le museau, suspendue devant elle. Quelqu'un la tenait bel et bien. C'était l'Esprit sans corps, enfants, le Fantasti.

Elle hochait la tête et l'on se blottissait devant la cheminée. L'ombre courbait les dos, le feu illuminait les figures rêveuses. La vieille soupirait :

– Mort, viens quand tu voudras, j'ai vécu, je suis mûre.

C'était là sa façon de fermer son histoire. Puis elle reprenait sa prière infinie et son long fil de laine.

Pamparigouste

Sur la mer de Camargue était jadis une île plantée à l'endroit juste où le soleil rougit. On l'appelait Pamparigouste. C'était un paradis peuplé de gens aimables, gouverné par des rois plus sages que Socrate, plus savants que Ramsès et plus vieux que la lune. Des pêcheurs quelquefois avaient aperçu cette terre lointaine, derrière les nuées, quand le ciel secouait ses chemises de brume dans le vent orageux. Aucun, pourtant, n'y était jamais allé.

Les Pamparigoustiens étaient les descendants des fées du Val d'Enfer et des seigneurs des Baux. Les unes, aux premiers temps, étaient presque déesses, les autres étaient des diables aussi grands que des chênes. Ensemble ils avaient fait des enfants si nombreux que la reine des fées avait, pour les loger, fait surgir cette terre et bâti au milieu un palais dont les murs, hauts comme une montagne, étaient en pierre de soleil. Ses couloirs, au-dedans, étaient tous tapissés de lumière dorée. On pouvait y marcher des jours sans voir le bout. Ils allaient, revenaient, grimpaient et descendaient. Pourtant, on n'avait pas à craindre de s'y perdre. Quels que soient les détours, ils menaient tous à la chambre du roi. Cette chambre était ronde. Au centre s'élevait un escalier aux marches transparentes. Il était enroulé autour d'un arbre droit. Sur ses branches un oiseau noir veillait derrière chaque fruit. Il menait en plein ciel où était un jardin qui dominait la mer.

Un roi gouvernait l'île. A chaque nouveau règne, avant d'avoir le droit de couronner sa tête, on exigeait de lui qu'il subisse une épreuve aussi longue que rude. Le jour de ses dix-huit ans il devait s'en aller en barque de pêcheur, aborder en Camargue, et courant les chemins comme un pauvre ordinaire il lui fallait chercher celle dont la beauté pouvait au même instant damner un saint et sauver un damné. Quand il l'avait trouvée, sept ans encore il devait travailler et gagner humblement sa soupe quotidienne avant de demander à l'élue de son cœur : « Voulez-vous m'accorder votre main et votre âme ? » Si l'aimée répondait ce qu'on attendait d'elle, un sommeil invincible aussitôt la prenait. Quand elle rouvrait les yeux elle était au jardin planté sur le sommet du palais de Pamparigouste, coiffée d'une couronne et vêtue d'une robe semée comme la nuit d'une nuée d'étoiles. Là, l'homme qu'elle aimait, couvert d'un manteau pourpre, lui disait : « Mon amie, je vous fais aujourd'hui reine de mon royaume. » Et les cloches sonnaient, mille vivats montaient des ruelles, mille drapeaux sortaient aux fenêtres, et l'on venait chercher les nouveaux mariés pour le festin du sacre.

Mais la vie va sans cesse et jamais ne demeure où elle a fait son nid. Un matin elle quitta l'île miraculeuse.

Son dernier roi mourut. Quand il eut dix-huit ans, son fils refusa net d'aller chercher femme en Provence. Son cœur était déjà, de la cave au grenier, pris d'amour pour Titène, une fée apparue, un soir, sur le rivage, sans qu'on sache quel vent l'avait amenée là. Titène était fantasque, rieuse sans raison, mais belle à réveiller le soleil à minuit. Le prince, donc, l'aima, et ne voulut point d'autre épouse. Ses gens le supplièrent. Ils lui firent valoir qu'il ne pouvait ainsi bafouer les usages. L'autre resta buté. Or, la loi ne souffrait ni sursis, ni détours. Il fallut l'assommer et l'embarquer de force.

Un matin, il s'éveilla au bord d'un étang de Camargue, vêtu en pauvre hère, à l'ombre d'un bateau échoué sur le sable. Il appela Titène. Elle ne répondit pas. Il ramena sa barque sur les vagues et retourna, rageur, vers son royaume. Comme il touchait la rive, ne furent devant lui que les scintillements infinis du soleil. L'île avait disparu.

Alors, désespéré, il revint en Camargue et se fit vagabond, agrippant au hasard les gens sur son chemin pour un sou, un croûton, une lampée de gourde. Il disait qu'il était roi de Pamparigouste, promettait des trésors à qui voudrait l'aider à retrouver Titène, et parfois racontait d'étonnantes histoires. « Il est fou, disait-on, mais quoi, il parle bien. » Et l'on riait de lui. Un jour, comme il allait de compagnie avec une troupe d'errants, il quitta soudain le sentier qui longeait la rive et entra dans la mer, tout guenilleux, les bras ouverts. Des oiseaux s'assemblèrent, ils lui firent escorte. Il s'en fut vers le large et disparut au loin.

Ceux qui l'ont vu ont dit ainsi. Ont-ils menti ? Ont-ils dit vrai ? Le mensonge a les jambes courtes, il est aussitôt rattrapé. La vérité marche devant, elle est toujours au prochain pas.

Le chasseur de la Toussaint

En Provence, autrefois, le jour de la Toussaint, le curé du village et ses enfants de chœur, son bedeau, ses flambeaux, ses croix et ses bannières allaient en procession de maison en maison mendier pour les morts des provisions d'hiver. Ce jour-là, point de vie. Chacun restait chez soi. Il n'était pas chrétien de travailler aux champs ou de courir les monts, son fusil à l'épaule.

Or, il advint pourtant qu'un mécréant notoire s'en fut un jour des Morts à la chasse au lapin. Le ciel était morose. Le gaillard, bien couvert, sa carabine au bras, chemina un moment par les sentiers abrupts sans rencontrer personne, puis enfin parvenu sur une lande plate où n'étaient que des touffes de thym il vit au coin d'un roc un lièvre qui le regardait, tranquillement assis, une oreille penchée et l'autre verticale. L'homme épaula son arme, tira, manqua son coup. L'animal s'éloigna à petits bonds gracieux, le cul moqueur, pas effrayé le moindre, tournant de temps en temps la tête comme pour s'assurer que l'autre le suivait. De fait, il avait l'air de s'amuser beaucoup. L'homme courut derrière en sacrant comme un diable, s'éraflant aux buissons, trébuchant aux pierrailles. A nouveau il tira, sans même faire halte. Le lièvre esquiva d'un saut bref. Le chasseur, enragé, lui promit à voix haute enfer et gousses d'ail, le poursuivit encore, suant, soufflant, râlant, son sac battant ses fesses et le chapeau fuyant dans la brise piquante. Ils arrivèrent ainsi au bord d'une falaise. A deux doigts de l'à-pic le lièvre s'arrêta, se retourna, s'assit. Le chasseur, à dix pas, fit halte lui aussi. Le sang lui cognait dur aux tempes. Il leva son fusil, posa contre sa joue la crosse, ferma l'œil gauche, accrocha la gâchette au doigt. Le lièvre devant lui leva soudain deux pattes, se frotta vivement le museau et dit à voix humaine :

– Hé, viens donc me chercher !

Et il se mit à ricaner comme une vieillarde asthmatique. Le chasseur abaissa son arme, la bouche ouverte et les yeux grands, plus pâle tout à coup que les nuages tristes. Quand le cri lui sortit, il détalait déjà sans fusil ni musette, épouvanté comme un marmot harcelé par un chien méchant. Il trébucha, tomba dans un roncier hargneux. Il entendit, derrière lui :

– Viens me chercher, viens donc, bonhomme !

A grand-peine il se redressa, haletant, il reprit sa fuite, se retourna, vit le lièvre à ses trousses, les oreilles baissées. Le soir tombait au fond de l'ouest. L'homme courut éperdument. A la lisière du village il s'effondra, à bout de vie.

Ceux qui l'ont ramassé ont vu, à quelques pas, un lièvre assis sur son derrière qui riait follement, les pattes sur la tête. On lui lança des pierres. Un caillou rebondit sur un autre caillou entre les touffes d'herbe. L'animal disparut. Son rire seul resta dans l'air jusqu'au prochain coup de bourrasque. Il s'en fut comme un cri d'oiseau. On n'entendit plus que le vent.

Tribord-Amure

Il était un roi de Provence bien pourvu de terres et d'enfants. Dans son palais de pierre blanche ouvert aux oiseaux nonchalants il vécut tout doux, sans effort, jusqu'à l'entrée de cette histoire. Par malheur, il advint ceci : sa fille aînée, un jour d'été, fut enlevée par un dragon. Par la fenêtre de sa chambre le monstre la prit tendrement entre ses pinces de langouste, la posa sur son front de rhinocéros rouge et s'en alla pareil à un requin géant hérissé de scies et de cornes, fendant la mer, bavant d'amour. Le roi en fut bouleversé. Il fit crier partout au secours par ses gardes, et lui-même annonça aux baigneurs sur la plage qu'il marierait sa fille à qui saurait la délivrer de l'inconvenant personnage.

Un fringant capitaine, entendant la nouvelle, décida sur-le-champ de vaincre ou de mourir. Il voulut recruter un commando d'élite. Hélas, tous les marins de ce port de mauviettes levèrent leur bonnet en lui souhaitant bon vent. Aucun n'eut le cœur de le suivre. Aucun, sauf un : un bon à rien, un fainéant militant, un traîneur de savates. Il s'appelait Tribord-Amure. Il ne posa qu'une question :

– Capitaine au long cours, dites-moi sans détour.

Combien de matelas et de tonneaux de gnole compte l'embarcation ?

– Tant des uns que des autres, à peu près quatre-vingts, répondit l'intrépide.

– Topez là.

Ils topèrent. Ils s'en furent.

Ils voguèrent six mois sur la mer bienveillante. Tous les matins le maître à bord scrutait l'horizon à la loupe, lavait le pont, hissait la voile et pelait les pommes de terre. Tribord-Amure, lui, dormait, les mains croisées sur sa bedaine, jusqu'aux alentours de midi. Puis il grignotait des galettes et buvait son café au lait. Après quoi il faisait la sieste, s'en réveillait au crépuscule et se servait l'apéritif. Il fit ainsi jusqu'au matin où son capitaine excédé lui dit :

– Garçon, tu m'insupportes. Je te prie de quitter ce bord avant que je ne t'étripaille.

Il mit une barque à la mer, jeta dedans son matelot avec quelques cageots d'oignons et se saoula seul en pleurant.

Tribord-Amure sommeilla jusqu'à l'aube dans sa chaloupe. Au matin il frotta ses yeux, les rouvrit au soleil, bâilla et s'étonna. Il venait d'aborder sur le sable d'une île. Il se crut débarqué dans le jardin d'Éden. Sous les arbres fleuris au-delà de la plage des hamacs naturels se balançaient au vent, les oiseaux fredonnaient, les buissons embaumaient, les sources babillaient. Dans ces fascinantes merveilles il s'avança, ici cueillant un fruit, là buvant sous une cascade, jusqu'à l'orée d'une clairière.

Au milieu d'elle était un trou. Il s'approcha, prudent. Il regarda dedans. Un escalier rocheux se perdait dans le noir. Il risqua son soulier sur la première marche, glissa, dégringola, toucha terre tête devant dans une salle aux murs mouillés. Quelqu'un sortit de la pénombre, s'agenouilla auprès de lui, prit sa figure époustouflée, lui baisa les yeux et la bouche en poussant de petits cris doux. C'était la fille aînée du roi. Ils se firent quelques mamours, puis la princesse reprit souffle, rajusta sa coiffure et dit :

– Le dragon qui me tient ici prisonnière aime à se transformer, parfois, en crustacé. Il a son jour de moule et son jour de langouste. Aujourd'hui est son jour de crevette ordinaire. Cours au bord de la mer, bel homme, et mange-le.

– Ne me bouscule pas, nous avons tout le temps, lui répondit Tribord-Amure.

Il se releva en geignant et s'en retourna sur la plage. Il chercha la crevette grise. Il la trouva au bord des vagues. Il la saisit par une antenne, la flaira. « Bah, je n'ai pas faim », se dit-il. Il la laissa choir et l'écrasa sous son talon. Quand ce fut fait il s'en revint. La princesse courut à lui.

– Est-il mort, ce brutal ? dit-elle.

Il n'eut pas le temps de répondre. Une crevette colossale posa ses deux pattes velues sur la cime d'un cocotier et le regarda, l'air pensif. Il avait cru l'écrabouiller, il l'avait à peine enfoncée dans l'eau sableuse du rivage. Il se fit alors un miracle : Tribord-Amure, ce fainéant qui de sa vie n'avait porté le moindre sac sur son épaule, prit la princesse dans ses bras, s'en fut au grand galop, l'enjambée aérienne, jeta son fardeau dans sa barque, empoigna l'aviron et fendit la mer bleue. Sur l'île, derrière eux, le monstre comestible épouvanta le ciel, fit un carnage d'arbres. Il tomba dans les vagues en beuglant mollement comme un bœuf en détresse. Ils étaient hors d'atteinte. Tribord-Amure se coucha et dit à la princesse :

– Rame.

Elle rechigna, mais souqua ferme.

Le lendemain à l'horizon ils virent paraître un bateau. Tribord-Amure le reconnut. C'était celui du capitaine qui l'avait chassé de son bord. Il lui fit un signe content. L'autre recueillit la princesse, refoula d'un grand coup de botte son matelot dans le canot et fit voile vers la Provence.

– Je te conseille vivement de ne pas me contrarier, dit l'imposteur à sa captive. Sinon je t'arrache la langue, et peut-être même les yeux.

Sur le port, fanfares, bannières, famille royale en habit, cardinaux, évêques, gendarmes, décorations, bal populaire. La princesse pleura beaucoup. Son mariage fut décidé avec le navigateur fourbe.

Le vent souffle où il veut, affirme l'Ecclésiaste. Il souffla comme il faut. Trois jours plus tard Tribord-Amure couvert d'algues et de sel marin parvint aux côtes familières. Il s'en fut au palais du roi.

– Sire, bien le bonjour. Je viens vous rendre la bague de votre fille aînée. Je l'ai trouvée dans ma chaloupe. Elle l'a perdue, probablement, lorsque nous avons fui la crevette géante. Sire, bien le bonsoir.

La princesse entendit, de la chambre voisine. Elle vint, sauta au cou du sauveur sans souci, osa enfin conter leur commune aventure. Le capitaine fut réduit à l'état de valet de chambre. Tribord-Amure fut coiffé, habillé d'un costume noble, parfumé, béni, marié. J'étais, sachez-le, à la noce. On m'a jeté un os de poule, il s'est planté dans mon genou. Si je mens, que Dieu m'emparouille.

Les matagots

Les chats noirs, autrefois, inspiraient le respect craintif des hommes simples. On les disait sorciers. On pouvait certes les séduire, pactiser avec eux, flatter leur poil couleur de diable, mais quant à les apprivoiser, il valait mieux n'y point songer. On appelait ces chats ténébreux : matagots. Et qui en voulait un devait un peu savoir fricoter l'air nocturne à la sauce magique.

Les nuits de pleine lune il fallait patiemment attendre à la croisée de quatre routes. C'était en ces endroits qu'un matagot parfois tombait d'un arbre mort, ou simplement venait, trottinant sous la lune. On pouvait l'appâter, s'il tardait à paraître. On attachait un poulet par la patte, et le fil bien tenu, caché dans un buisson, on le laissait aller à la poignée d'avoine lancée au beau milieu du carrefour désert. Le matagot, gourmand de viande de volaille, sortait alors de l'ombre et venait prudemment renifler la bestiole. C'était l'instant crucial. On devait attraper ce diable par la queue, le fourrer dans un sac, jeter le fardeau sur l'épaule (la droite, pas la gauche), puis retourner chez soi sans regarder derrière, quoi que l'on puisse entendre. Au moindre coup d'œil dans le dos on risquait la mort d'épouvante. De retour au logis il fallait déposer le matagot piégé dans un coffre de bois, le nourrir comme un coq en pâte, avec affection et respect, laver tous les matins son assiette à l'eau chaude et lui servir d'abord, avant la maisonnée, la soupe du dîner. Si l'on n'oubliait pas ces rites quotidiens, on était assuré de trouver dans son lit, tous les matins, un écu d'or.

Cela n'empêchait pas les matagots de nuire, ou du moins de jouer des tours, à l'occasion. On raconte qu'un jour, comme deux villageois parlaient devant leur porte, après avoir fendu des bûches pour l'hiver, l'un dit à l'autre :

– Entre, voisin, le temps se gâte. Nous nous réchaufferons en buvant le café.

Ils laissèrent donc leurs outils. La cuisine était tiède et sentait bon le feu. A droite du foyer était le coffre à sel. Là s'assit le maître des lieux. Il désigna à l'invité, à gauche, la matagotière. Les deux bavardèrent un moment. Le visiteur enfin regarda la pendule et voulut se lever. Il ne put décoller son cul de sur la planche.

– Mille millions de papillons, dit-il en remuant les fesses.

Son teint vira du rouge au pâle, son front se couvrit de sueur, ses yeux s'écarquillèrent et sa bouche s'ouvrit. Son compère, rieur, se pencha vers le coffre et dit à voix de chat :

– Laisse-le donc partir, petit, c'est un ami.

L'homme bondit debout, tout à coup délivré, et s'en fut en courant comme si sa culotte abritait cent abeilles.

Mais mieux valait assurément subir la farce que la faire. Car le matagoteur payait un jour ou l'autre au prix fort ses matagotages. Il ne pouvait mourir avant d'avoir vendu son obscur pensionnaire. Parfois il attendait son client des années, agonisant sans fin sur sa couche dorée. S'il trouvait acheteur, il était délivré de ses fardeaux terrestres. Mais un destin fort incommode l'attendait de l'autre côté. Il se réincarnait dans la peau d'un chat noir, vivait neuf fois, comme il se doit, et crachait neuf fois plus d'écus qu'il n'en avait reçus dans sa vie d'homme. Seul lui restait acquis le pouvoir de parole. Il n'en usait jamais sauf, dit-on, pour maudire ceux qui lui parlaient d'or en lui grattant le poil, lui qui ne voulait plus que l'éternel repos.

La fille aux mains coupées

Il était une fois un pêcheur misérable. Sa femme était partie, il avait une fille et ne pouvait pas la nourrir. Il lançait tous les jours ses filets dans la mer. D'autres, alentour, semblables à lui, faisaient de même, rien de plus. Au soir ils ramenaient au moins de quoi survivre jusqu'au matin prochain. Lui seul rentrait bredouille. La chance l'ignorait. Son fardeau de chagrins sans cesse grandissait. Il en était fourbu, accablé, vidé d'âme.

Un jour, comme il rentrait chez lui dans le soir rouge, il dit à haute voix en reniflant ses larmes sur le chemin désert :

– Misère, désespoir, fatigue et mal au ventre !

Il releva le front. Les arbres défeuillés s'étaient vêtus de brume. Il vit venir à lui un homme nonchalant, rieur, bien habillé.

– Qu'as-tu donc à pleurer ? lui dit-il, l'air bonasse.

Ils cheminèrent côte à côte. Le pêcheur confia sa peine à l'inconnu. L'autre lui répondit :

– Faisons affaire ensemble. Homme, vends-moi ta fille. Je t'en donne de quoi t'acheter trois maisons.

– Marché conclu, monsieur. La petite est à toi.

La jeune fille sur le seuil voyant venir ce grand noiraud avec son vieux père malingre pressentit un nouveau malheur. Elle fit un signe de croix. L'inconnu vivement leva la main sur elle.

– Maudite fille, gronda-t-il, je déteste, je hais, j'exècre ces sortes de simagrées. Que je ne t'y reprenne pas !

La pauvre enfant épouvantée à nouveau se signa en hâte. Alors le diable (c'était lui) prit le pêcheur au col et lui rugit dessus :

– Coupe-lui les deux mains ou rends-moi mon argent !

L'homme aurait pu jeter sa bourse à la figure du Terrible. Le fait est qu'il ne le fit pas. Il gémit beaucoup mais trancha les mains de sa fille, et monsieur Satan l'emporta.

Or, c'était une bonne enfant. Dieu l'aida. Il alourdit tant son corps maigre que les épaules du démon se voûtèrent jusque par terre. Rogneux, perclus, fumant du nez, le diable dut abandonner sa proie au bord d'une rivière. Elle trouva refuge dans un saule creux, s'y pelotonna comme dans un ventre, sommeilla longtemps.

Un doigt caressant sur sa joue pâlotte la fit sursauter. Elle se réveilla, vit penché sur elle un jeune homme noble au visage doux. Sa figure était pour moitié dans l'ombre, pour moitié baignée de soleil.

– Que faites-vous là ? dit-il.

– Ai-je tant dormi ? lui répondit-elle, les yeux étonnés dans le jour nouveau.

Elle lui conta son aventure. Il s'en émut beaucoup. Il la prit dans ses bras, l'emporta au galop sur son grand cheval roux, traversa la forêt, les champs et le faubourg, la foule dans la ville et la place peuplée de statues et de gardes, mit pied à terre enfin au portail d'un palais. Ce jeune cavalier était le fils du roi. L'amour l'avait touché. Il habilla de blanc la guenilleuse, lui baisa mille fois les joues, le cou, la bouche, fit connaître partout son heureuse passion, et bientôt l'épousa.

Le lendemain des noces fut un jour d'au revoir. Le fils du roi dut s'en aller guerroyer en terre étrangère. Il confia sa femme à la reine sa mère.

– Prenez soin d'elle, lui dit-il. Je l'aime plus que vous, madame.

La reine grimaça et se prit aussitôt à détester sa bru. La fille aux mains coupées reçut de son mari quelques lettres glaciales. Le prince en vérité lui avait bien écrit. La mère avant l'épouse avait lu le courrier et remplacé ses mots d'amour par de méchantes balivernes. La pauvre abandonnée en pleura souvent, la nuit, dans son grand lit. Après neuf mois elle mit au monde des jumeaux d'étrange beauté. L'un était un garçon. Il naquit avec une épée tatouée au milieu du front. L'autre était une fille. Entre ses deux sourcils une étoile brillait. La reine mère en étouffa de rage. Sa belle-fille alors lui dit :

– Madame, s'il vous plaît, nouez deux sacs de toile à ma ceinture, couchez mon fils dans l'un et ma fille dans l'autre. Je ne veux plus troubler vos jours dans ce palais. Je pars sur les chemins, à la grâce de Dieu.

Ainsi fut fait sur l'heure.

Un matin de printemps au bord d'une rivière ses enfants lui demandèrent à boire. Sans bol, sans creux de mains, doux Jésus, comment faire ? Elle appela de l'aide. Un vagabond passa.

– Bonhomme, par pitié, abreuvez mes enfants !

L'autre lui répondit :

– Eh, faites-le vous-même !

Elle s'agenouilla, se pencha sur la rive. Les deux petits glissèrent et tombèrent dans l'eau.

– Bonhomme, par pitié, secourez mes enfants !

L'autre lui dit encore (il n'avait pas, pourtant, l'œil froid d'un mauvais ange) :

– C'est là votre travail. Faites-le donc, ma fille !

Elle se jeta dans le courant, espérant dans la vie, tout offerte à la mort. Le miracle se fit ainsi, sans prière aux saints ni aux saintes : au bout des bras lui vinrent deux mains neuves. Les marmots burent tout leur saoul. Elle les ramena sur la berge. Le vagabond était parti.

Elle bâtit là sa cabane, y vécut trois ans avec ses enfants. Un soir d'orage et de grand vent elle entendit frapper à sa porte. C'était un voyageur. Il s'était égaré. Elle alluma du feu pour sécher ses habits. Il s'assit, et pleura. La fille et le garçon vinrent tirer ses manches.

– Monsieur, mon beau monsieur, quel malheur vous attriste ?

L'homme leur répondit :

– Je cherche sans espoir ma femme aux mains coupées et mes deux beaux enfants que ma mère a chassés. J'ai couru bien des routes et je suis fatigué.

C'était le fils du roi. Sa femme mit la nappe et posa la soupière, quatre cuillers de bois, quatre écuelles en terre, servit la soupe et dit enfin :

– Tu es au bout de ton chemin.

Ils revinrent chez eux. La reine mère trépassa d'une amère crise de foie. Ils allèrent à ses funérailles, s'en revinrent tranquillement et vécurent sans autre peine la vie que Dieu leur accorda.

Les morts en barrique

Selon le guide noir des voyageurs défunts, le meilleur cimetière où dormir sans souci était, au temps des saints vivants, celui des Alyscamps, près de la ville d'Arles. Les diables y respectaient les repos éternels, et s'il leur arrivait de traverser, la nuit, ce lieu béni de Dieu, c'était craintivement, sur la pointe des pieds, en s'excusant du bruit de leurs orteils dans l'herbe. C'était exceptionnel. Les autres cimetières avaient fort à souffrir. La loi d'outre-tombe en effet était telle que les démons avaient le droit de persécuter les morts neufs. Ils ne s'en privaient pas. Partout au monde, sur les tombes, les voyous infernaux menaient leurs sarabandes. Partout, mais point aux Alyscamps. En voici le pourquoi.

Saint Trophime était d'Arles. Le Christ, un beau matin, vint lui rendre visite. Ils déjeunèrent ensemble, puis s'en allèrent en promenade, bras dessus bras dessous, en bons frères aimants. Ils passèrent aux Alyscamps. Et pour marquer ce jour entre tous agréable Jésus fit ce cadeau aux morts du cimetière : il en chassa le diable avec interdiction d'y revenir jamais.

Les gens, évidemment, le surent, et se le dirent. Les malades, du coup, n'eurent plus qu'un désir : vivre leur mort prochaine dans ce jardin béni. Bientôt sa renommée fut telle qu'on voulut y venir d'Avignon, de Beaucaire, de Tarascon, de Saint-Rémy. On le fit, mais point par la route, car en ces temps lointains les voyages étaient longs et les chemins peu sûrs. L'idée vint de fourrer les morts dans des barriques. La coutume ainsi s'établit. A chaque embarcation, en guise de chaloupe, on liait un coffret avec, dedans, le nom du défunt voyageur et le prix de ses funérailles. On confiait le tout à la grâce du Rhône, et l'on rentrait chez soi. Les cercueils vagabonds allaient, au fil de l'eau, s'échouer sans faute près d'Arles, au lieu-dit La Roquette, où les attendaient des charrettes.

Le voyage, pourtant, fut parfois éprouvant. L'imprévu guette aussi sur la route des ombres. Selon le chroniqueur Gervais de Tilbury il arriva qu'un jour des garçons de Beaucaire, armés de longues perches, attirèrent sur la rive un de ces tonneaux-là. Ils en voulaient à l'or qui tintait dans le coffret du mort. En un tournemain ils le dérobèrent, après quoi, ni vu ni connu, ils repoussèrent au fil de l'eau la barrique bringuebalante. L'affaire prit alors une étrange tournure. Le défunt détroussé refusa de partir. Le fût où il était remonta le courant et se mit à cogner contre un arbre du bord. Il fit un tel chahut que les gens s'attroupèrent. On s'aperçut que le coffret manquait au bout de la ficelle. On courut aux voleurs. On les trouva fin saouls dans un estaminet. On rendit au mort son coffret. Il reprit sa route paisible vers le séjour des Bienheureux.

On ne voit plus depuis longtemps de ces défunts en promenade. Le rivage demeure, le fleuve va toujours. Même les morts meurent un jour.

Gripet

C'était aux pauvres temps. Au village vivait un meunier malfaisant, fabricant de grêlons et souffleur de bourrasques. Les gens des alentours disaient qu'ils l'avaient vu, parfois, à la nuit noire, danser avec des chats et des corbeaux, sur l'eau, près du moulin, environné de flûtes et de violons grinçants qui jouaient seuls dans l'air. Ce brigand n'avait ni femme ni enfants, mais il avait un frère : le diable. Il s'appelait Gripet.

Vint une année terrible. Jusqu'en décembre, il avait fait un temps à ne pas mettre un enfant au monde. A l'entrée de Noël, les greniers étaient vides. Plus un grain de millet, plus un sou dans les poches. L'hiver était si rude et le printemps si loin que les gens n'avaient plus la force de vivre. Seul Gripet prospérait. Il avait du froment et de l'orge à revendre mais il n'en vendait pas, et de l'argent à ne savoir qu'en faire mais il n'en faisait rien.

Or, près de son moulin, sur la lande givrée, était une cabane accroupie sous un arbre. Là vivaient un grand-père avec son petit-fils. Le vieux était à bout de forces. Il était si perclus que même respirer lui coûtait de la peine. Le petit, lui, dînait de soupe à l'eau et de miettes moisies. Deux étoiles fiévreuses brillaient dans ses yeux noirs, son visage était creux et ses jambes semblaient deux branches sous la neige, tant elles étaient malingres. Tout ce que pouvaient ces pauvres gens était d'endurer la faim. Or, Gripet avait tout ce qu'il fallait pour vivre, et certes il voulait bien nourrir les affamés, mais il exigeait d'eux, en échange, leur âme : une goutte de sang au bas d'un parchemin écrit à l'encre rouge. Tel était le marché. Le vieux savait cela. C'est pourquoi à tout prendre il préférait mourir que d'aller mendier chez l'infernal bonhomme. Mais à mourir un peu chaque jour, on finit les yeux blancs et la langue dehors. Vint le soir de Noël. Le vieux dit à l'enfant :

– Petit, va chez Gripet. Voici venue la nuit où Jésus-Christ est né. Peut-être nous aidera-t-il. Moi je ne peux plus marcher.

C'était vrai. Le moindre coup de vent l'aurait jeté par terre.

Le garçon prit son sac et s'en fut au moulin. Gripet, de sa lucarne, le regarda venir, de loin, sur le chemin. Il se frotta les mains, ricana, descendit à la porte, ouvrit, tendit au maigrichon le pacte diabolique. Il lui dit :

– Signe là.

Près du seuil un buisson d'épines s'accrochait aux pierres du mur. L'enfant piqua son doigt. Une goutte de son sang tomba au bas du parchemin. Gripet lui mesura un boisseau de blé, le versa dans son sac. Le petit s'en revint, courbé sous son fardeau. Mais il était trop las, trop faible, trop chétif. Il regarda les étoiles dans les ténèbres. Il les vit tournoyer. Il lui sembla qu'elles entraient toutes dans sa tête. Il trébucha, tomba. Son blé se répandit parmi les cailloux. Il n'en fut pas contrit. Il venait de mourir.

Gripet en fredonnant sortit devant sa porte. Il était satisfait. Il se gratta le ventre et bâilla comme un fauve repu. Un battement de pas lui parvint, dans l'air calme. Il s'avança sans bruit. Il faillit buter contre une femme immobile au détour du sentier. Elle tenait dans ses bras un nouveau-né à la figure grave. Cet enfant se dressa, les deux pieds bien plantés dans les mains de sa mère, et dit à voix puissante :

– Gripet, rends le papier que le petit vient de signer.

L'autre sentit la chair de poule hérisser sa carcasse. Il tourna les talons en couinant d'épouvante, s'enfuit, tomba, cabriola tête première, plongea dans la rivière, voulut se raccrocher à la roue du moulin qui s'éveilla, geignarde. Elle se mit à tourner, elle le prit par l'épaule et d'un élan soudain le lança par-dessus la cime des arbres, bras et jambes empêtrés de racines mouillées, de longues herbes d'eau.

Ceux qui passaient par là sur le chemin de l'église où sonnait l'appel à la messe de minuit en laissèrent tomber leur lanterne sur les cailloux. Ils le virent ainsi, Gripet le sorcier, voltigeant au-dessus de leur tête, emporté au diable par des couleuvres ailées.

Maguelonne

Pierre était fils aîné d'un seigneur de Provence. A vingt ans, il était un jeune homme accompli, habile à manier les armes autant qu'à composer des vers. Mais sa passion secrète était le ciel et ses troupeaux d'étoiles. Tous les soirs il montait sur la plus haute tour du château de son père et là, sur la terrasse, il contemplait les astres, heureux comme un oiseau dans la paix infinie.

Un jour, à la saison où les vergers fleurissent, s'en vinrent trois marchands. Ils arrivaient de Naples. Le maître de maison offrit à ces passants un dîner de volailles et de vin de ses vignes, puis devant le bon feu qui crépitait dans l'âtre il les pria de lui donner des nouvelles du monde. Pierre parmi ses familiers écouta les récits de ces hommes. Un nom émerveilla tout à coup ses oreilles.

– Maguelonne est l'étoile des Mages, dit-il. C'est ainsi que chez nous on appelle Vénus.

– Certes, lui répondit le voyageur, mais c'est surtout le nom de la fille du roi de Naples, notre princesse bien-aimée. Voyez comme elle est belle.

Il sortit de sa poche un carré de bois peint où était un portrait. Pierre en resta muet. De ce qui l'entourait, brouhaha de la salle et lumière du feu, visages de ses proches et paroles éparses, il ne perçut plus rien. Dans le regard de Maguelonne il se perdit comme un errant sur les chemins du ciel nocturne. Jusqu'au matin il ne rêva que d'elle. Au jour levé il sella son cheval et sans un mot d'adieu aux gens de sa famille il s'en fut droit à Naples.

Il y parvint un soir, au crépuscule. Comme il cheminait dans les rues populeuses, cherchant un lieu où se loger, il entendit parler d'une fête prochaine et d'un guerrier terrible. A l'auberge, on lui dit :

– Demain matin, jeune homme, dans le jardin du roi un guerrier de Bohême défiera qui voudra en combat singulier. Cet homme est un titan. Ceux qui l'ont affronté peuplent trois cimetières. Tout Naples assistera à son nouveau tournoi. Notre roi y sera, et Maguelonne aussi.

Pierre sentit son cœur lui bondir dans la gorge.

Le lendemain à l'heure dite il poussa sa monture au milieu du champ clos. Le soleil, les bannières, l'éclat des armures, le fracas des trompettes et les cris de la foule aussitôt l'éblouirent. Ce fut bref comme un songe. Il rameuta d'un coup tous ses diables, ses dieux, ses folies, ses rages et bondit le front bas à l'assaut du colosse. Il lui sembla qu'un roc se fracassait sur lui. Il en perdit le sens. Quand il revint au jour, il était seul en selle. Il vit mille chapeaux monter dans le ciel, avec mille vivats. Le chevalier gisait dans l'herbe. Son cheval pommelé trottait au bout du pré.

Pierre fut mené devant l'estrade où se tenait le roi auprès de Maguelonne. Il ne vit qu'elle, ouvrit ses bras. Elle lui sourit. Ses yeux brillèrent. « Ni vous sans moi, ni moi sans vous. » Ces mots à l'instant se gravèrent dans la lumière où ils étaient. Chacun dans le regard de l'autre vit son propre cœur étonné.

Un dîner fut offert. Maguelonne voulut que Pierre y soit près d'elle. Ils restèrent tous deux sans parler, côte à côte, perdus loin des rumeurs et des chants du festin. A la fin du repas, Pierre murmura :

– Je suis venu pour vous.

– Allons dans le jardin, dit-elle.

Ils marchèrent par les allées. Sous un vieil olivier au feuillage argenté ils firent halte. Pierre dit :

– Je n'aimerai jamais d'autre femme que vous.

Elle lui répondit :

– Je serai votre épouse.

– Votre père le roi ne voudra pas de moi. Ma naissance est trop basse.

– Je n'ai d'autre désir que d'être à vous, toujours.

– Si vous ne mentez pas, fuyons à l'instant même.

Elle le prit par la main, l'entraîna.

– Dieu nous aide, dit-elle.

Comme minuit sonnait sur les toits de la ville, deux ombres enveloppées dans un vaste manteau franchirent le rempart.

Toute la nuit ils chevauchèrent. A l'aube ils mirent pied à terre, sous un pin, au bord de la mer. Maguelonne s'allongea sur l'herbe tendre. Sa tête pencha de côté et de ses doigts abandonnés une bourse tomba près d'elle. Dedans était l'anneau que Pierre lui avait offert dans le jardin du roi de Naples : deux joncs d'or enlacés ensemble, sans fin et sans commencement. Elle soupira et s'endormit. Pierre s'en alla au bord des vagues emplir son cœur de soleil neuf. Or, comme il revenait, il vit un oiseau noir saisir du bec la bourse auprès de l'endormie et prendre son envol, et s'enfuir vers la mer. Une barque était là, affalée sur le sable. Pierre la mit à l'eau, poursuivit le voleur qui, planant devant lui, contourna la falaise.

Un bateau barbaresque aux voiles rouges apparut dans la crique. Pierre voulut rejoindre la rive. Il n'en eut pas le temps. Dix hommes dans une chaloupe vinrent sur lui par le devant, l'empoignèrent, bâillonnèrent sa bouche, ligotèrent ses pieds, et le jetèrent enfin sur leur vaisseau pirate qui aussitôt appareilla. Il hurla longtemps dans l'obscur fond de cale où on l'avait enfermé. Puis il s'accoutuma aux grincements, aux rats, aux ténèbres puantes. Il ne fut plus que pleurs et colère muette. Un jour, il entendit qu'on criait sur sa tête. On le sortit de l'ombre. On le poussa dehors. Il était à Tunis. Il fut bientôt conduit au marché aux esclaves.

Là, parmi les étals et les cris des enchères, le vizir du sultan remarqua ce jeune homme au regard de feu noir. Il le fit amener au palais de son maître. Le sultan vint le voir dans la salle dallée de mosaïques bleues, l'examina longtemps, hocha la tête enfin.

– Belle prise, dit-il. Chrétien, sais-tu te battre ?

Pierre lui répondit :
– Donnez-moi une épée, vous l'apprendrez bientôt.
L'autre partit d'un grand rire, pointa sur lui l'index et dit :
– Je te fais capitaine. Mon armée part demain combattre à Babylone. Si tu t'y conduis bien, ta gloire est assurée.
– Capitaine ? J'accepte. A la grâce de Dieu !

Passèrent six années de marches, d'embuscades et de rudes batailles. Pierre, désespérant de revoir Maguelonne, grimpa toujours premier à l'assaut des remparts sous les volées de flèches et combattit sans cesse au plus chaud des mêlées, mais la mort ne voulut pas de lui. Il revint à Tunis. Il avait tout vaincu, même la peur du diable. Le sultan l'invita au festin du retour. Après l'agneau rôti il lui dit :
– Mon ami, je te dois la victoire. Je veux faire de toi le plus heureux des hommes. Désires-tu de l'or, un palais, dix épouses ?
Pierre lui répondit :
– Un navire, seigneur, et ma liberté.
Le sultan ronchonna, grogna, rugit enfin :
– Va ! Que le Ciel te garde !

Le Ciel n'entendit pas cette prière simple. Pierre sur son voilier voyagea douze jours. Quand il parvint en vue des côtes de Provence, l'orage s'abattit et le vent dévora les mâts de son bateau, la voilure et la coque. Au soleil revenu, sur la mer n'étaient plus que des planches éparses. On recueillit un homme, un soir, sur une plage. Il respirait à peine. On le porta dans un couvent perdu au flanc d'une colline. On le coucha dans une chambre fraîche. Trois jours durant il ne put dire un mot. Au quatrième matin :

– Maguelonne, murmura-t-il.

Sept ans étaient passés depuis qu'il avait laissé sa bien-aimée endormie sur le rivage, à l'ombre d'un pin parasol. Quand elle s'était réveillée, Maguelonne l'avait cherché partout. Puis, désemparée, elle s'en était allée droit devant, au hasard. Elle était arrivée dans ce couvent paisible. On lui avait offert le boire et le manger. Elle avait voulu demeurer en ce lieu et renoncer au monde. Elle était jeune et belle. On lui avait demandé d'attendre sept années. Maguelonne avait gardé son nom secret, craignant qu'on ne la renvoie chez son père si elle le révélait. Elle avait donc vécu, sept ans durant, recluse.

Or, ce matin-là où Pierre de Provence reprit conscience dans la chambre aux volets croisés, c'était à la fille sans nom de prendre son tour de garde auprès du blessé. Elle ouvrit la porte. Pierre, dans la pénombre, s'était endormi. Il n'était plus l'adolescent d'autrefois. Il était d'une force étrange et magnifique, malgré sa figure amaigrie. Maguelonne s'assit à son chevet. Elle le regarda sommeiller comme lui-même l'avait regardée à l'ombre du pin, jadis. Avant même de voir le naufragé elle avait su qu'il était celui dont elle n'avait jamais, au fond de l'âme, désespéré. La cuisinière du couvent, la veille de ce jour, avait trouvé dans le ventre d'un poisson qu'elle préparait un anneau fait de deux joncs d'or enroulés l'un à l'autre, sans commencement ni fin. Elle l'avait reconnu. C'était celui qu'elle avait autrefois perdu. Elle avait su, à cet instant, que sa vie allait enfin s'ouvrir sur un chemin nouveau où le malheur ne serait plus.

Le blessé s'agita. Il murmura un nom, le seul qu'il savait dire. Maguelonne lui répondit :

– Mon Pierre, je suis près de vous.

Il ouvrit les yeux. Dans le demi-sommeil qui l'embrumait il chercha d'où venait cette voix qui disait encore :

– Je suis Maguelonne que vous avez tant aimée.

Il la vit enfin. Elle arracha la coiffe blanche qui emprisonnait son visage. Leurs mains, leurs bouches se joignirent.

– Ni moi sans vous, dit-elle.

– Ni moi sans vous, dit-il.

Les anges

C'était une vieille paisible. Ses yeux d'enfant riaient toujours. On la disait un peu simplette. Elle vivait seule dans son mas avec quelques poules et sa chèvre. Tous les soirs, de Pâques à Toussaint (à Toussaint le beau temps mourait, avant Pâques il n'était pas né) elle allait passer la veillée chez ceux de la ferme voisine, au fin bout de la lande grise. Quand il fallait aller au lit, après une heure de tricot, de tisane et de papotage avec les femmes, au coin du feu, les trois garçons de la maison lui disaient :

– Bonne mère, seule sur la garrigue après la nuit tombée, ce n'est pas raisonnable. Vous risquez des peurs bleues. Nous vous raccompagnons.

Elle leur répondait en haussant les épaules :

– Bah, restez donc au chaud. Je n'ai besoin de rien. Je dis mon chapelet, tout au long du chemin, je demande là-haut que l'on m'envoie deux anges, ils viennent et ils me gardent. Bonsoir la compagnie !

Et tous la saluaient sur le pas de la porte en riant doucement de sa naïveté.

Or, un soir, les garçons voulurent un peu s'amuser d'elle.

– Si nous allions faire les anges ? dit l'un d'eux en catimini.

– Habillons-nous d'un drap pour avoir l'air céleste, lui répondit un autre, courons sur son chemin et portons-la chez elle.

Ils s'esquivèrent discrètement avant que la vieille s'en aille. Ils coururent en rase campagne, se cachèrent derrière un roc. Il faisait un beau clair de lune, et pas le moindre brin de vent. Le temps de s'envelopper dans leur drap, de s'exciter à l'étouffée, d'aller au tournant du sentier et de revenir en courant, ils la virent sortir de l'ombre. Elle marmonnait sa litanie, son chapelet aux doigts, son sac au pli du coude. Mais elle n'était pas seule. Devant elle marchait un être en brume blanche, et derrière elle un autre. Ils allaient en silence. Leurs sandales effleuraient à peine les cailloux. Leur visage était fait de lumière indécise, leur regard était droit. La vieille cheminait, entre eux, tranquillement. Ils passèrent devant les garçons accroupis et s'éloignèrent sous les étoiles.

Bien des années après, le curé de Gréoux connut ces jeunes gens. Ils avaient quatre-vingts ans d'âge quand ils lui contèrent l'histoire. Ils en tremblaient encore et pleuraient dans leurs rides au souvenir des anges et de leur protégée. J'ai dit la vérité. Qu'elle vous tienne chaud.

MIDI-PYRÉNÉES
GASCOGNE

La messe des loups

C'était aux temps anciens où les loups connaissaient les secrets des forêts et les chemins du ciel. Ils avaient des usages et de la religion. La preuve : une fois l'an ils allaient à la messe. Elle était célébrée par un vieux curé-loup avec encens, hosties, ornements et reliques. Y avait-il en ces temps un pape-loup régnant sur un clergé de loups ? Dieu, peut-être, le sait. Le fait est que ce curé-loup assemblait ses ouailles au plus profond des bois, la nuit de la Saint-Sylvestre. Un homme vint à cet office, un jour de neige et de souci. Voici comment cela se fit.

A Mauvezin était un brave forgeron. A l'âge où les enfants vont à la communale, le soir après l'école il apprit son métier à l'aîné de ses fils. Quand le garçon eut ses vingt ans :

– Bon vent, lui dit son père. Prends femme, ouvre ta forge et ne courbe jamais le dos devant personne.

Ils s'embrassèrent en hommes et le garçon s'en fut.

Il avait son cœur à Montfort, chez une belle fille. Il l'épousa et s'établit dans ce village. Tous deux vécurent un an sans que rien dérange leur travail, leurs amours ni leur soupe du soir. Or, une nuit d'hiver, comme il quittait ses bottes, assis au bord du lit (sa femme était déjà enfouie sous l'édredon), il entendit dehors un galop de cheval, puis des coups rudement frappés contre sa porte. Il ouvrit la fenêtre. C'était un vieil ami de Mauvezin, où était sa maison de famille. L'homme lui dit, d'en bas, sans quitter sa monture :

– Forgeron, je t'apporte de mauvaises nouvelles. Ton père va mal. Si tu veux le voir vivant, tu n'as que le temps de partir.

– Attends, je me rhabille, cria, d'en haut, le forgeron. Entre donc un moment, sers-toi un bol de vin, la cruche est sur la table.

– Non, lui répondit l'autre. Ma Jeanne est seule à la maison, et elle a peur du vent. Elle me houspillera, la pauvre, si je tarde !

Il tourna bride et s'en alla.

Ce forgeron n'était pas homme à s'embarrasser de jérémiades. La confiance en la vie était sa religion. « Peut-être, se dit-il, puis-je guérir mon père. Le docteur de Montfort connaît de grands secrets. Il saura lui prescrire un remède efficace. » Ce docteur vivait seul dans une bergerie avec un mouton borgne. Il avait tant de livres qu'ils lui servaient de banc, de table et d'oreiller. Il était fort instruit. Il savait tout avant qu'on n'ait ouvert la bouche.

– Pas un mot, jeune ami, dit à son visiteur ce faiseur de miracles. Ton père a les orteils du pied droit dans la tombe. Si tu veux le sauver, il te faut dénicher un médicament rare : la queue d'un curé-loup, qu'il devra dévorer tout entière d'un coup, poils, peau, chair, osselets et vermine. Où trouver cette queue ? A la messe des loups. Or, les loups seuls s'y rendent. Si tu veux y assister, je dois donc te changer en loup parmi les loups.

– Faites vite, docteur, répondit le jeune homme. Je suis prêt. Dieu me garde.

Il dit, et se sentit tomber dans un tourbillon rouge. Il se découvrit loup hurlant à la lune nouvelle, sur un rocher, dans la forêt déserte. Des confrères au poil dur le rejoignirent. Il courut avec eux la lande et les collines, égorgea quelques biches et quelques brebis grasses, dormit dans les broussailles, effraya des voyageurs sur des chemins crépusculaires, bref, vécut douze jours l'existence d'un loup.

Au dernier jour de l'an, soudain, sous les grands arbres, il vit des loups partout, des maigres et des fiers, des sournois et des nobles, des vieux, des louveteaux et des louves enceintes, des hordes, des nuées, des croisades de loups. Ils s'assemblèrent tous par des chemins secrets au cœur du bois dans un rond de clairière. A minuit un grand loup parut entre deux cierges où était un autel baigné de lune pâle. C'était le curé-loup. Il était revêtu d'un surplis de dentelle. Il salua ainsi l'assemblée :

– *Dominus vobiscum.* Qui veut servir la messe ?

Le jeune forgeron tendit son long museau. Il dit avant les autres :

– Moi, monsieur le curé !

Il fit l'enfant de chœur sans fautes, jusqu'au bout, servit le vin de messe, agita la clochette, alluma l'encensoir, balança la fumée sur les têtes penchées. Le curé dit enfin, en bénissant son peuple :

– Bien le bonsoir, mes frères, et à l'année prochaine.

Les loups s'en retournèrent comme ils étaient venus. La forêt trembla longtemps sous leurs galops multipliés, puis la rumeur peu à peu s'apaisa, et ne restèrent dans la clairière que l'enfant de chœur et son curé-loup occupés à ranger ciboires et reliques. Quand ce fut fait :

– Garçon, aide-moi donc à ôter mon surplis.

– Volontiers, lui répondit l'autre.

Le curé-loup courba l'échine. Il fut troussé d'un coup de patte, perdit la queue d'un coup de dent, hurla au feu, dansa la gigue et prit la fuite en s'empêtrant dans son habit. Le jeune forgeron se sentit emporté comme une feuille morte dans la bourrasque. Il ferma les yeux, les rouvrit et se retrouva cul par terre devant le docteur de Montfort. Il se palpa le front, les bras, le corps, les jambes. Il avait à nouveau son apparence d'homme. Il tenait fermement au travers de la bouche la queue du curé-loup.

– Tu as de belles moustaches, lui dit plaisamment le docteur. Ton père s'affaiblit d'heure en heure. Va vite.

Le jeune forgeron courut à Mauvezin.

C'était le petit jour, les rues étaient désertes. Il trouva le mourant devant la cheminée où le feu, lui aussi, s'éteignait doucement. Il fourra la queue du curé-loup entre les dents de son père. Le vieux avala tout, poils, peau, chair, osselets et vermine. Quand ce fut fait il se leva, étira ses membres, bâilla, s'en fut ouvrir grands les volets et dit à son garçon :

– Alors, fils, quoi de neuf ?

Ils déjeunèrent ensemble. Ils burent un peu trop et passèrent le jour à chanter haut et fort des rengaines paillardes.

Les sirènes

Les gens mal informés pensent que les sirènes sont exclusivement filles de haute mer. Erreur, qu'on se le dise. Au temps où les lutins, les fées et les licornes étaient pour vous et moi aussi vrais que les voisins d'en face, il existait des sirènes d'eau douce. Elles étaient belles, ensorcelantes et vénéneuses autant que les dames marines, mais celles qui peuplaient le Gers et la Garonne avaient, outre ces dons, un atout décisif : elles parlaient gascon.

Elles n'aimaient pas le jour. Donc, elles apparaissaient dès la lune levée, allaient à leurs amours, leurs jeux ou leurs affaires et s'évanouissaient dans la brume du fleuve au premier tintement de l'angélus de l'aube. Quelles âmes cachaient leurs corps incomparables ? Celles des noyés morts en état de péché. Sous leur peau ruisselante elles étaient pourries, voilà la vérité. Qu'un imprudent gaillard succombe à leurs appels et leurs yeux soudain rougeoyaient comme braises, leurs dents d'un coup poussaient jusqu'au bas du menton et leurs griffes luisaient comme des lames courbes. Le cœur, le foie, les tripes et la cervelle humaine étaient, prétendait-on, leurs repas préférés. Les mariniers de la Garonne en savaient long sur ces mégères. Ils racontaient entre autres histoires celle-ci qu'ils juraient, croix de bois, croix de fer, aussi vraiment vécue que leur saoulerie de la veille.

Il était un garçon nommé Bernard-Pêcheur. C'est le nom que l'on donne au héron, en Gascogne. Et si l'on appelait ainsi ce garçon-là, c'était que le poisson était son plat unique. Le soir il allait donc tendre ses lignes dans le fleuve et venait les lever, une heure avant le jour.

Une nuit du mois d'août, comme à son habitude (il était à peu près trois heures du matin), il s'en fut au travail. A cent pas de la rive il entendit des rires, des chansons, des piaillements de filles. « Dieu du Ciel, se dit-il, que font là ces bougresses ? » Tout à coup méfiant il s'approcha sans bruit, de buisson en buisson et bientôt, bouche bée, fit halte, un pied en l'air. Dans l'eau, près de la rive, dix sirènes jouaient, bavardaient, s'ébattaient, peignaient leurs longs cheveux entre leurs doigts dorés. Bernard, un court moment, sentit son cœur cogner, du ventre à la cervelle, partout en même temps. Il n'avait jamais vu de pareilles merveilles. Il tituba sur place. Une branche craqua sous sa sandale. Une jeune diablesse assise sur la berge sursauta, l'aperçut, courbé entre deux saules, incapable de fuir et se tenant au vent pour ne pas avancer.

– Un homme, un beau, un vrai, dit-elle, l'air gourmand. Venez vite, mes sœurs !

Elles accoururent toutes en poussant des cris doux, elles s'assemblèrent au bord et se mirent à chanter une musique telle que même les buissons, les arbres, les roseaux en furent pris d'amour et se penchèrent ensemble en bruissant vers le fleuve. « Si j'avance, je meurs », se dit Bernard-Pêcheur. Il avança d'un pas, la gorge gémissante. Il avança encore en hurlant d'épouvante autant que de bonheur. Le chant vertigineux semblait emplir le monde. Il fit, au bord de l'eau, un avant-dernier pas.

Le premier tintement de l'angélus de l'aube résonna dans l'air frais. Bernard ferma les yeux, prit à deux mains sa tête et resta un moment à ne plus rien savoir. Quand à nouveau il osa regarder, le fleuve allait son cours, les vagues clapotaient, les saules murmuraient sous la lune pâlie.

Bernard s'en fut lever ses lignes le long des herbes. Tant de poissons y étaient pris qu'il s'entendit rire et pleurer dans la grisaille du matin. Jamais il n'avait fait une pêche aussi riche. Mais il n'en garda rien. Il offrit tout à ses voisins, et le jour même il s'en alla en laissant sa porte battante. On l'a vu prendre le chemin qui sortait du village. Il avait son sac à l'épaule. On ne sait où il est allé. Que ce soit vers la mer, que ce soit vers la terre, il n'en est jamais revenu.

L'arbre

Était-il tôt ? Était-il tard ? « La route est longue, il faut partir », se dit l'homme de la montagne qui voulait aller au marché. Minuit était passé d'une heure. Il prit son sac et son bâton, son écharpe, sa pèlerine, et mit le chemin sous ses pieds.

C'était l'automne, il faisait froid. Bruine et vent sifflaient sur la lande, on n'y voyait rien à dix pas. L'homme un moment chemina droit dans les ténèbres furibondes, tenant le bord de son chapeau et son manteau serré au col. Comme il passait devant les ruines de la bergerie des Ouillais, il sentit quelqu'un l'attraper. Il était seul parmi les herbes. Il entendit grincer des branches contre son oreille gelée. Le bruit fut bref, indiscutable. Il se tourna, ne vit que noir. Il grogna un juron peureux. L'envie lui vint de retourner à sa maison, près de sa femme. Mais qu'aurait-elle dit, Jeannette, le voyant revenir tremblant ? « Eh, la nuit te fait peur, bonhomme ? » Bravement il courba le dos, et se renfonça dans le vent.

Il buta contre une clôture affalée parmi les ronciers. Il essaya de l'enjamber mais s'empêtra dans un feuillage échevelé, plus haut que lui. Il vit des branches qui bougeaient. Il lança un coup de bâton. D'un bond à droite elles l'évitèrent. L'homme gronda :

– Sacrée misère !

La peur le prit. Il se sentit comme un enfant perdu dehors, sans chemin, sans père ni mère. Mais il n'était pas homme à fuir. Il ramena contre son corps sa pèlerine embroussaillée et reprit sa marche venteuse.

Il alla jusqu'au Pech du Bougre. Au détour du sentier montant une rafale de pluie raide le prit soudain par le travers. Il en fut poussé contre un roc. Le vent souleva son manteau et le jeta sur sa figure comme un drap sorti du ruisseau. Il sentit fléchir ses genoux. Il tomba et ne vit plus rien. Alors sur son épaule une main se posa. Il flaira une odeur d'amande. Il osa relever la tête et vit un arbre près de lui. Ce n'était pas une main d'homme qui pesait là, près de son cou, c'était une branche feuillue, et l'arbre était un amandier. Il avait marché avec lui depuis la ruine des Ouillais. Ce grand compagnon se courba et dit ces paroles, à voix basse :

– Va si tu veux, moi je retourne. Je suis trempé, j'ai mal partout. J'ai hâte de me mettre au sec, dans mon trou, à l'abri du vent.

Alors l'homme reconnut l'arbre. Il le connaissait de toujours. Le jour de sa venue au monde, son grand-père l'avait planté derrière la remise à bois. Ils s'en revinrent tous les deux, côte à côte, comme des frères. Croyez-le, ne le croyez pas, peu importe. Ce fut ainsi.

Loup de Pech-Verd

En Ariège vécut jadis un seigneur aimé de la vie. Son nom était Loup de Pech-Verd. Le jour de sa venue au monde un pèlerin avait fait halte à la maison de ses parents. On lui avait offert à dîner. Il était entré dans la chambre et dans la main du nouveau-né il avait mis un caillou rouge.

– Qu'il ne s'en sépare jamais. Il saura toujours où aller.

Loup le garda sur sa poitrine, serti dans un collier d'argent. Il devint un jeune homme aimable, vif d'esprit, de cœur et de poing, habile à chanter et combattre. Son visage était fier et brun, son front haut et son œil brillant. Il était marqué par la chance. Il aima sa cousine Blanche, et Blanche l'aima tout autant. Ils avaient tous deux dix-huit ans.

Ils furent heureux trois saisons, puis Loup perdit son talisman, il ne sut pas où ni comment. Alors Blanche tomba malade. Ses mains se firent lentes et pâles. Jour après jour son regard fiévreux s'éloigna vers le bout du monde, et sous ses tempes transparentes on vit la trace de ses veines. Un matin de grand vent mouillé ses paupières restèrent closes. Son souffle se fit gémissant. Loup faillit en perdre le sens. Il appela le diable à l'aide. Nul ne vint. Une nuit sans lune il descendit à l'écurie, sella son cheval et partit.

Dans la forêt près d'un torrent était une maison de branches où vivait un vieil homme saint. Loup de Pech-Verd y fut tout droit. Il s'agenouilla sur le seuil. L'ermite était couché dedans sur sa litière de feuillage. Au petit jour il se leva. Il vit à travers le rideau le jeune homme dans l'herbe maigre. Il vint à lui et dit ces mots :

– Pour chaque peine est une grâce. Une vie monte, une descend. C'est la respiration de Dieu. Tout ce qu'Il prend, c'est pour l'aimer. Tout ce qu'Il donne est par amour. Va, et respire à son image.

– Saint homme, s'il en est ainsi, que Dieu là-haut prenne ma vie et qu'à Blanche Il rende la sienne. Prie pour cela, répondit Loup.

L'ermite n'ouvrit plus la bouche.

Nul ne sait s'il pria ou non. De fait, à peine revenu dans la demeure où était Blanche, Loup de Pech-Verd tout grelottant se coucha près de son amie. Le lendemain sur l'oreiller son front sua la mauvaise eau. Ses yeux restèrent à demi clos. Blanche put entrouvrir les siens. Il perdit bientôt la parole. Blanche respira librement. Au troisième jour il mourut. Blanche se réveilla guérie.

Quand elle put sortir de sa chambre ce fut pour entrer au couvent où elle épousa le silence qui désormais baignait son cœur.

Le conte rouge

Elle était veuve, elle était pauvre. Rien ne poussait devant sa porte. Elle n'avait qu'un fils, mais quel fils ! Beau comme un astre au ciel d'été. Il aidait sa mère chétive, jour après jour, comme il pouvait. Mais ils avaient beau tous les deux labourer leur champ de cailloux, poser des collets sur la lande, appâter les poules faisanes et les grives dans les buissons, il arrivait souvent qu'ils dînent de poussière et de soupe à l'eau.

La femme un jour tomba malade. C'était la fin d'un rude hiver. Plus un fruit sec, plus un brin d'orge, plus un grain de sel au saloir.

– Mon enfant, nous allons mourir, dit-elle, pâle, sur sa couche. Je ne me regretterai pas, certes non, la vie m'est trop dure. Mais toi, lumière de mon œil, mon tout-petit, mon homme tendre, quel malheur si tu t'éteignais ! Prends ma robe de mariée, elle est suspendue dans l'armoire. C'est le seul bien que j'eus jamais. Va la porter à mon cousin, il est riche et son cœur est bon. Il nous en donnera peut-être de quoi survivre une saison.

Le garçon prit la robe blanche, la plia, la mit dans son sac et s'en alla sous le ciel bas.

La route était abrupte et longue. Il traversa le bois de chênes, la montagne, la plaine grise et se perdit sous les nuées. Au soir sa mère s'inquiéta. « Il devrait, se dit-elle, être déjà rentré. » Les étoiles au ciel s'allumèrent. Le front fiévreux contre la vitre, à la fenêtre elle le guetta. Minuit vint, puis le jour parut. Elle s'enveloppa dans son châle et s'en fut pieds nus sur la lande en criant :

– Mon fils, mon tout beau, par pitié réponds à ta mère, où es-tu, dis-moi, où es-tu ?

Elle traversa le bois mouillé, franchit le mont, courut la plaine parmi les ronces et les cailloux. Ses pieds bientôt furent en sang. Elle parvint au bord d'un ravin.

– Au nom de Dieu, es-tu au fond ?

– Mère, aidez-moi, j'y suis tombé, répondit une voix menue.

Elle torsada son châle noir, le lui tendit. Il lui revint. Riant, pleurant, ils s'étreignirent, se baisèrent les joues, le front, se prirent à deux mains le visage.

– Es-tu blessé ?

– Ma mère, ne sois pas en peine, ma jambe est à peine éraflée. J'ai glissé sur la pente raide et je n'ai pas pu remonter.

L'un tenant l'autre par la main, ils s'en retournèrent chez eux. Or, comme le soleil nouveau chassait le brouillard sur la plaine, ils virent la terre couverte de fleurs rouges parmi les rocs. Pourtant n'étaient là, avant l'aube, qu'avoine sauvage et buissons. Elles étaient nées des pieds en sang de celle qui avait couru, cherchant son enfant dans la brume. C'est ainsi, dit le conte rouge, que sont nés les coquelicots.

Depuis lors ils couvrent les champs et les prés sous les brises tièdes. Mais la plus belle floraison fut et reste en toute saison alentour de l'humble maison où la veuve et son fils vécurent dans l'inexplicable abondance qu'ils connurent depuis ce jour. Qui les voulut heureux ? Mystère. Qui créa l'amour ? Nul ne sait. Il fleurit partout sur la terre. Cherche-le, il n'est pas caché.

La dune de Boumbet

Au village de Taoulade était en ce temps-là un berger solitaire. A la fréquentation des hommes il préférait les almanachs et les histoires d'amour tristes. Il faisait paître son troupeau au pied de la dune de Boumbet. Ce tertre parsemé de touffes de bruyère était sa maison de plein vent, son cœur du monde, son royaume. Tous les matins il s'asseyait sur une pierre plate, au sommet, plantait son bâton devant lui, sortait un livre de sa poche et demeurait là sans bouger, tandis que ses bêtes broutaient, sur la lande, les herbes rares.

Or un soir qu'il fumait sa pipe, à l'heure où le soleil coiffe son bonnet rouge, il vit le sol s'ouvrir à quelques pas de lui. Avant qu'il s'en étonne une voix de sous terre monta dans l'air paisible :

– Petite, va donc voir s'il y a des gens là-haut.

Une enfant apparut.

– Je vois, répondit-elle, un berger sur la dune.

– Conduis-le jusqu'à nous, dit encore la voix. Qu'il ne craigne rien pour ses bêtes, j'envoie quelqu'un veiller sur elles.

Le berger, entendant cela, se gratta l'oreille et le crâne,

puis pensa : « Drôle d'aventure. Que Dieu me garde d'en mourir. » Il suivit la petite fille.

La terre se ferma sur lui. Il descendit un escalier, suivit une galerie sombre, parvint enfin dans une chambre illuminée comme un salon d'archevêque. Carrelage, buffets, fauteuils et longue table, assiettes, argenterie, tout brillait comme source au soleil de midi. Au mur du fond était un grand miroir. Le berger s'approcha, se vit d'abord dedans, puis comme il regardait encore son reflet s'effaça. Il découvrit un champ où étaient des chiens, des troupeaux et des hommes montés sur des échasses. Il entendit des rires. Des filles vinrent à lui dans la verdure tendre. Elles portaient des bouquets. L'une d'elles, jolie à damner un Jésus, l'aperçut, se pencha à travers le miroir.

– Assieds-toi, lui dit-elle. Tu es notre invité.

Par ce miroir comme par une porte sept fées entrèrent dans la chambre. Elles servirent au berger un dîner de viandes fines et de pâtisseries arrosées d'alcool doux, puis le déshabillèrent et le couchèrent nu dans un lit de soie rouge. On lui fit l'amitié de dormir avec lui. Le lendemain matin il se réveilla seul. Il retrouva sans peine ses vêtements épars. Il s'en retourna par le couloir obscur. Il gravit l'escalier. La dune se fendit au-dessus de sa tête. Il sortit au soleil. Son troupeau était là, qui paissait l'herbe jaune. Le monde était paisible. Il se sentit content.

Tout au long du jour il attendit le soir. Le cœur lui battit fort quand vint le crépuscule. La dune de Boumbet s'ouvrit comme la veille. Le lendemain, même bonheur. Une pleine saison il fut ainsi reçu par les fées, ses voisines. Les gens du village s'étonnèrent de le voir chaque soir disparaître. Il ne répondit pas à leurs questions. Il ne fit que sourire en haussant les épaules. Il eut tort. Son silence aiguisa le nez des curieux. Trois jeunes hommes, un soir, s'en vinrent l'épier. Ils le virent soudain s'enfoncer dans un trou aussitôt refermé. Le lendemain matin, dans les rues de Taoulade, la nouvelle courut de porte en porte : ce diable de berger était l'ami des fées, et couchait sûrement avec ces demoiselles.

Il en est ainsi des mystères. A peine portés au grand jour, ils se défont comme des brumes. La dune, ce soir-là, resta comme elle était, sableuse et parsemée de bruyères bruissantes. Plus jamais elle ne se fendit. Le pauvre homme attendit, supplia jour et nuit, sursautant sous la lune au moindre bruit de bête. Ce fut peine perdue. Alors il se bâtit une hutte sur ce sommet venteux et vécut là sa vie, en ermite un peu fou, frappant de-ci de-là le sol de son bâton. Un jour, il disparut. Peut-être est-il parti. Peut-être a-t-il ému le cœur des immortelles. Peut-être est-il en bas, dans leur salle à manger, heureux, nourri d'amour, plus tranquille que nous.

Le cimetière de Barancou

Un jour sur les hauts de Naguilles, à la saison des transhumances, un magnifique bélier noir apparut parmi les troupeaux. Nul ne savait d'où il venait. Il n'appartenait à personne. On s'étonna de le voir là. On n'aimait pas les fils de rien, en ce temps-là, sur ces montagnes. A coups de cailloux, de bâton, de braillements, de gestes larges, les bergers lui firent la guerre. Ce fut en vain. Chassé d'un pré, il apparaissait dans un autre. Si bien que malgré les insultes il vécut là le plein été, fièrement, comme un roi sauvage. L'automne vint. Un matin gris, on s'en retourna vers la plaine. Le bélier grimpa sur un roc et là, le front bas, impassible, il regarda passer les bêtes à ses pieds, dans le chemin creux. Quand les bergers se retournèrent ils virent le soleil levant éblouir son trône de pierre. Il disparut dans sa lumière.

L'année suivante il s'en revint dans les verdures de l'été. Dès qu'on le vit, on s'enragea. Les agneaux de l'hiver passé étaient tous nés de mauvais sang. Ils étaient noirs, teigneux, malingres. On s'acharna contre leur père, on le traqua pire qu'un loup, un soir enfin on le cerna au bord d'un lac, dans les sapins. Le bélier plongea dans l'eau sombre. D'un moment on ne vit de lui que son museau, comme une étrave. Il s'éloigna jusqu'au milieu, puis la tête soudain dressée vers les nuées crépusculaires il claironna trois bêlements que répétèrent longuement les échos lointains des montagnes. Alors dans les prés alentour nul ne put retenir les bêtes qui dévalèrent vers la berge en horde emballée, noire et drue. Toutes plongèrent au fond de l'eau, s'engloutirent sans se débattre dans un fracas de ciel tonnant, puis le lac à peine embué à nouveau regarda le ciel, indifférent aux bergers tombés à genoux sur la rive, les mains jointes sous le menton.

En un instant de diablerie, ils avaient perdu cent moutons. Car ce bélier était le diable, nul n'en douta parmi ces gens. Dieu seul pouvait le châtier. Que savaient-ils, eux, pauvres simples ? Ils s'en furent chercher le curé de Naguilles. Le saint homme vint au matin avec sa croix et son étole, bénit le lac, puis se tourna vers ceux qui l'avaient mené là et leur dit :

– Maintenant, mes frères, retournez-vous face aux montagnes. Malheur à qui regardera !

On l'entendit longtemps prier, puis soudain la terre gronda, des éclairs fendirent les arbres, le ciel rougeoyant se brisa comme une coquille brûlée, tomba en cendres sur les têtes. Une voix sèche, nasillarde, s'éleva au milieu du lac :

– Où irai-je, si tu me chasses ?

Le prêtre aussitôt répondit :

– Au champ des morts de Barancou !

Il est encore en notre temps, perdu sur les hauts de Naguilles, un cimetière sans village où sont quelques croix de guingois, de vieilles dalles de granit, un pan de mur parmi les ronces. C'est Barancou. Là vit le diable. Qui le cherche peut l'y trouver.

La nuit des Quatre-Temps

Il était une vieille fille, vieille, vieille comme un caillou. Plus l'âge lui courbait l'échine, plus elle poudrait son nez crochu et se peinturlurait la bouche et se faisait des cils de biche. Elle vivait avec son valet Berthoumieu au milieu d'un bois, dans un château tout ébréché, parmi les corbeaux et les chouettes. Elle avait sept tonneaux d'or fin au fond de ses caves moussues. Chaque matin elle les sortait au soleil neuf, devant sa porte. Or, un jour qu'elle veillait sur eux, vint à passer un cavalier sur son cheval couleur d'étoile.

– Que faites-vous là, demoiselle ?

– Seigneur, je fais sécher mon bien aux rayons du soleil levant.

– Demoiselle, il est beau à voir, mais vous êtes plus belle encore. Voulez-vous de moi pour mari ?

– Seigneur, je ne veux point d'époux avant la nuit des Quatre-Temps.

Il s'en alla sous les grands arbres.

Après une année il revint, au soir tombé, devant sa porte.

– Holà, demoiselle, debout ! L'heure est venue des épousailles !

– Seigneur, quel temps fait-il dehors ?
– Demoiselle, il pleut à grande eau.
– Seigneur, passez votre chemin, ma robe est à peine taillée.
Après un an, à minuit juste :
– Holà, demoiselle, debout ! Je m'impatiente à trop attendre !
– Seigneur, quel temps fait-il dehors ?
– Demoiselle, il pleut à grande eau, il tonne à faire peur aux saints !
– Seigneur, allez et revenez, ma robe est à peine cousue.
Après encore une année pleine, trois heures avant le point du jour :
– Holà, demoiselle, debout ! Vous tardez trop, je me morfonds !
– Seigneur, quel temps fait-il dehors ?
– Demoiselle, il pleut à grande eau, il tonne à faire peur aux saints, le vent siffle dans les roseaux !
– Seigneur, prenez patience encore, ma robe n'est point repassée.
Une nouvelle année s'en fut, grise et bleue, froide, verte et douce. Une heure avant le point du jour :
– Holà, demoiselle, debout ! Ma vie sans vous tourne au vinaigre !
– Seigneur, quel temps fait-il dehors ?
– Demoiselle, il pleut à grande eau, il tonne à faire peur aux saints, le vent siffle dans les roseaux, la grêle aveugle les chemins !
– Seigneur, je mets ma collerette, voici la nuit des Quatre-Temps. Berthoumieu, va ouvrir la porte, selle et bride mon âne blanc !

Ils s'en allèrent tous les trois, le seigneur, le valet, la vieille, à travers les buissons du bois. La pluie battait, le ciel tonnait, grêle et vent rudoyaient les arbres.

– Ho, Berthoumieu, quel joli temps ! Fouette, fouette mon âne blanc !

– Je suis glacé des pieds aux dents, le seigneur est parti devant !

– Berthoumieu, vois-tu comme moi ces belles lueurs dans le bois ?

– Demoiselle, ce sont des loups, leurs yeux brillent, ils ont faim de nous !

– Non, Berthoumieu, c'est mon seigneur, il éclaire pour moi la nuit. Il sait la beauté de mon cœur. Berthoumieu, entends-tu ces cris ?

– Demoiselle, ce sont ces bêtes, leurs hurlements me trouent la tête !

– Non, Berthoumieu, c'est mon seigneur qui fait chanter pour moi ses gens. Il est si riche, il m'aime tant !

Les loups vinrent par les broussailles. Ils se ruèrent sur la vieille. Le valet tira son couteau. Le seigneur revenu en hâte saisit son poignet haut levé.

– Berthoumieu, laisse-les manger. Tu m'en diras bientôt merci.

Les loups dévorèrent la femme, son âne blanc et s'en allèrent.

– Berthoumieu, que vois-tu dans l'herbe ?

– Seigneur, la jambe de la vieille. Elle est en or. Comme elle brille !

– Berthoumieu, que vois-tu encore ?

– Seigneur, les fers de l'âne blanc. Leurs seize clous sont de diamant !

– Berthoumieu, ramasse, et partons.

Ils étaient pauvres, ils furent riches. Ils s'en allèrent chevauchant. Le matin venait sur les champs.

LANGUEDOC-ROUSSILLON

Les vacances de saint Romuald

C'était il y a mille ans. En ce temps-là les saints couraient pieds nus les routes, prêchant partout où Dieu avait semé des gens, guérissant les enfants de leur effroi de vivre, les grands de la peur de mourir, et prodiguant à tous, pour quelques sous de foi, merveilles et miracles. Parmi ces vagabonds au regard étoilé, saint Romuald connut cette gloire rustique qui faisait autrefois courir les fous d'espoir aux portails des églises. Ce frère lumineux était un guérisseur infaillible. Il rendait la vue aux aveugles, aux sourds le bruit du vent, leurs jambes aux culs-de-jatte, bref, il faisait partout de notables triomphes.

Or, un soir, parvenu au village d'Elne, il se sentit usé par ses années d'errance. Son corps menaçait ruine. Les lieux étaient aimables. Il décida d'y prendre un bon mois de repos. Les gens, heureux de voir ce saint considérable choisir leur compagnie, lui offrirent aussitôt leur logis le plus grand, leurs pommes les plus rouges, leur pain le plus moelleux, des vêtements nouveaux, des sandales de corde et un fauteuil profond, sous l'orme de la place où Romuald, tous les matins, soucieux de payer décemment sa pension, prit coutume d'aller rassurer les inquiets et soigner les bancals.

On sut bientôt partout qu'il prenait ses vacances en terre catalane. D'Espagne et de Toulouse on accourut le voir. Elne n'avait jamais connu pareille foule. C'était tous les jours foire. Les paysans du lieu vendirent par brassées leurs fruits et leurs légumes, et le vin coula dru dans les auberges jusqu'à ce jour inévitable où le saint reposé décida de remettre le chemin sous ses pieds. Ses hôtes s'en émurent.

– Saint homme, lui dit-on, n'êtes-vous pas ici aussi bien que possible ? Restez encore un peu.

– Hélas, bonnes gens, répondit Romuald, Dieu me réclame ailleurs. Il faut donc que je parte.

On pleura, on pria, on agrippa ses mains, on baisa à genoux le pan de son manteau. Rien ne put le convaincre. Il avait décidé de courir d'autres routes, et manifestement sa décision était irrévocable. Alors on protesta. On estima mauvais pour la santé du peuple de perdre de la sorte un pareil guérisseur par ailleurs homme simple et d'entretien aisé, qui sans cesse attirait au village pèlerins assoiffés, visiteurs fortunés et clients de partout.

Mais comment retenir de force un bien-aimé du Ciel qui ne veut rien entendre ? La question fut posée, un soir, entre hommes rudes, dans un coin reculé de l'estaminet local. Et la réponse vint, lumineusement dite à deux ou trois voix basses :

– Tuons-le proprement. Enterrons-le devant le perron de l'église, élevons un monument sur sa tombe, gardons ses vêtements et les poils de sa barbe au fond d'un coffret d'or, et ouvrons quelques hôtels nouveaux. Un saint demeure un saint, qu'il soit mort ou vivant. Les reliques du nôtre auront autant d'effet que ses bénédictions présentes et passées. Elles continueront de faire des miracles, le flot des pèlerins ne se tarira point et l'heureuse opulence où nous sommes aujourd'hui demeurera toujours.

Le crime passionnel fut tout juste évité. On ignore comment saint Romuald échappa aux gens d'Elne. La chronique du temps dit (sans préciser plus) qu'un stratagème pieux le sortit d'embarras. Il s'en fut sans laisser de trace, et partout désormais il ne fit que passer, comme le fait la vie sur nos fronts étonnés.

La sorcière de Mende

Au temps jadis vécut dans la ville de Mende une fille aux yeux noirs, à la peau de fruit doux, à l'allure émouvante. Elle s'appelait Marion. Elle aimait un garçon qui, lui, était épris si éperdument d'elle qu'un matin de septembre il commanda la noce et prévint le curé d'un mariage prochain. Ils s'épousèrent donc. Alors un mal obscur envahit peu à peu l'âme du jeune époux.

Sa bien-aimée pourtant était irréprochable. Elle était prévenante, heureuse, vive, gaie, cuisinait joliment, posait soupe et rôti, à l'heure du repas, au milieu de la table, s'asseyait pour dîner en face de son homme, mais ne mangeait jamais. A peine buvait-elle une timbale d'eau, à force d'insistance. Son mari s'inquiétait. Il lui disait sans cesse :

– Femme, tu vas maigrir. As-tu quelque tracas ? Nourris-toi, par pitié !

– Non, merci, lui répondait-elle.

Elle n'avait jamais faim, et ne maigrissait pas.

Or, une nuit d'été, l'homme fut réveillé par un craquement sec du plancher, près du lit. Il se frotta les yeux, se hissa sur le coude, vit sa femme quitter la chambre à pas de loup. Il faillit l'appeler, mais il se ravisa, se glissa hors des draps, descendit l'escalier. Il aperçut Marion dans l'allée du jardin. Il prit sa pèlerine, il trotta derrière elle, et de porte cochère en abri de platane il suivit prudemment son ombre par les rues. Elle s'en fut droit au cimetière. Elle poussa le portail rouillé, courut, les deux mains en avant, jusqu'au carré des tombes neuves, tomba la bouche au ras du sol et grognant, secouant la tête, se mit furieusement à disperser la terre, pareille à une chienne affamée d'os pourris. Dans l'ombre d'une croix l'homme, terrifié, prit sa tête à deux mains. Son épouse menue, sa buveuse d'eau claire à l'appétit d'oiseau était une sorcière, une femme-vampire, une putain du diable. Elle se nourrissait de cadavres.

Le lendemain matin au petit déjeuner elle servit le café, comme à son habitude. Avant qu'il parle elle vit, à sa mine accablée, qu'il savait son secret. Elle lui fit un sourire un peu mélancolique et dit négligemment :

– Mon époux, restons simples. Nous ne pouvons plus vivre ensemble, désormais. Dommage, tu m'aimais, et j'étais près de toi comme au jardin d'Éden. Que l'amour est fragile ! Un coup d'œil indiscret suffit à le briser. Bref, tu vas me trahir. Donc je dois maintenant te réduire au silence. Je ne peux te tuer, j'en aurais du chagrin. Je vais t'emprisonner dans une peau de chien.

Ce fut fait aussitôt. L'homme voulut crier. Un aboiement furieux lui sortit de la bouche, et quand il voulut fuir ce fut à quatre pattes.

Il s'en fut chez la boulangère, de l'autre côté de la rue, gémit, bondit, lécha les mains qui passaient à portée de langue, se frotta çà et là aux jambes. Il couina, les yeux implorants. Une vieille le remarqua (elle voyait le dedans des êtres). Elle le mena jusque chez elle, près d'un torrent, au pied du mont.

– Tu es un homme, lui dit-elle. Aboie trois fois si je dis vrai.

Il aboya, hocha la tête vigoureusement, par trois fois. La vieille lui souffla dessus, pria saint Jean l'Évangéliste, fit une croix entre ses yeux, et l'ensorcelé fut guéri.

Il courut aussitôt chez lui mais n'y trouva pas son épouse. Il rameuta partout les gens, alla voir le curé, le maire, le préfet, le juge de paix. Aucun ne voulut l'écouter. Alors il s'en fut droit devant, raide comme un bâton d'aveugle, sortit de la ville de Mende, s'amenuisa sur le chemin. Il disparut au fond des terres où le soleil faisait son lit, et nul ne l'a revu depuis.

Jean lo Piot

Jean lo Piot était un peu fou. Peut-être n'était-il qu'idiot, ou (qui sait ?) simplement distrait, quoiqu'il arrivât qu'il fût sage. Bref, son œil droit était à l'ombre et son œil gauche en plein soleil. Un jour il s'habilla de neuf, parfuma d'essence de rose sa tignasse d'épouvantail, chaussa ses souliers des dimanches (trop étroits mais éblouissants), piqua une fleur d'églantier au revers de sa veste noire, vint nonchalamment sur la place. Les gens, le voyant, s'étonnèrent, palpèrent sa manche et son col.

– Est-ce toi que nous voyons là, toi notre Jean ? lui dirent-ils. Non, impossible, c'est un autre, un monsieur venu de la ville, un ministre, un ambassadeur. Jean lo Piot, ce traîne-savates, ne saurait être aussi fringant !

Jean sourit d'abord, l'air modeste, puis se rembrunit, s'inquiéta, se prit le nez, les joues, la tête, regarda ses mains et son corps, s'en retourna soudain chez lui, en hâte, la mine égarée, appela Clémence, sa mère.

– Femme, dis-moi la vérité. Où est ton fils ? Je veux le voir.

La vieille le regarda droit en pointant l'index sur sa tempe.

– Femme, il se peut que je sois fou. Mais les gens,

eux, ne le sont pas. Or ils m'ont dit, là, sur la place, que je n'étais pas Jean lo Piot. Je suis donc venu me chercher.

La vieille femme répondit :

– Hé, va voir ailleurs si j'y suis !

Il y fut et revint le soir, fourbu, crotté, traînant la patte, ses souliers neufs autour du cou.

– Femme, je ne t'ai pas trouvée.

La vieille attendait son amant près de la fenêtre entrouverte.

– Mon fils, cours vite chez la Jeanne et attends là-bas que j'y vienne !

Il sortit. Il était minuit.

La lune un moment disparut derrière une nuée passante. Jean lo Piot lui cria :

– Reviens !

Le nuage n'était pas large. Elle fut aussitôt de retour au milieu du ciel, ronde et pâle. « Saurais-je commander aux astres ? », se dit-il, tout ravigoté. Il rafistola fièrement le nœud flétri de sa cravate et s'en fut d'un pas raffermi. Comme il arrivait chez la Jeanne, par la vitre de sa cuisine il la vit farfouiller sous l'âtre, à plat ventre devant le feu. Il entra.

– Tu arrives mal, ronchonna-t-elle. Je m'en vais.

– Où vas-tu ?

– Au sabbat du diable.

Elle ôta du foyer trois briques, prit dans le trou un pot d'onguent et se pommada la figure en marmonnant ces mots abscons :

– Pied sur feuille, feuille sur pied, monte droit par la cheminée.

A peine ces paroles dites, elle s'envola en fumée bleue. Jean cria :

– Attends-moi, j'arrive !

Il s'enduisit les joues, le front. Il balbutia l'incantation. A l'instant même il se trouva dans une salle illuminée où quatorze commères nues dansaient autour d'un cierge noir. Parmi ces femmes était la Jeanne.

– Hé, fais-moi place dans la ronde, lui dit-il, que je danse aussi !

Une griffe lui prit l'épaule. Il se tourna. Il vit un monstre mi-homme très laid mi-dragon habillé d'un grand manteau rouge. Il tenait dans sa main velue un livre ouvert. Il dit à Jean :

– Signe là et tu danseras.

– Bien volontiers, monsieur le diable.

Il trempa délicatement la plume d'oie dans l'encrier. Mais il ne savait pas écrire. Il fit donc en tirant la langue sur la feuille une grande croix. Aussitôt tout tomba en cendres, les femmes, le cierge, les lustres, Satan et sa belle maison.

Jean lo Piot dans la nuit sans lune se réveilla sur le chemin, assis dans une flaque d'eau où clapotait une pluie raide. « Assez joué pour aujourd'hui, se dit-il. Je vais me coucher. » Il s'en retourna chez sa mère. Elle était de mauvaise humeur. Son amant n'était pas venu. Elle l'accueillit à coups de canne.

– Enfin tu m'as trouvé, dit-il, et Dieu merci je te retrouve !

Il l'embrassa sur les deux joues et courut se fourrer au lit.

Les deux qui ne s'aimaient pas

Un prince, un beau matin, s'en fut baguenauder au marché de la ville avec, pour tout bagage, un sac à provisions. Il aimait se frotter aux gens de son royaume, écouter leurs propos, soupeser les pastèques et flairer les salades. Il prenait à ces choses un plaisir sans pareil. Il avait donc laissé son escorte chez lui, et l'oreille aux aguets il allait çà et là parmi les étalages, quand un bruit de dispute attira son regard.

– C'est à moi ! disait l'un.

– Non, à moi ! disait l'autre.

– J'ai le droit !

– Moi aussi !

– Mauvais bougre !

– Bandit !

Bref, deux marchands de fruits s'insultaient hardiment en brandissant leurs poings à l'ombre d'un platane. Le prince vint à eux. Il connaissait ces hommes. L'un avait un caillou à la place du cœur et l'autre un grain de figue en guise de cerveau. Il se mit donc entre eux, en arbitre apaisant. L'un lui rugit au nez :

– Il veut plus que sa part !

Son compère brailla :

– Erreur, il veut la mienne !

Le peuple s'attroupa, des gendarmes survinrent, et le prince, pensif, s'en revint au palais.

Il était fin joueur autant que pédagogue. Le lendemain matin dans sa chambre dorée, il se fit amener les deux disputailleurs et leur tint ce discours :

– Il me plaît de vous faire une grande faveur. Que voulez-vous, messieurs ? J'ai tout. Demandez donc, et vous serez comblés. J'aimerais cependant, avant que vous parliez, préciser ce qui suit : pour formuler un vœu, vous avez vingt secondes. Au-delà de ce temps, si vous restez muets, je vous ferai jeter tous les deux en prison. Enfin, notez ceci : le premier choisira, trésors, terres, châteaux, bref, tout ce qu'il voudra, et le deuxième aura la même chose en double. Avez-vous bien compris ? Parfait, je vous écoute.

« Je me tais, se dit l'un. Deux fois plus qu'il n'aura, voilà qui me plairait ! » « Qu'il fasse sa demande, pensa l'autre. Que ce marchand de vent soit plus riche que moi m'insupporterait trop. » « Mon Dieu, supplia l'un, que le bonheur le tue si je parle d'abord. » Passèrent dix secondes, et douze, et quinze, et seize. Le regard du second, enfin, s'illumina. Il ricana :

– Seigneur, qu'on m'arrache l'œil droit.

On le fit à l'instant. Un borgne et un aveugle, au soleil de midi, sortirent du palais.

Les sept sorcières

Il arriva qu'un jour un pêcheur de Port-Vendres trouva de grand matin, sur les galets du port, sa barque ruisselante. Serait-elle arrivée à l'instant de voyage, elle n'aurait pas été plus franchement mouillée. Il s'en étonna. Le lendemain, même surprise. La barque pleurait l'eau de la poupe à la proue. Il en fut, jusqu'au soir, obstinément perplexe. Quand, au troisième jour, le cœur en débandade, il courut sur la plage et vit la coque de son vieux *Mange-Mer* proprement éreintée, « Sacredieu, se dit-il, ce mystère m'agace ». De retour de sa pêche, à l'heure des grillons et des cris d'hirondelles, il se mit à l'affût sous un tas de filets, décidé à veiller jusqu'à ce qu'apparaisse la réponse aux questions qui lui troublaient l'esprit.

Vers minuit sous la lune pleine il vit venir sept femmes trottinant, le dos rond, en cortège bruissant. La première tenait une lanterne devant son capuchon. Toutes dissimulaient leur visage dans un grand châle noir. En sept bonds elles furent dans la barque. Alors une voix dit :

– Par Satan prends la mer pour un, pour deux, pour

trois ! Par Satan prends la mer pour quatre, cinq et six ! Par Satan prends la mer et file droit pour sept !

Aussitôt la barque se souleva de terre et s'en fut sur les vagues avec tant de vigueur que la nuit en frémit. A peine le pêcheur se fut-il redressé, tout empêtré de cordes et de filets troués, qu'elle avait disparu au loin, dans les ténèbres. « J'aimerais bien savoir où ces foutues sorcières amènent mon bateau », se dit-il, l'œil fixé sur le large insondable. Il alla se coucher. Il était si pensif qu'il buta contre sa porte close.

Le lendemain soir il se dissimula à bord du *Mange-Mer* sous une vieille voile. A minuit à nouveau il vit les sept commères bondir comme des pies sur le pont du bateau. Quand elles y furent toutes :

– Par Satan prends la mer pour un, pour deux, pour trois ! Par Satan prends la mer pour quatre, cinq et six ! Par Satan prends la mer et file droit pour sept !

La carcasse resta couchée sur les cailloux. Il se fit un silence à peine traversé de lointains cris de mouettes.

– L'une de nous, mesdames, est sûrement enceinte, dit encore la voix. Par Satan prends la mer et file droit pour huit !

Le *Mange-Mer* grinça, gronda, rugit et bondit sur l'eau noire. Le temps que le pêcheur eût fait trois cabrioles et se fût agrippé, flottant comme un drapeau, au bastingage arrière, il était arrivé dans un port inconnu.

L'air sentait bon l'épice. Les sept femmes sautèrent sur le quai et coururent en piaillant à des musiques arabes, au seuil d'une taverne où des filles dansaient dans des fumées d'opium et des moiteurs crasseuses.

Le pêcheur les suivit. Au coin d'une ruelle il apprit d'un marin qu'il était en Égypte. Il acheta des dattes à un enfant malingre et s'en revint à bord. Une heure avant le jour les sorcières revinrent. L'une invoqua Satan. Le bateau retourna d'où il était venu. Les commères voilées en troussant leurs jupons trottèrent vers les ruelles de Port-Vendres où se levait le jour.

Le pêcheur quitta son *Mange-Mer*, s'en fut au presbytère et conta son voyage au curé en chemise encore ébouriffé par le sommeil du juste. Il lui offrit ses dattes. L'autre se prit le nez, resta un long moment à contempler ses pieds, dressa soudain l'index et dit :

– Mon bon ami, voici ce qu'il faut faire. Tu sais que les sorcières ont horreur du gros sel. Demain dimanche donc j'en répandrai un sac à l'entrée de l'église, à l'heure de la messe. Ces coquines du diable en seront effrayées, et nous verrons ainsi, à coup sûr, qui elles sont.

Le lendemain matin, à l'office de onze heures, tout le village vint en costume et voilette, chacun saluant l'autre au soleil printanier. Le prêtre et le pêcheur accueillirent les gens en faisant compliment aux fiancées candides, aux enfants bien peignés, aux dames pomponnées. Quand chacune eut franchi sans encombre la porte, sept restèrent dehors, en groupe grelottant. Il y avait là l'aînée des trois filles du maire, la nièce d'un prélat, l'épouse du notaire, celle (pourtant athée) du vieux maître d'école et trois saintes bigotes aux regards apeurés. C'était trop de beau monde. Le pêcheur balaya le perron de l'église, et l'on n'en parla plus.

Le vieux et la Mort

Le vent, ce matin-là, détestait ciel et terre. Il crachait sur le monde une bruine griffue, échevelait les arbres, faisait la guerre aux vignes. Dans ses haillons serrés sur presque plus de corps un vieux, le dos courbé, ramassait du bois mort au bord de la forêt. Il grelottait. Ce temps n'était plus de son âge.

Vers l'heure de midi il lia son fagot, le chargea sur sa nuque et reprit le chemin de sa maison trouée. Il n'y put parvenir. Il était trop fourbu. Il s'assit pesamment sous une croix de pierre. « Et tout cela pour quoi ? se dit-il, le front bas. Trimer, peiner, souffrir, pour quel bien, quelle grâce ? Il n'est pas de pitié ici-bas ni ailleurs. Si je pouvais courir, je me réchaufferais, mais je suis trop noueux. J'ai froid, c'est pour toujours. Point d'enfant, plus de femme, un pauvre feu fumant pour dernier compagnon, un croûton de pain gris pour dîner tout à l'heure, voilà tout ce qui reste à ma vieille carcasse. Et toujours ce travail d'aller jusqu'à demain, sans espoir de repos. Misère de mes os ! Mieux vaut mourir ici, j'ai assez cheminé. »

Il pleura quelques larmes, il dit adieu au ciel, à la lumière, aux herbes, au village lointain, aux rochers alentour, puis pria Notre Père et appela la Mort. Elle parut devant lui dans son manteau pourri, s'appuya sur sa faux, pencha sa tête d'ombre où seuls luisaient les yeux sous l'ample capuchon. Elle lui dit :

– Me voici. Que me veux-tu, bonhomme ?

Le vieux, épouvanté, sans souci des douleurs qui rongeaient ses genoux fit un saut de travers. Il mit entre elle et lui la haute croix de pierre, l'embrassa rudement, risqua son nez pointu et balbutia :

– C'est toi ?

– Qui d'autre ? dit la Mort.

– Je n'ai pas souvenir de t'avoir appelée, répondit le bonhomme. Si je l'ai fait, pardon, les mots m'ont échappé. Mais puisque te voilà, voudrais-tu pas m'aider à porter mon fagot ?

La loi des lois

En ce temps-là régnait, au pays, un vieux roi. C'était un père aimant, un juste, un homme droit. Mais il était aveugle. Un jour il fit planter à l'entrée du palais un haut pilier orné de figures d'ancêtres et de poèmes courts. A la cime il voulut que l'on mette une cloche dont la corde pendrait sur la place publique. Quand ce fut fait, il fit publier cet avis : « Si quelqu'un par chez nous souffre d'une injustice, qu'il vienne ici sonner. Mon juge sortira sur le pas de la porte et dictera le droit selon la loi des lois. »

Il advint qu'un serpent fit son nid dans les herbes, au pied d'une muraille. Un soir qu'il se chauffait au bord de la rivière avec ses serpenteaux, un soldat fatigué fit rouler un caillou sur sa maison de paille et s'assit là pour boire. Quand le serpent revint, il n'avait plus d'abri. Il attendit la nuit, s'en fut jusqu'à la place où la corde pendait, s'enroula autour d'elle et s'agita si bien que le juge assourdi sortit dans la nuit claire. Il chercha çà et là qui avait pu sonner, ne vit qu'un chien errant sur le pavé désert. Il haussa les épaules et tourna les talons. Comme il allait rentrer, le serpent se dressa soudain devant ses jambes, tendit sa tête plate et dit à voix humaine :

– Un soldat tout à l'heure a ravagé mon nid. Selon la loi des lois, est-ce bonne justice ?

– Tu m'effraies grandement, lui répondit le juge.

– Toi aussi, sache-le. Devons-nous pour cela perdre le goût du droit ?

– Certes non, dit le juge. Le diable a son logis, Dieu et les hommes aussi. Selon la loi des lois, ta maison vaut la mienne. Je porterai demain ta requête à mon roi.

Le lendemain matin, quand le juge eut parlé dans la chambre royale, son maître sans regard chaussa ses lorgnons bleus en souvenir du ciel, médita un moment et dit :

– Que ce soldat rende au serpent son gîte. Et qu'il n'y manque pas la moindre touffe d'herbe. J'exige expressément qu'il soit comme il était avant qu'il ne l'écrase.

Ce fut fait le jour même.

Le roi, ce soir-là, se coucha de bonne heure. Or, comme il soupirait sur son oreiller blanc le serpent se glissa, par la fenêtre ouverte, dans son appartement. Il tenait dans sa gueule une pierre brillante. Un valet l'aperçut, rampant sur le plancher. Il ameuta la garde. On vint autour du lit.

– Laissez donc, dit à tous le Juste somnolent. Cette humble bête-là connaît la loi des lois.

Le serpent prestement se hissa sur sa couche. Le long de l'édredon il vint à son visage, déposa sur le front son beau caillou luisant et s'en alla en hâte entre les pieds des gens.

Le roi ouvrit les yeux. Il n'était plus aveugle. Il éteignit la lampe et s'endormit content.

La centième nuit

Un troubadour se prit un jour de si belle passion pour madame Alazaïs de Fanjeaux que l'univers entier disparut derrière l'objet de son désir. Il ne pensait qu'à son aimée, ne parlait que d'elle, ne voyait qu'elle dans ses songes, au point que cette dame, fort touchée mais plus encore inquiète d'un amour si brûlant, décida, avant de lui céder, d'imposer une épreuve à son amant apparemment indélébile.

– Vous m'aimez ? lui dit-elle. Grâces vous soient rendues. Permettez cependant que je m'en assure. Venez cent nuits durant veiller sous ma fenêtre. Si vous êtes assez constant, quand s'éteindra le cent unième jour je vous lancerai la clé de ma chambre, que je vous permettrai de recevoir comme celle de mon cœur.

Le troubadour, bouleversé par le bonheur promis, vint quatre-vingt-dix-neuf nuits, fidèlement, du crépuscule à l'aube, sous la fenêtre de la chambre où était sa bien-aimée. Profonde sans doute et secrète fut la jubilation qui l'envahit, cet avant-dernier matin où il plia son tabouret et retourna chez lui. La centième nuit, il ne revint pas.

SOURCES

P. Arena, *Contes e racontes de Provença*, Toulouse, 1973.
F. Arnaudin, *Contes populaires de la Grande Lande*, Bordeaux, 1977.
O.-L. Aubert, *Légendes traditionnelles du Bourbonnais*, Saint-Brieuc, 1946.
K. Baschwitz, *Procès de sorcellerie*, Paris, 1973.
Béranger-Féraud, *Contes populaires des Provençaux de l'Antiquité au Moyen Age*, Paris, 1887.
J.-F. Bladé, *Contes populaires de Gascogne*, Paris, 1886.
E. Bressy, *Légendes de Provence*, Paris, 1945.
B. Bricout, *Contes et Récits du Livradois*, Paris, 1989.
J. de Brie, *Le Bon Berger*, Paris, 1979.
Cabinet des fées, Marseille, 1989.
H. Carnoy, *Littérature orale de Picardie*, Paris, 1967.
F. Chapisseau, *Le Folklore de la Beauce et du Perche*, Paris, 1896.
J.-P. Clébert, *Histoires et Légendes de la Provence mystérieuse*, Paris, 1968.
Collin de Plancy, *Légendes infernales*, Paris, 1974.
E. Cosquin, *Contes populaires lorrains*, Nogent-le-Rotrou, 1876.
P. Delarue et M.-L. Ténèze, *Le Conte populaire français*, Paris, 1964.

V. Détharé, *Chroniques du folklore berrichon*, Paris, 1968.
C. Deulin, *Contes d'un buveur de bière*, Paris-Bruxelles, 1868.
C. Deulin, *Contes du roi Gambrinus*, Paris, 1873.
R. Dévigne, *Légendaire des provinces françaises*, Paris, 1950.
M. Egan, *Les Vies des troubadours*, Paris, 1985.
D. Fabre et J. Lacroix, *Histoires extraordinaires du pays d'Oc*, Paris, 1970.
D. Fabre et J. Lacroix, *La Tradition orale du conte occitan*, Paris, 1973.
J. Fleury, *Littérature orale de Basse-Normandie*, Paris, 1883.
E. Fournier, *Chroniques et Légendes des rues de Paris*, Paris, 1846.
P.-F. Fournier, *Magie et Sorcellerie*, Moulins, 1979.
J.-G. Frazer, *Le Rameau d'or*, Paris, 1981.
F. Hamel, *Les Animaux humains*, Paris, 1972.
A. Hérault, *Le Gâs du bocage vendéen*, Gizay, 1973.
A.-H. Hérault, *Le Lévrier d'argent*, Maulévrier, 1977.
Hersart de La Villemarqué, *Barzaz Breiz*, Paris, 1973.
A. Jeanmaire, *Petits Contes des campagnes lorraines*, Metz, 1973.
C. Joisten, *Contes populaires du Dauphiné*, Grenoble, 1974.
C. Joisten, *Contes populaires de l'Ariège*, Paris, 1965.
F. Kiesel, *Trésor des légendes d'Ardennes*, Paris, 1988.
J. Labusquière, *L'Autrefois. Récits de Gascogne et d'ailleurs*, Paris, 1968.
J. Lacarrière, *Les Évangiles des quenouilles*, Paris, 1987.
Laisnel de La Salle, *Le Berry*, Paris, 1968.
A. Le Braz, *La Légende de la mort chez les Bretons armoricains*, Paris, 1928.
Légendes et Fiauves du pays des lacs, Saint-Dié, 1963.
G. Massignon, *Contes de l'Ouest*, Paris, 1954.

M.-A. Méraville, *Contes populaires de l'Auvergne*, Paris, 1970.

A. Meyrac, *Traditions, Coutumes, Légendes et Contes des Ardennes*, Charleville, 1870.

M. Mir, *Vieilles Choses d'Angoumois*, Angoulême, 1947.

F. Mistral, *Mes origines. Mémoires et récits*, Paris, 1906.

F. Mistral, *Prose d'almanach*, Paris, 1926.

R. Nelli, *Écrivains anticonformistes du Moyen Age*, Paris, 1977.

J.-P. Piniès, *Récits et Contes populaires des Pyrénées*, Paris, 1978.

F. Poitevin, *Contes et Légendes du Poitou*, Niort, 1938.

A. de Ponthieu, *Légendes du vieux Paris*, Paris, 1867.

M. Pottecher, *Les Joyeux Contes de la cigogne d'Alsace*, Strasbourg, 1920.

C. Puichaud, *Légendes et Superstitions du Poitou*, Paris-Niort, 1897.

G. Sand, *Les Légendes rustiques*, Paris, 1858.

F. Sarg, *Croyances populaires en Alsace*, Paris, 1976.

P. Sébillot, *Le Folklore de France*, Paris, 1968.

C. Seignolle, *Contes fantastiques de Bretagne*, Paris, 1969.

C. Seignolle, *Le Folklore du Languedoc*, Paris, 1977.

C. Seignolle, *Les Évangiles du diable*, Paris, 1983.

C. Seignolle, *Le Folklore du Hurepoix*, Paris, 1978.

M. Simonsen, *Jean le Teigneux et Autres Contes populaires français*, Paris, 1985.

C. Thibault, *Contes de Champagne*, Paris, 1959.

M. Toussaint-Samat, *Contes et Légendes des arbres et de la forêt*, Paris, 1978.

E. Tuefferd et H. Garnier, *Récits et Légendes d'Alsace*, Paris, 1884.

A. Van Gennep, *Manuel de folklore français contemporain*, Paris, 1947-1976.

J. Variot, *Légendes et Traditions orales d'Alsace*, Paris, 1919.

J. Vartier, *Les Procès d'animaux*, Paris, 1970.
H. Verly, *Contes flamands*, Lille, 1889.
J. Vinson, *Le Folklore du Pays basque*, Paris, 1967.
J. Yonnet, *Enchantements sur Paris*, Paris, 1966.

TABLE

RÉALISATION : PAO ÉDITIONS DU SEUIL
IMPRESSION : CPI BRODARD ET TAUPIN À LA FLÈCHE
DÉPÔT LÉGAL : JANVIER 2012. N° 107318. (66663)
IMPRIMÉ EN FRANCE

Éditions Points

DERNIERS TITRES PARUS

P2647. 200 expressions inventées en famille, *Cookie Allez*
P2648. Au plaisir des mots, *Claude Duneton*
P2649. La Lune et moi. Les meilleures chroniques, Haïkus d'aujourd'hui
P2650. Le marchand de sable va passer, *Andrew Pyper*
P2651. Lutte et aime, là où tu es !, *Guy Gilbert*
P2652. Le Sari rose, *Javier Moro*
P2653. Le Roman de Bergen. 1900 L'aube, tome II *Gunnar Staalesen*
P2654. Jaune de Naples, *Jean-Paul Desprat*
P2655. Mère Russie, *Robert Littell*
P2656. Qui a tué Arlozoroff ?, *Tobie Nathan*
P2657. Les Enfants de Las Vegas, *Charles Bock*
P2658. Le Prédateur, *C.J. Box*
P2659. Keller en cavale, *Lawrence Block*
P2660. Les Murmures des morts, *Simon Beckett*
P2661. Les Veuves d'Eastwick, *John Updike*
P2662. L'Incertain, *Virginie Ollagnier*
P2663. La Banque. Comment Goldman Sachs dirige le monde *Marc Roche*
P2664. La Plus Belle Histoire de la liberté, *collectif*
P2665. Le Cœur régulier, *Olivier Adam*
P2666. Le Jour du Roi, *Abdellah Taïa*
P2667. L'Été de la vie, *J.M. Coetzee*
P2668. Tâche de ne pas devenir folle, *Vanessa Schneider*
P2669. Le Cerveau de mon père, *Jonathan Franzen*
P2670. Le Chantier, *Mo Yan*
P2671. La Fille de son père, *Anne Berest*
P2672. Au pays des hommes, *Hisham Matar*
P2673. Le Livre de Dave, *Will Self*

P2674. Le Testament d'Olympe, *Chantal Thomas*
P2675. Antoine et Isabelle, *Vincent Borel*
P2676. Le Crépuscule des superhéros, *Deborah Eisenberg*
P2677. Le Mercredi des Cendres, *Percy Kemp*
P2678. Journal. 1955-1962, *Mouloud Feraoun*
P2679. Le Quai de Ouistreham, *Florence Aubenas*
P2680. Hiver, *Mons Kallentoft*
P2681. Habillé pour tuer, *Jonathan Kellerman*
P2682. Un festin de hyènes, *Michael Stanley*
P2683. Vice caché, *Thomas Pynchon*
P2684. Traverses, *Jean Rolin*
P2685. Le Baiser de la pieuvre, *Patrick Grainville*
P2686. Dans la nuit brune, *Agnès Desarthe*
P2687. Une soirée au Caire, *Robert Solé*
P2688. Les Oreilles du loup, *Antonio Ungar*
P2689. L'Homme de compagnie, *Jonathan Ames*
P2690. Le Dico de la contrepèterie.
Des milliers de contrepèteries pour s'entraîner et s'amuser
Joël Martin
P2691. L'Art du mot juste.
275 propositions pour enrichir son vocabulaire
Valérie Mandera
P2692. Guide de survie d'un juge en Chine, *Frédéric Lenormand*
P2693. Doublez votre mémoire. Journal graphique
Philippe Katerine
P2694. Comme un oiseau dans la tête.
Poèmes choisis, *René Guy Cadou*
P2696. La Dernière Frontière, *Philip Le Roy*
P2697. Country blues, *Claude Bathany*
P2698. Le Vrai Monde, *Natsuo Kirino*
P2699. L'Art et la manière d'aborder son chef de service pour lui demander une augmentation, *Georges Perec*
P2700. Dessins refusés par le *New Yorker*, *Matthew Diffee*
P2701. Life, *Keith Richards*
P2702. John Lennon, une vie, *Philip Norman*
P2703. Le Dernier Paradis de Manolo, *Alan Warner*
P2704. L'Or du Maniéma, *Jean Ziegler*
P2705. Le Cosmonaute, *Philippe Jaenada*
P2706. Donne-moi tes yeux, *Torsten Pettersson*
P2707. Premiers Romans, *Katherine Pancol*
P2708. Off. Ce que Nicolas Sarkozy n'aurait jamais dû nous dire
Nicolas Domenach, Maurice Szafran
P2709. Le Meurtrier de l'Avent, *Thomas Kastura*
P2710. Le Club, *Leonard Michaels*

P2711. Le Vérificateur, *Donald Antrim*
P2712. Mon patient Sigmund Freud, *Tobie Nathan*
P2713. Trois explications du monde, *Tom Keve*
P2714. Petite sœur, mon amour, *Joyce Carol Oates*
P2715. Shim Chong, fille vendue, *Hwang Sok Yong*
P2716. La Princesse effacée, *Alexandra de Broca*
P2717. Un nommé Peter Karras, *George P. Pelecanos*
P2718. Haine, *Anne Holt*
P2719. Les jours s'en vont comme des chevaux sauvages dans les collines, *Charles Bukowski*
P2720. Ma grand-mère avait les mêmes.
Les dessous affriolants des petites phrases
Philippe Delerm
P2721. Mots en toc et formules en tic. Petites maladies du parler d'aujourd'hui, *Frédéric Pommier*
P2722. Les 100 plus belles récitations de notre enfance
P2723. Chansons. L'Intégrale, *Charles Aznavour*
P2724. Vie et opinions de Maf le chien et de son amie Marilyn Monroe, *Andrew O'Hagan*
P2725. Sois près de moi, *Andrew O'Hagan*
P2726. Le Septième Fils, *Arni Thorarinsson*
P2727. La Bête de miséricorde, *Fredric Brown*
P2728. Le Cul des anges, *Benjamin Legrand*
P2729. Cent seize Chinois et quelque, *Thomas Heams-Ogus*
P2730. Conversations avec moi-même.
Lettres de prison, notes et carnets intimes
Nelson Mandela
P2731. L'Inspecteur Ali et la CIA, *Driss Chraïbi*
P2732. Ce délicieux Dexter, *Jeff Lindsay*
P2733. Cinq femmes et demie, *Francisco González Ledesma*
P2734. Ils sont devenus français, *Doan Bui, Isabelle Monnin*
P2735. D'une Allemagne à l'autre. Journal de l'année 1990
Günter Grass
P2736. Le Château, *Franz Kafka*
P2737. La Jeunesse mélancolique et très désabusée d'Adolf Hitler
Michel Folco
P2738. L'Enfant des livres, *François Foll*
P2739. Karitas, l'esquisse d'un rêve
Kristín Marja Baldursdóttir
P2740. Un espion d'hier et de demain, *Robert Littell*
P2741. L'Homme inquiet, *Henning Mankell*
P2742. La Petite Fille de ses rêves, *Donna Leon*
P2743. La Théorie du panda, *Pascal Garnier*
P2744. La Nuit sauvage, *Terri Jentz*

P2745. Les Lieux infidèles, *Tana French*
P2746. Vampires, *Thierry Jonquet*
P2747. Eva Moreno, *Håkan Nesser*
P2748. La 7e victime, *Alexandra Marinina*
P2749. Mauvais fils, *George P. Pelecanos*
P2750. L'espoir fait vivre, *Lee Child*
P2751. La Femme congelée, *Jon Michelet*
P2752. Mortelles voyelles, *Gilles Schlesser*
P2753. Brunetti passe à table. Recettes et récits
Roberta Pianaro et Donna Leon
P2754. Les Leçons du mal, *Thomas Cook*
P2755. Joseph sous la pluie. Roman, poèmes, dessins
Mano Solo
P2757. Ouvrière, *Franck Magloire*
P2758. Moi aussi un jour, j'irai loin, *Dominique Fabre*
P2759. Cartographie des nuages, *David Mitchell*
P2760. Papa et maman sont morts, *Gilles Paris*
P2761. Caravansérail, *Charif Majdalani*
P2762. Les Confessions de Constanze Mozart
Isabelle Duquesnoy
P2763. Esther Mésopotamie, *Catherine Lépront*
P2764. L'École des absents, *Patrick Besson*
P2765. Le Livre des brèves amours éternelles, *Andreï Makine*
P2766. Un long silence, *Mikal Gilmore*
P2767. Les Jardins de Kensington, *Rodrigo Fresán*
P2768. Samba pour la France, *Delphine Coulin*
P2769. Danbé, *Aya Cissoko et Marie Desplechin*
P2770. Wiera Gran, l'accusée, *Agata Tuszyńska*
P2771. Qui a tué l'écologie ?, *Fabrice Nicolino*
P2772. Rosa Candida, *Audur Ava Olafsdóttir*
P2773. Otage, *Elie Wiesel*
P2774. Absurdistan, *Gary Shteyngart*
P2775. La Geste des Sanada, *Yasushi Inoué*
P2776. En censurant un roman d'amour iranien
Shahriar Mandanipour
P2777. Un café sur la Lune, *Jean-Marie Gourio*
P2778. Caïn, *José Saramago*
P2779. Le Triomphe du singe araignée, *Joyce Carol Oates*
P2780. Faut-il manger les animaux ?, *Jonathan Safran Foer*
P2781. Les Enfants du nouveau monde, *Assia Djebar*
P2782. L'Opium et le Bâton, *Mouloud Mammeri*
P2783. Cahiers de poèmes, *Emily Brontë*
P2784. Quand la nuit se brise. Anthologie de poésie algérienne
P2785. Tibère et Marjorie, *Régis Jauffret*